눈부신 희망

행복 에너지

이건수님

눈부신 희망

초판 1쇄 발행 2015년 11월 11일

지 은 이   이건수
발 행 인   권선복
편집주간   김정웅
디 자 인   김소영
전 자 책   신미경
마 케 팅   정희철
발 행 처   행복한 에너지
출판등록   제315-2011-000035호
주   소   (157-010) 서울특별시 강서구 화곡로 232
전   화   0505-613-6133
팩   스   0303-0799-1560
홈페이지   www.happybook.or.kr
이 메 일   ksbdata@daum.net

값 15,000원

ISBN 979-11-86673-20-1 (03810)

"실종자 수사에서 경이로운 상봉까지!"
위대한 기적을 부르는 작은 기도의 힘

• • •

이건수 지음

눈부신 희망

행복한 에너지

파이낸셜뉴스 대표이사 · 회장 전재호

"너희 생각에는 어떠하냐

만일 어떤 사람이 양 백 마리가 있는데 그중의 하나가 길을 잃었으면

그 아흔아홉 마리를 산에 두고 가서 길 잃은 양을 찾지 않겠느냐

진실로 너희에게 이르노니

만일 찾으면 길을 잃지 아니한 아흔아홉 마리보다 이것을 더 기뻐하리라"

(마태복음 18:12-13)

『눈부신 희망』을 펴내면서 이 말씀이 마음에서 떠나지 않았습니다. '작은 자' 한 사람도 귀하게 여기신 예수님의 이 말씀은 혈육을 잃고 아파하는 사람들의 마음을 대변하는 것만 같았습니다. 파이낸셜뉴스가 지난 2003년 '잃어버린 가족찾기 캠페인'을 시작한 이유이기도 합니다.

벌써 12년입니다. 파이낸셜뉴스 창간 3주년을 맞아 시작한 이 캠페인은 지금도 파이낸셜뉴스 지면을 통해 이어지고 있습니다. 이제 창간 15주년을 맞은 시점에서, 많은 사람들에게 희망과 용기를 되찾아준 수많은 감동 스토리를 더 많은 이들과 나눠야겠다는 생각이 들었습니다.

이건수 경위 역시 부끄럽지만 이제는 자신이 어떤 마음으로 가족찾기에 몰두해왔는지, 어떤 뒷이야기가 있었는지 이야기해봐도 괜찮지 않을까 생각하던 참이었다더군요.

이 캠페인이 지속되기까지 사회 각계각층의 자발적인 도움이 있었지만 누구보다 '가족찾기의 달인'으로 불리는 이건수 경위는 자신의 가족을 찾듯 열성을 다했습니다. 그 노고에 큰 박수를 보냅니다.

아울러 책을 통해 세상 사람들에게 행복을 선물하는 도서출판 행복에너지의 권선복 대표님께도 이번 작업에 흔쾌히 동참해 주신 것에 대해 감사드립니다. 마지막으로 모든 상황을 순적하게 이끌어 주신 하나님께 영광을 돌립니다. 아무쪼록 이 책이 사랑하는 가족을 잃어버린 분들에게 작은 힘이 되기를, 힘든 상황에 계신 많은 분들께 위로가 되기를 소망합니다.

추천사

한국교회연합대표회장 **양병희 목사**

182실종아동찾기센터 이건수 추적팀장은 경찰청 내에서도 유명합니다.

'잃어버린 가족 찾기'의 달인인 이 팀장은 장인匠人에 가까운 봉사정신으로 2010년에 청룡봉사상까지 받은 경찰관입니다.

그의 '가족 찾기'의 성과는 아주 독보적입니다. 2012년에 '최다 실종 가족 찾아주기' 대한민국 공식 기록으로 등재되었고, 2013년에 10년간 3,742명의 헤어진 가족을 상봉시킨 기록을 인정받아 '최다 실종가족 찾아주기'로 세계 공식기록에 등재되기도 했습니다.

10년간 3,742명이라면 가족 찾기를 의뢰한 당사자를 수치로 계산한 것인데 실제 4인 가족을 기준으로 환산할 경우 1만 4,968명이 가족과 재회의 기쁨을 누린 셈입니다.

흔히 달인이라고 불리는 사람들에게는 일관된 특징이 있습니다. 오랜 시간 그 분야에서 몸만 담았다고 모두 '달인'으로 불리지는 않을 것입니다.

그야말로 그 긴 시간 자신이 맡은 분야에서 최선을 다하고, 그런 모습이 자신뿐만 아니라 타인에게도 인정받을 만큼 혼과 열정을 사르는 모습을 보여야만 거머쥘 수 있는 단어가 아마 '달인'일 것입니다.

전쟁으로 인해 이산가족, 어린 시절 길을 잃은 미아, 어떤 사정으로 다른 가정에 입양된 사람들, 코피노와 라이따이한 등 여러 가지 형태의 이별로 인해 긴 시간 고통 받았던 수많은 가족들을 상봉시키기도 했습니다.

이건수 팀장은 실종자 가족들의 재회의 기쁨을 누리는 현장마다 산증인으로 참여했습니다. 그곳에서 함께 울고 웃고 했습니다. 직업의식에 기반을 둔 투철한 사명의식만으로는 그가 이룬 그 모든 것들을 설명할 수 없을 것입니다.

182실종아동찾기센터에 장기실종추적팀을 창설하자마자 그에게 '팀장'이라는 중추적인 역할을 맡겼던 이유는 단순히 똑똑하게 공무집행을 해낸 경찰관이기 때문이 아닙니다.

이건수 팀장은 말 그대로 이성적이고 차가운 법 집행을 하면서도 따뜻한 가슴을 버리지 않는 매우 인간적인 공무원이기 때문입니다.

상봉이라는 '실적'을 앞에 두고도 실종자 가족들을 배려하여

'한발 물러서는 미덕'을 발휘하기란 쉽지 않을 수 있습니다. 하지만 그는 그랬습니다.

이건수 팀장은 융통성 있는 거짓말쟁이기도 합니다. 오랜 시간 헤어져서 살아왔던 가족들은 만나고 싶어 하는 마음과는 달리 재혼 같은 현실적인 장벽에 부딪혀 선뜻 재회할 수 없는 사정도 있기 마련입니다.

어쩌면 오랜 시간 가족을 그리워하던 사람에게 잔인할 수 있는 만남 거부를 곧이곧대로 고지하지 않고 서로의 상처를 보듬기 위한 하얀 거짓말을 합니다. 의뢰자가 받을 상처와 아픔이 못내 걱정이 돼서 끊임없이 다독이는 마음 약한 경찰이기도 합니다.

맡은 직분을 다한다는 생각만으로 실종 수사를 한다면 기계적이고 권위적인 수사관이 되기 십상입니다. 하지만 세심한 배려와 사명감으로 일하는 이건수 팀장이기에 아마도 많은 실종자 가족들이 일부러 그를 수배하여 찾아오는 것일 겁니다.

또한 제가 본 그 어떤 사람보다도 삶과 믿음을 일치시켜 살아가는 독실한 신앙인입니다. 동시에 척박한 우리나라 실종수사 분야에 보탬이 되기 위해 솔선해서 대학원에서 박사과정을 밟는 학구파 전문가이기도 합니다.

사소한 단서와 실마리에도 자신의 휴일까지 반납한 채 쫓아다니는 그의 행적을 하나하나 들으면서 저 역시 스스로를 가다듬게 됩니다.

진정한 공복의식이란 바로 국민들에게 깊은 믿음과 솔직한 감동을 주는 것이라는 걸 이건수 팀장은 알게 모르게 동료들에게 가르쳐 주고 있습니다.

잃어버린 가족의 상봉을 성사시키기 위해 틈틈이 서울을 포함한 수도권은 물론 강원도 내륙, 경상도 해안까지도 바지런히 누비고 다니는 전국구 경찰 이건수 팀장이 이렇게 좋은 책을 출간한다는 소식을 듣고 경이로운 마음이 절로 들었습니다.

자신의 사명과 신앙에 대한 울림 깊은 이야기를 한가득 담은 이 책을 단숨에 읽고 많은 감동을 받았습니다. 독자들도 저와 같은 감동을 공유하리라 확신하며, 기쁨으로 추천합니다.

감사합니다.

함께 아파하면 찾을 수 있습니다

* * *

"너는 내게 부르짖으라 내가 네게 응답하겠고
네가 알지 못하는 크고 은밀한 일을 네게 보이리라."

[예레미야 33:3]

* * *

고등학교 교복을 입은 여고생들이 쉬는 시간인지 책상과 의자에 동그랗게 모여 앉아 수다를 떨고 있는 동영상이 있습니다. 하지만 이 동영상을 보다보면 왠지 모를 위화감이 듭니다.

무엇일까요? 뭔가 제대로 들어맞지 않는 조각 퍼즐을 보는 듯한 느낌은 과연 무엇일까요?

어긋난 퍼즐 조각 하나. 바로 키도 크고, 가슴도 봉긋한 여고생들 사이에 앉아 있는 한 소녀였습니다. 그 아이만이 유독 젖살도 채 빠지지 않은 통통한 볼을 하고 있고 키도, 머리 크기도 다른 여고생과 달리 매우 작습니다.

실종 아동과 관련한 캠페인 광고 속에 등장하는 김효정 양의 모습입니다. 효정 양은 2004년 가족들이 모르는 곳으로 갑자기 사라졌습니다. 불과 9살의 어린 나이였습니다.

　이 광고를 보면서 가슴이 새카맣게 탈 사람들을 저는 잘 알고 있습니다. 다름 아닌 실종아동 가족들, 효정 양의 가족들입니다. 하지만 알고 있는 것과 실제로 겪는 것은 엄청난 차이가 있습니다.

　구곡간장의 아픔. 새끼를 잃은 어미 원숭이의 몸을 갈라 보니 온몸에 있는 내장은 모두 다 끊어져 있었다고 합니다. 그런 참담한 고통. 그것이 바로 혈육, 그것도 자식을 잃어버린 부모의 고통일 것입니다.

　김효정 양의 아버지는 잃어버린 당시의 체구 그대로 교복을 입은 딸아이의 모습을 보면서 어떤 심정이 들까요? 벌써 고등학생이 되어 예쁜 교복을 입고, 친구들과 한참 수다를 떨고 멋을 부릴 딸아이의 모습을 그리는 아버지의 눈가는 촉촉한 물기로 이미 젖어들었을 것입니다. "죽은 자식은 가슴에 묻는다."는 말이 있습니다. 하지만 차마 가슴에도 자식들을 묻지 못하는 사람들이 실종아동의 부모들입니다.

　예전에 제가『실종! 함께 아파하면 찾을 수 있습니다』라는 제목으로 책을 펴낸 적이 있습니다. 제가 13년 동안 실종자 가족들에게 썼던 7만여 통의 편지를 토대로 쓴 책이었습니다. 실종자를 찾는 일을 하면서 가족들이 가장 아파하고 힘들어하는 부분이 무엇인지 일반인들에게 제대로 알리고 싶어서 낸 책입니다.

이 일을 하면서 비로소 저도 사랑하는 혈육과 헤어진 사람들의 마음을 차츰 이해하게 되었습니다. 이제는 길을 잃어 가족과 헤어진 아이를 만나면 '낯선 곳에 남겨진 이 아이의 심정이 어땠을까?' 하는 생각부터 하게 됩니다.

저에게 오는 가족 찾기와 관련한 편지라든지 신청서, 메일 한 통도 소홀히 보지 않습니다. 꼼꼼히 살펴보면서 혹여 제가 놓쳤을지도 모르는 행간에 숨은 단서를 찾느라 부심합니다.

제가 직접 운영하는 인터넷 카페에 올라오는 글 역시 모두 정독합니다. 게시판에는 가족을 찾아달라는 부탁의 편지와 찾아줘서 감사하다는 편지가 반반의 비율로 올라와 있습니다. 그 안타깝고 아픈 사연에 공감할 때마다 '어떻게든 끝까지 가족을 찾아줘야겠구나!' 하고 다짐합니다.

이렇게 열심히 실종자 가족들을 찾아주어서 그런지 해외 교포나 다른 기관에 가족 찾기를 의뢰해둔 사람들이나 다른 경찰서에 수사를 의뢰한 분들조차 저를 찾아오곤 합니다.

저는 2007년부터는 KBS「그 사람이 보고 싶다」,「사람을 찾습니다」,「실종 어린이를 찾습니다」라는 프로그램에 고정출연하며 잃어버린 가족과 입양아의 부모 등을 찾아주는 활동도 병행하고 있습니다. 이로 인해 2013년에는 국민들에게 감동과 희망을 준 사람에게 수여되는 KBS 감동대상을 받기도 했습니다.

제게 어떤 이는 묻습니다.

kbs1tv 생방송 실종어린이를 찾습니다 팀원들

kbs감동대상

"어떻게 그렇게 많은 실종자들을 찾아낼 수 있었습니까?"

제 비결은 단순합니다. 바로 '포기하지 않는 것'입니다. 사연을 접하고 수사를 시작한 뒤 시간이 한참이 지나더라도 절대 제게는 수사 종료라는 것이 없습니다. 수사를 계속하는 한, 관심

의 끈을 놓지 않는 한, 실종자들을 찾을 가능성은 더욱더 높아
진다는 것을 경험적으로 알기 때문입니다.

"내가 살아있는데 어떻게 포기를 하나요?"라고 되묻던 한 실
종자 부모의 말을 들은 후부터 저는 가족을 결국 찾지 못한 접수
건들도 수년이 지나도 끌어안고 갑니다. 생각날 때마다 다시 한
번 서류들을 뒤적이는 것도 잊지 않습니다. 신청인들 한 명 한
명에게는 목숨처럼 중요한 일이라는 것을 잘 알기 때문입니다.

집념을 갖고 일할수록 업무량은 엄청나게 늘어납니다. 사람인
이상 몸이 고달플 때도 많았습니다. 하지만 그만큼 절실한 가족
들의 마음을 알고 있기에, 가족들에게 상봉의 기쁨을 주는 기쁨
이 얼마나 큰지 잘 알고 있기에 하지 않을 수가 없습니다.

이 실종 수사 일을 하면서 제 가족들과 함께하는 물리적 시간
자체는 현저히 줄어들기는 했습니다. 하지만 비례적으로 가족
애는 더 진해졌습니다. 예전에는 공기처럼, 물처럼 너무도 당연
해서 잘 알지 못했던 가족의 소중함, 가정의 행복을 가슴 저리
도록 알게 된 까닭입니다. 이렇게 소중한 제 아내와 아이들처럼
여기며 실종자들을 찾으려고 노력합니다. '가족'이라면 절대 포
기할 리 없으니까요.

슬픔도 나누면 고통을 덜어줄 수 있습니다. 많은 분들이 이 아
픔에 동참하고, 혹시 주변에 실종자로 보이는 분은 없나 유심히
살펴봤으면 하는 마음으로 썼던 전작과 달리 이번 책은 실종자
가족들에게 마음의 평온과 희망을 전달하기 위해 제가 평소 가

겼던 생각들과 신앙에 대한 이야기들을 정리해 담았습니다. 물론 그동안 겪었던 기적 같은 상봉 스토리는 덤입니다.

제가 생각해도 제법 질긴 열정과 지구력을 가졌다고 자부하지만 오래도록 이 일을 할 줄은 꿈에도 몰랐습니다. 하지만 지금은 이 일이 천직임을 깨달았습니다. 누군가의 강요나 독촉도 없었고, 부탁도 없었습니다. 그저 한 명, 두 명 남의 아픔과 함께한다는 생각으로 오다 보니 여기까지 왔습니다.

가끔은 다른 사람의 아픔을 공유하면서 그것이 나의 '아픔'으로 전이될 때는 나약한 인간인지라 당사자만큼은 아니겠지만 저도 진짜 많이 괴롭고 아팠습니다. 가족의 실종 이후 우울증을 앓는 의뢰자들을 만나 이야기하면서 저 역시 마음의 병을 앓기도 했습니다. 부모님의 너른 품과 가족의 따스한 웃음을 생각하면서, 크나큰 상실감에 몸부림치는 사람들과 함께하면서 가슴과 머리에는 수시로 통증이 생기곤 했습니다.

그럴 때마다 저는 하나님께 기도를 드렸습니다. 아무리 힘들어도 제게 다가온 이들의 아픔을 외면하지 않도록 힘을 달라고, 그들에게 잃어버린 가족들을 만나게 하는 기쁨을 선사해달라고, 상처와 고통 속에서도 희망을 잃어버리지 않게 해 달라 하나님께 간구했습니다.

인간의 힘으로 도저히 어찌해 볼 수 없는 상황에서 기도로 응답받은 사람들의 이야기가 있습니다. 병을 치유했다고 간증하는 분들의 말씀은 액면 그대로 믿기에 너무 놀랍지만 저는 제

일을 하면서 이런 기적이 의외로 이 인간의 세상에 많다는 것을 알게 되었습니다.

그것이 바로 기도의 힘이었습니다. 비록 하나님을 믿지 않는 사람이라도 늘 어딘가에서 헤매고 다닐 자신의 가족들을 위해 절실하게 하는 기도의 힘은 놀라운 나비효과를 일으키는 법입니다. 그래서 만들어진 기적은 수도 없이 많았습니다.

'절실한 기도'에는 힘이 있습니다. 자기 자식과 멀리 떨어져 있어도 감정적인 공명을 하는 부모들의 사례를 보아도 허무맹랑한 소리가 아니란 걸 알 수 있습니다. 예지몽을 꾸어서 자식들에게 일어날 일을 예견하는 부모들의 이야기는 흔합니다.

저는 제 자신이 나약한 인간임을 깨달을 때마다, 그래서 도망치고 외면하고 싶을 때마다 기도합니다. 제가 절실하게 기도를 하면 하나님이 바로바로 그 절실함에 감응하여 응답해 주셨습니다. 그러면 저는 새 힘을 얻고는 다시 불끈 길을 헤매고 다닙니다. 제가 기웃대는 길목의 끝에서 누군가가 간절하게 저를 기다리고 있을지도 모른다는 생각은 제 발길을 세차게 이끕니다. 어느새 저는 달리고 있습니다.

저의 '아픔 나누기'는 오늘도 현재진행형입니다. 안타까운 일이지만 가족이 사라지고, 그들을 애타게 찾는 일이 아마 내일도, 모레도 진행형으로 머무를지 모릅니다.

하지만 믿습니다. 언젠가는 '182'번 전화기 벨이 울리지 않는 날이 기어코 올 것이라는 걸······.

Prologue

부르심, 눈부신 희망

• • •

예수께서 또 일러 가라사대 나는 세상의 빛이니

나를 따르는 자는 어두움에 다니지 아니하고 생명의 빛을 얻으리라

[요한복음 8:12]

• • •

"그리스도의 평강이 너희 마음을 주장하게 하라 평강을 위하여

너희가 한 몸으로 부르심을 받았나니 또한 너희는 감사하는 자가 되라"

[골로새서 3:15]

'부르심'

누군가의 부름을 받는 것은 정말이지 한 인간의 생에서도 아주 소중한 경험일 것입니다.

이 일을 하면서 오래도록 자신이 버림받았다고 생각했던 사람들이 자신의 부모라는, 형제라는 이들로부터 '부름'을 받았을 때의 그 떨림과 희열을 무수히 지켜보았습니다.

물론 그런 '부름'을 받지 못한 사람이라도 현재 주어진 환경이

나 조건에 적응해서 살아갈 수는 있습니다. 그것도 의외로 잘 살지도 모릅니다. 하지만 자신이 누군가에게 선택되어진, 아주 소중하기 때문에 '부름'을 받는 존재라는 자존감과 고양감은 사람이 살면서 아주 중요한 부분입니다.

자신의 삶을 버티게 해 주는 원동력을 가리켜 흔히 '희망'이라고 부릅니다. '희망'이 내 안에서 강렬하게 커져 아주 눈부시게 되는 경험을 사람이라면 누구나 겪어본 적 있을 것입니다. 실종자 가족들의 삶을 불 밝히는 것도 바로 이 '희망'입니다. 희망은 몰라서 두려운 미래를 향해 그래도 한 발짝 내딛게 해 주는 힘입니다.

저 역시 저를 밝혀준 강렬한 '희망'을 조우한 적이 있습니다. 그 희망은 누군가의 '부르심'에 의한 것이었습니다. 저를 부르신 분은 대학생 시절 우연히 영접하게 된 '하나님'이십니다. 하나님 덕분에 저라는 존재 자체에 대해 자부심을 갖게 되었고, 당장 내일 무슨 일이 일어날지는 모르지만 희망차게 앞으로 향할 수 있는 힘을 얻게 되었습니다.

제가 어려운 이들의 사연을 접하면서 '실종 수사'를 하다가 어느 순간 깨닫게 된 것이 있습니다. 제가 할 일은 단순히 가족을 찾아주는 일이 아니라는 것을. 진짜 제 일은 바로 절망과 한을 가진 그들에게 희망을 전달하는 일이라는 것을.

환경조사 결과 정말 많이 닮아서 그토록 찾아 헤매던 혈육인 줄 알고 유전자 검사까지 했던 가족에게 추정인이 혈육이 아니라는 사실을 알려주자마자 낙심하여 고개를 푹 숙이고 눈물을 뚝뚝 흘리는 가족들을 보면서 처음에 저는 엄청난 무력감에 시달려야 했습니다.

사실 실종 수사를 하다 보면 이런 경우는 흔합니다. '희망고문'이라는 말처럼 전혀 조건이 들어맞지 않은 사람이라도 자신의 가족이 아닌가 싶어 열심히 기대하는 가족들에게 아니라는 것을 알려주면 십중팔구 눈물을 흘리거나 분노를 터뜨립니다.

어느 날이었습니다. 역시나 눈물을 뒤로 한 채 힘없이 발걸음을 떨구는 두 가족들의 뒷모습을 본 날이었습니다. 죄책감을 애써 추스르며 마지막으로 의뢰자가 길을 잃고 헤매었던 시장 주변을 탐문하고 있었습니다. 밤이 늦었음에도 불이 켜진 상가 2층의 작은 개척 교회를 보게 되었습니다. 저도 모르게 어떤 힘에 이끌리듯 그곳에 들어갔습니다.

'왜 이제야 불러주셨습니까?'

투정부리듯 예배당 바닥 앞으로 넘어져서 기도를 올리기 시작했습니다. 한참이 흘렀습니다. 불현듯 지쳐있는 제 곁에 누군가가 다가오는 것을 느꼈습니다. 제가 제대로 하나님 가까이 다가간 것을 깨달을 수 있었습니다. 나사 빠진 듯 공허했던 가슴의 뻥 뚫린 구멍을 부드럽고 따뜻한 기운이 한가득 채워지는 느낌이 들었습니다. 하나님의 대답이었고, 하나님의 사랑이었습니다.

그 이후부터였습니다. 정말 실종자 가족이나 가족을 찾는 의뢰자들을 위해 열심히 이리저리 뛰다가 결국 일이 잘 안 풀리면 저는 바로 기도를 드렸습니다.

하나님의 은혜는 제게 새로운 시작점이 되어 주었습니다. 하나님의 말씀과 은혜를 내 속에 가득 채우고 채워 제 삶을 적시고, 제 주변에 있는 가족을 찾는 사람들의 삶까지 적실 수 있다고 믿게 되었습니다.

의뢰자가 성도라면 그의 손을 꼭 잡고서, 만약 비非신도라 하더라도 그분께 제 마음이 닿을 수 있도록 간절한 기도를 올리곤 했습니다. 절망에 빠진 그들 중에는 무의미한 위로는 그만 하라며 화를 내는 분도 있으셨지만 대부분은 가만히 제 기도를 받아들여 주셨습니다. 그리고 저는 제가 간절히 부르는 하나님이 가족을 찾는 사람들에게 잔잔한 위로와 마음의 평온을 주는 것을 목격했습니다.

제 기도의 힘이 세다는 말씀을 하시는 주변 분들이 많습니다. 곰곰이 생각해보니 하나님께서 저의 기도에 대한 응답을 안 해주신 적이 단 한 번도 없었습니다. 그러니 제 삶 역시 하나님께 전적으로 의존할 수밖에 없게 되었습니다.

'하나님, 제게 주신 달란트를 제대로, 올바르게 사용할 수 있는 힘을 주세요!'

아직도 이 실종 수사를 하고 있는 것을 보면 제 달란트는 이것이 분명해 보입니다.

'좋은 일을 같이 할 선후배와 사람들을 예비해 주십시오.'

많은 이들이 염원하던 실종 수사의 컨트롤타워라 할 수 있는
장기실종추적팀이 경찰청 182실종아동찾기센터 안에 생겼고,
훌륭한 팀원들과 함께 일을 하게 된 것도 우연이라 여기지 않습
니다.

기도를 한 날 제 가슴은 너무 뜨거워져서 훌훌 증기가 되어 날
아갈 지경까지 되곤 했습니다. 그런 날은 제가 더 많이 자료를
뒤지고, 편지를 쓰고, 현장을 수사하고, 사람들을 만났습니다.
그리고 신기하게도 가족 상봉과 관련한 좋은 소식들이 생기곤
했습니다.

경찰청 장기실종추적팀원들과 함께

남들이 제가 이 일에 매진하는 것에 대해 오해하거나 비아냥거리거나 공격성 말을 해서 제 가슴이 공허해지는 날에도 기도만 하면 금세 자신감과 담대함이 채워졌습니다.

"내가 사는 것이 아니라 그리스도가 내 안에서 사시는 것입니다."

주변 분들에게 제 활력과 열정에 대해 설명할 때 덧붙이는 말입니다. 저는 제 자신을 하나님의 아바타라고 생각합니다. 제 육신에 하나님이 깃드셔서 저를 진두지휘하신다고 생각합니다.

몸만 제 것일뿐 모든 것은 하나님에게서 나왔고, 하나님을 위해 존재하는 것이라고 생각합니다. 그래서 하나님이 깃드신 목적에 걸맞게, 합당하게 살아가는 것이 제 삶의 이유이자, 목표라고 생각합니다. 제가 이 실종수사에 발을 들여놓고, 매진하게 된 것은 분명 수많은 하나님의 계획 중 하나라고 확신하고 있습니다.

'하나님의 계획 안에 있는 것이 형통이다.'

내 삶에 의미를 부여해 주신 하나님의 사랑을 끊임없이 주변 분들에게 말하는 이유는 이 가슴 안에 가득 차서 흘러넘치는 아까운 하나님의 사랑이 다른 누군가의 외로운 빈 가슴에도 흘러 들어갈 것이라 믿기 때문입니다.

제가 하는 가족 찾기는 하나님께 더 가까이 갈 수 있고, 하나님과 친밀해질 수 있는 형통의 수단입니다.

누군가로부터 간절한 부르심을 받는 것은 가슴에 품었던 눈부신 희망이 현실이 되는 일과 같습니다.

　두려움과 배고픔에 길거리를 헤매고, 갑자기 접한 낯선 환경
에서 울음을 터뜨리는 아이가 따뜻하고 넉넉한 부모의 품으로
무사히 돌아오는 것.
　자신이 누구인지, 누구의 아들딸인지 몰라 괴로워하던 입양인
들이 진정한 정체성을 찾고 괴로운 과거로부터 빠져나와 현재
의 자신을 사랑하게 만들어 행복해지는 것.
　가족과 생이별한 모든 사람들이 더 이상 눈물을 흘리지 않는
시간을 맞이하게 하는 것.

　그 눈부시고 경이로운 '부르심'의 자리에 제가 늘 함께할 수 있
도록 저는 오늘도 기도합니다. 단 한 조각의 희망이라도 누군
가에게는 오늘 이후를 살아가게 할 눈부신 숨결이 될 수 있음을
잘 알기 때문입니다.

차례

PART 1
눈물 닦아주는 손

눈부신 희망

PART 1

눈물
닦아주는 손

가난해도 부유한
쓰임 받는 자

...

• • •

내가 너를 세웠음은 나의 능력을 네게 보이고
내 이름이 온 천하에 전파되게 하려 함이니라

[출애굽기 9:16]

• • •

저를 처음 보시는 분들은 제게 '웃는 상'이라고 말씀하십니다. 온화한 표정을 가졌다고도 말씀해 주십니다. 제가 생각해도 제 목소리는 딱히 크지 않고 다정다감한 편인 것 같습니다.

그래서 저를 잘 모르는 분들에게 제 직업이 '경찰'임을 밝히면 "어, 안 어울리세요!"라며 많이 놀라시곤 합니다.

자랑이 아닙니다. 원래의 저는 그렇지 못했다는 것을 알려 드리기 위해 꺼낸 서두입니다.

하나님을 영접하지 못했던 시간 속 저는 지금과는 사뭇 달랐습니다. 그리 잘 웃지 않았고, 기쁜 일에도 덤덤하고, 화가 나거나 슬픈 일에는 감정을 격하게 표현하는 대한민국의 흔하디흔한 남자였습니다.

그런 제가 '은인'을 만나면서 바뀐 것입니다.

세상을 살면서 누구에게나 '은인'이라 불릴만한 귀한 인연을 갖고 있을 것입니다. '은인'이라는 존재들은 내 자신이 남루할 때, 부족할 때, 갈등할 때 도움을 준 사람들입니다.

곰곰이 생각하면 사람들 곁에는 이렇게 힘을 주는 존재가 반드시 있습니다. 그리고 그런 후원자 중에서도 가장 강력한 이가 '하나님'이라는 사실을 깨달은 사람들은 진정 축복받은 사람들이라는 말을 꼭 하고 싶습니다.

저는 많은 것이 부족한 사람입니다. 집안의 재산도 부족하고, 재능도 부족한 사람입니다.

그래서 어린 시절에는 제 주변을 둘러싼 결핍과 곤궁을 부끄러워했고, 저와 다르고 풍요롭고 빛나는 사람들을 질시하기도 했습니다.

물론 여전히 저는 부족한 사람입니다. 하지만 예전과 다른 점이 있다면 이제 저는 제 부족함을 늘 감사하게 여기는 사람이 되었다는 사실입니다.

점점 제가 나이가 들고, 결정적으로 하나님을 영접한 이후 깨달은 가장 큰 가르침이 바로 '삶은 늘 부족하다.'는 것이었습니다. 이 세상을 살아가는 사람 중 자신이 완벽하게 다 가졌고, 온전한 사람이라 여기는 이는 별로 없습니다.

'이것만 있으면…….'

'요번만 되면…….'

'만약에 그랬다면…….'

부족하니까 늘 사람들은 아쉬워하고 더 욕망하는 것입니다.

"나에게 이르시기를 내 은혜가 네게 족하도다!

이는 내 능력이 약한 데서 온전하여짐이라 하신지라.

그러므로 도리어 크게 기뻐함으로

나의 여러 약한 것들에 대하여 자랑하리니."

[고린도후서 12:9]

아무리 가난하고, 배움이 짧다 하여도 제게는 사랑하는 부모님과 아무리 곤궁하다 해도 저를 감싸주는 따뜻한 가정이 있었습니다. 그리고 그 자체가 제게는 엄청난 '빽'이라는 것을 깨닫게 되었습니다.

저는 바닷가 시골 동네에서 농사를 지으시는 부모님의 2남 2녀 중 막내아들로 태어났습니다. 어릴 때부터 집안 형편은 늘 찢어지게 가난했습니다.

어머니께서 미역을 찧는 일로 돈을 버셨습니다. 유년 시절에 똬리를 틀고 있던 곤궁한 살림살이는 도통 펴질 줄 몰랐습니다. 손등이 터지고 손톱이 빠지게 일하시는 어머니의 모습을 보면서 어린 저는 늘 미안함과 감사함을 느끼며 고사리 손으로 집안

일을 알아서 돕기 시작했습니다.

없는 살림에도 자식 교육에 열성이 보이는 사람이 바로 우리나라 어머니들이십니다.

힘든 살림살이였음에도 어머님께서는 중학교 올라갈 때부터 저를 부산에 있는 형을 따라가게 해서 도시에서 공부하도록 해주셨습니다. 하지만 자취생활 동안 거의 밥을 굶고 다녔던 기억이 납니다. 겨우 학교만 다닐 정도였습니다. 얼마나 굶었던지 원래 하늘이 노란 줄 알았습니다.

부모님과 떨어져 지내면서 특히 어머니를 많이 그리워했습니다. 저도 다른 아이들처럼 집에 돌아갔을 때 어머니가 해주는 따뜻한 밥을 먹고 싶었습니다. 늘 춥고 배고프고 외로웠던 시절로 기억합니다.

어머니 역시 형과 막둥이인 저를 많이 보고 싶어 하셨지만 차비도 아껴서 자식 뒷바라지에 쓰신다며 그리움을 꾹꾹 누르시다가 반년마다 한 번씩만 부산에 오셨습니다.

자취방 앞에 어머니의 하얀 고무신이 놓여 있는 날이면 얼마나 기뻤는지 모릅니다. 학교에서 돌아온 저는 "어머니!" 하고 큰 소리로 외치며 미닫이문을 열어 어머니를 놀라게 해드리는 날이 아직까지도 그립습니다.

자식들에게 쥐여줄 돈을 마련하기 위해 시골에서 이고 지고 온 물건들을 부산 부전시장에 가서 파는 날, 어머니 곁에서 짐을 한 손 가득 들고 곁에서 걷던 그 시간이 지나보니 모두 그리운 추억이 되었습니다.

밤마다 차디찬 방에서 옷을 몇 개씩 껴입고 형이랑 부둥켜안고 자면서 '나중에는 꼭 돈도 많이 벌고 어려운 사람도 돕자!'고 이야기하곤 했습니다.

그때의 바람이 아직 100% 실현된 것은 아니지만 저도 그렇고, 형도 다른 사람을 위한 일을 하며 살아가고 있습니다. 특수교육을 전공한 형은 장애아들을 가르치다가 지금은 박사학위를 취득하고 대학에서 교수로 재임하고 있습니다.

고등학교는 부산상고(현 개성고)에 진학했습니다. 그 시절 가난한 수재들은 일반 고등학교를 가지 않았습니다. 취업이 빠른 철도고나 상고로 진학하곤 했습니다. 부모님의 굽은 허리 위에 짐을 덜지는 못할망정 더 지우고 싶지 않았기 때문입니다.

흔히 상고를 졸업하면 은행에 취직하는 것이 정석이었습니다. 하지만 저는 너무나 빤해 보이고 안정적이기만 한 그 길을 걷는 것이 왠지 마음에 썩 차지 않았습니다.

지금에서야 돌아보면 제게 이런 사명을 주기 위해 하나님께서 제 마음속으로 끊임없이 신호를 보낸 것이라고 확신합니다.

'가난 때문에 꿈이 짓밟혀서는 안 된다.'는 생각을 갖고 있던 저는 가난하고 힘없는 이들을 돕는 일을 하고 싶어 경남대 법학과에 입학했습니다.

대학 졸업 때까지 연탄 한 번 때 본 적이 없을 만큼 가난했지만 저보다 못한 이에게 보탬이 되는 삶이란 과연 어떤 것일까를 늘 염두하며 공부했습니다.

어려운 형편으로 인해 매일 '오늘은 무엇을 먹을까?', '주말에 공사판 일자리가 있을까?' 고민하는 것이 하루 일과였습니다. 대학 졸업 후에 막상 서울로 올라와서 갈 곳이 없어서 한강 벤치에 앉아서 밤새도록 밤하늘을 쳐다 보며 "제가 왜 이렇게 살아야 하나요?"라며 눈물을 흘린 적도 있습니다. 고시원, 교회 등을 전전하며 머물 곳을 찾아다녀야 했습니다.

당시 교회에서 전도사로 사역 중이던 아내를 만나 가정을 이룬 것 또한 제 삶을 결정지은 또 하나의 운명이라고 생각합니다.

솔직히 객관적으로 말하면 꿈을 가지고, 비전을 가지기에는 제 삶의 여건들은 녹록지 않았습니다. 좋지 않은 가정 형편을, 능력 없고 배경 없는 집안과 부모를 탓하기는 쉬웠을 것입니다. 자격지심에 저 자신에게 지독한 스트레스를 주면서 살아갔을지도 모릅니다.

하지만 정말 거짓말처럼 하나님을 믿기 시작하면서 저는 그런 비겁한 변명이나 나쁜 마음을 모두 다 버릴 수 있었습니다. 막연하지만 그냥 확고한 하나의 믿음이 제 가슴 속에 자리 잡기 시작했습니다.

'하나님이 나를 제대로, 좋게 쓰실 거야!'

다른 사람들에게는 이 근거 없는 믿음에 어이가 없어 코웃음이 나오실지도 모르겠습니다만 제게는 왠지 확신처럼 마음속에 굳어졌습니다.

그런 막연함 가운데서도 잊지 않은 것은 '분명히 하나님께서 내 삶을 통해 영광 받으시길 원하고 있다. 내 삶을 통해 영광 받으실 거야.'라는 포부였습니다.

세상 사람들이 평가하는 기준으로는 저라는 존재 자체는 별 볼일 없는 지방대 법학생이었는지 몰라도 저는 제가 하나님이 귀한 쓰임을 위해 태어나게 한 귀한 존재라는 자긍심을 갖고 있었습니다.

그래서인지 예수님을 진실로 영접한 이후에는 저는 당장 오늘을 살기에 급급해하지 않았습니다. 하나님의 영광을 재현할 미래만을 보며 살다보니 조금은 낙천적으로 성격이 변하기도 했습니다.

신앙을 가진 이후에 가난하고 소외된 이를 위해 살겠다는 저의 결심은 더욱 견고해졌습니다.

아마 어릴 적부터 품어온 '나보다는 남을 위하며 살겠다.'는 생각과 하나님에 대한 제 신앙이 기반이 되지 않았다면 저는 진즉에 '가족 찾기' 일을 그만뒀을지도 모릅니다.

이 일은 일 자체의 어려움과 고단함은 물론이고 주변 사람 그 누구도 알아주지 않는 일이기 때문입니다.

1997년 순경 공채에 합격하여 드디어 경찰이 되었습니다. 처음 배치 받은 곳이 남양주 갈매 파견소였습니다. 그 이후 경찰서 유치장에서 일할 때 검찰로 넘어가는 사람들을 친절하게 대했더니, 의정부지방검찰청에서 소문이 났습니다. 담당검사가

남양주경찰서 근무 당시

저희 경찰서장에게 전화를 하여 "이송된 유치인들 면담서를 작
성해보니 한결같이 이건수 경찰 때문에 다시는 죄를 짓지 않겠
다. 감동을 받았다."라고 했다 합니다. 이 일로 인해 2002년 2
월 경기도 남양주경찰서 종합민원실로 스카우트됐습니다.

그리고 이때 민원실에서 우연히 맡은 일이 이 헤어진 가족 찾
기 업무였습니다. 그때는 몰랐습니다. 우연이 필연이 되고, 어
느새 운명이 될 줄은.
사실 사람을 찾는다는 것은 개인의 힘만으로는 결코 쉽지 않
은 일입니다. 개인이 동원할 수 있는 정보는 한계가 있기 때문
입니다.

2~3년간은 아무 생각 없이 '업무'의 개념으로 가족 찾기 일을 했습니다. 그러나 어느새 점점 이 일을 하면서 헤어진 가족들을 찾는 이들의 아픔이 가슴으로 흘러 들어왔습니다.

가족을 잃은 사람들이나 입양인들은 혼자서 동사무소며 경찰서를 뛰어다니면서 노력을 하지만 아무래도 전문 수사를 하는 사람이 아니면 어려움이 많을 수밖에 없습니다.

'나라도 열심히 도와드려야겠다!'는 생각에 적극적으로 나서게 된 것이 어느새 입소문을 탔고, 주변에서 사람들이 모여들기 시작했습니다.

백방으로 수소문하는 등 노력을 해봐도 혈육을 찾지 못해 애만 태우는 이들에게 저는 어쩌면 마지막으로 잡고 싶은 '지푸라기'나 '동아줄' 같은 존재였는지도 모릅니다.

자식을 잃어버린 실종자 가족분들을 보고 아무래도 경찰인 내가 관공서라든지 현장에 가면 더 빨리, 폭넓게 정보를 얻을 수 있어서 큰 도움이 됐습니다. 이 사실을 알고 난 후 '왜 진즉에 더 빨리 관심을 가지지 못했을까?' 자책하기도 했습니다.

사랑하는 혈육과 헤어진 사람들의 마음을 차츰차츰 이해하게 되었습니다.

저는 감정이입을 잘 합니다. 그래서 잘 웃고, 잘 웁니다. 저도 모르게 두렵고 아픈 심정을 함께 느끼게 되고, 당사자만큼은 아니겠지만 저도 무척이나 고통스러울 때도 있습니다.

그 안타깝고 아픈 사연에 공감할 때마다 '어떻게든 끝까지 가족을 찾아줘야겠구나.' 하고 다짐하곤 했습니다.

성심을 다한 만큼 소문이 났고 '우리 아들, 딸, 부모님 좀 찾아 달라!'며 전국에서 많은 가족들이 찾아왔습니다. 해외에서도 문의가 밀려들었습니다.

2007년부터 KBS 「그 사람이 보고 싶다」, 「사람을 찾습니다」, 「실종 어린이를 찾습니다」 등에 고정출연하며 가족 찾기 프로젝트를 널리 알려 나갔습니다.

kbs1tv 생방송 실종어린이를 찾습니다

학창 시절 잠시 잠깐 떨어져 있었어도 그토록 어머니의 품과 손길을 그리워했는데…….

그런 생각에서 어머니를 찾는 의뢰자를 만나면 열성으로 뛰어다녔습니다. 저의 세 아이를 생각하면서 실종 아동을 찾기 위해 달렸습니다.

하지만 찾지 못한 경우도 많았습니다. 그럴 때면 그 가족분들 앞에서는 저는 죄인 같은 심정이 들었습니다. 오히려 그런 저를 보며 가족분들은 고마워하셨습니다. '대단한 일을 한다.'며 격려까지 해 주셨지만 제 정성이 많이 부족한 건 아닌지 항상 되돌아보았습니다.

상봉시켜 드린 100명 중 99명보다는 가족을 만나지 못한 단 1명이 제 마음을 더 쓰라리게 했습니다.

'어떻게 하면 찾을 수 있을까?'라는 고뇌 끝에 다시 고려대학교 법무대학원 경찰학과 진학을 결심하게 됐습니다. 대학원에서 '경찰 실종수사에 대한 개선방안'이라는 논문을 쓰면서 제가 가진 고뇌를 생각으로만 끝내지 않고 실종수사를 위해 헌신하기로 마음먹었습니다.

2013년 2월 경찰청으로 들어왔고, 2014년 7월에 생긴 장기실종자추적팀의 팀장이라는 자리를 맡게 되었습니다. 장기실종자추적팀은 실종자 업무를 체계적으로 하는 곳입니다. 그동안 현장에서 닦아온 전문성을 조직이 인정해준 덕분이라고 생각합니다.

지금까지 가족 찾기 업무를 담당하며 쌓아온 노하우와 지식 등을 좀 더 전문적으로 발전시키고 싶어서 동국대 대학원에서 진학해 범죄 심리와 실종수사를 공부하기 시작했습니다.

비록 더 빡빡해진 개인 스케줄로 몸과 마음이 많이 힘들지만 오늘도 가뭄 탄 논처럼 쩍쩍 갈라진 수많은 실종자 가족들의 헤어진 가슴을 생각하면서 더욱더 제 자신을 연마하고 닦으려고 노력합니다.

제가 이렇게 노력하는 것들을 하나님께서 전부 다 굽어보고 계신 걸 아는 저로서는 잔꾀나 게으름 피울 마음을 전혀 가질 수 없습니다.

"항상 기뻐하라 쉬지 말고 기도하라 범사에 감사하라

이는 그리스도 예수 안에서 너희를 향하신 하나님의 뜻이니라."

[데살로니가전서 5:16-18]

아무리 육체적으로, 정신적으로 힘들어도 이 자체가 내가 살아있기 때문에 느끼는 것이라고 생각합니다. 실종이라는 다른 이들의 절망적인 상황을 해결하느라 동분서주하는 것도 가족들과 헤어지지 않고 더불어 잘 살아가고 있는 지금의 행복이 있기 때문이라는 것을 깨닫게 되었습니다.

그래서 늘 기뻐하고, 감사하고 있습니다. 이런 마음을 오늘도 눈물 흘리고 있는 많은 실종자 가족들에게 나눠주고 싶습니다.

전쟁고아&실종수사
불모지

...

작은 일에도 최선을 다하는 마음 그 주인이 이르되 잘 하였도다
착하고 충성된 종아, 네가 작은 일에 충성하였으매
내가 많은 것을 네게 맡기리니 네 주인의 즐거움에 참여할지어다
[마태복음 25:21]

...

"내일 일을 자랑하지 마라.

하루 동안에 무슨 일이 일어날는지 네가 알 수 없느니라."

성경 잠언 27장 1절에 나오는 구절입니다. 사람들은 살아가
면서 자신이 미처 예측하지 못하는 고난을 맞이하곤 합니다. 그
중에서 개인적으로 가장 불행한 것이 사랑하는 가족과 헤어지
는 일일 겁니다.

우리나라만큼 이별이 많은 나라도 없습니다. 갖가지 형태의
이별들이 존재합니다. 역사적으로 살펴봐도 그토록 많은 전란
을 거쳤으니 얼마나 원치 않은 헤어짐이 많았을까요?

가히 '이별 공화국'이라 불려도 무색하지 않을 만큼 실종된 가

족 구성원을 가진 가구 수의 비율이 꽤 높은 편입니다. 대략 열 집에 한 집 꼴입니다. 땅덩어리는 좁은데 반비례적으로 이산가족이 그 어느 나라보다 많다는 사실에 가슴이 아릿해지곤 합니다. 그만큼 모두가 힘겹게 살아왔다는 반증 같아서 말입니다.

가장 가까운 근현대사에도 수많은 질곡의 세월이 있었습니다. 6·25 전쟁으로 인해 수많은 이산가족이 생겨났습니다. 전란 중 피난길에 헤어지거나 부모가 비명횡사하여 전쟁고아가 된 수많은 미아들이 있었습니다.

1980년대 우리나라 국민들을 온통 눈물바다로 만드는 때가 있었습니다. '남북 이산가족 찾기 방송'이 나갈 때면 온 국민이 텔레비전 앞에 앉아 밤잠을 설쳐가며 헤어진 가족들의 만남과 눈물을 지켜보며 내 일처럼 안타까워하다가 기뻐하곤 했습니다.

서울 여의도에는 헤어진 가족을 애타게 찾는다는 벽보가 어지러이 붙기도 했습니다. 조금이라도 더 남의 눈에 띄는 장소에 벽보를 붙이려고 경쟁했고, 기발한 문구를 써낸 이들도 눈길을 끌었습니다.

그때의 수많은 전쟁고아들이 해외에 입양되었습니다. 부끄럽지만 아직까지 해외 입양 건수가 가장 많은 나라인 것도 사실입니다.

또 다른 이별도 너무 많습니다. 60~70년대 산업화 시기에는 가난이 빚어낸 헤어짐과 아픔이 있습니다. 경제적으로 어려워서 자식을 남의 집에 식모나 일꾼으로 보내든지, 입을 하나 덜겠다는 생각 또는 아이의 더 나은 장래를 위해 남의 집에 입양을 보내는 경우가 있었습니다.

6·25 때 온 가족이 남한으로 내려왔지만 곧 어머니가 폐렴으로 사망하고 마찬가지로 폐렴으로 사망선고를 받은 아버지가 시설로 보낸 어느 막내아들이었던 남성이 제게 찾아온 적이 있었습니다.

당시 다섯 살이었던 그에게는 누나와 형이 있었는데 누나는 수양딸로 남의 집에 보내졌고 10대였던 형은 자기 밥벌이를 하러 집을 나갔습니다. 부인도 없고 병마에 지친 아버지는 어린 막내아들에 대한 포기각서를 쓰고 미아보호소로 보냈다고 합니다. 자식을 위해 어쩔 수 없이 보내야 하는 아버지의 찢어지는 마음이 짐작이 돼 가슴이 많이 아팠습니다.

고아원에서 자란 이 남성은 가난해도 부모님이 얼마나 자기를 사랑했는지를 잘 기억하고 있었습니다. 땅바닥에 발을 디딘 기억이 없을 정도로 자신을 안고 다녔던 부모님과 갑작스럽게 헤어진 남성은 자신이 살기 위해서라도 가족에 대한 기억을 잊어버리기 위해 발버둥 쳤다고 합니다. 기억하면 자신이 살 수 없을 정도로 고통스러웠으니까요.

고아원을 나와 결혼을 한 그의 부인이 제 기사를 보고 연락을 해왔습니다. 어릴 때 살았던 충청도 일대를 헤매고 가족분들을 찾아다녔지만 생각보다 수사는 지지부진했습니다. 나중에 알고 보니 그분이 부모님의 성함을 다르게 기억하고 있었기 때문이었습니다.

마침내 그의 사연과 비슷한 집안의 이야기를 듣게 된 저는 누나로 추정하는 분과 면담하고 확신했습니다. 하지만 처음에는 사연의 남성과 누나는 서로의 존재를 부정했습니다. 열 살이나 나이 차가 나는 누나의 삶 역시 녹록지 않았습니다. 남의 집에 일하면서 혼자 결혼도 안 하고 모진 세월을 살아왔습니다. 나중에 어머니와 찍은 사진을 보고 우는 남매의 모습을 보면서 저도 많이 울었습니다.

이제 전쟁의 포화가 멈춘 지도 벌써 반세기가 지났고, 찢어지는 절대적 가난도 옛날 이야기가 되어버린 지 오래이지만 지금도 사랑하는 가족을 잃고 가슴을 치며 살아가는 이들은 전혀 줄어들지 않았습니다. 그래서 너무 안타깝습니다.

세월이 흐르고 사회 여건이 변화되면서 다양한 형태의 이별은 오늘도 왕왕 일어납니다. 무수한 삶의 양태들과 사연들 속에서 피치 못할 사정이나 의도된 범죄로 인한 실종이 일어나고 있습니다.

유괴 등 범죄로 인해서 어린 자녀를 잃어버리는 경우, 미혼 부모의 친권 포기 또는 부모 이혼으로 인해 자녀를 방임하다가 시설에 맡기는 경우, 해외입양을 보내는 경우, 우리나라 남성들과 외국 여성들 사이에서 태어난 라이따이한과 코피노 등의 아이들을 나 몰라라 책임을 방기하는 경우 등으로 여전히 이별하고 있습니다.

이별이 쓰라리게 할퀴고 간 상처는 시간이 흘러도 아물고 옅어지기는커녕 더욱 쓰리게 가슴에 남을 수밖에 없습니다. 그중에서도 가장 안타까운 것은 '실종'으로 인해서 헤어진 경우입니다.

실종은 '소재나 생사를 알 수 없게 사라지게 되다, 간 곳이나 생사를 알 수 없게 사라짐'을 의미합니다. 엄밀한 법적 의미로 '실종자'는 약취, 유인, 유기, 사고 또는 가출하거나 길을 잃은 등의 사유로 종래의 주소 또는 거주하는 장소를 떠나 쉽사리 돌아올 가망이 없는 부재자가 생사불명의 상태에 있는 경우를 일컫습니다.

정신장애를 가진 실종 대상을 지적장애인으로 포함시켜 정의합니다. 18세 미만의 아동과 치매환자의 실종확률이 높습니다. 60~70년대 가정형편이 어려워 남의 집 식모로 보낸 아이가 그 집을 뛰쳐나오면서 행방을 모르게 되는 경우가 있었습니다. 다시 어느 시설에 맡겨졌다가 그곳에서 바로 해외 입양이 되면 그 아이를 찾는 것은 매우 요원한 일이 되었습니다.

한 해 평균 4만 명의 실종자가 생겨나고 있습니다. 다행히 미아迷兒 등 실종자 95% 정도는 바로 집을 찾게 됩니다. 하지만 나머지 5%의 실종자들은 결국 시간이 흘러도 돌아오지 못하고 있습니다.

특히 우리나라 성인가출 등 장기실종자 수는 천오백여 명을 훌쩍 넘고 있습니다. 이들 가족을 잃어버리는 것은 한순간이었지만 다시 만나기까지는 엄청난 시간이 필요합니다. 특히 가정·개인 문제에 따른 가출이나 자녀 유기, 정신장애자·치매노인의 실종을 해결하는 데에는 많은 시간과 비용이 따릅니다. 따라서 예방이 그 무엇보다 중요합니다.

하지만 여전히 사회적인 무관심이나 허술한 법망으로 인해 실종 해결은 쉽지 않습니다. 겨우 찾아낸 실종 아동이 제대로 인계되지 못해 사고에 노출되는 경우도 있습니다. 여자 아이의 경우 성폭력, 성매매 등으로 이어질 수 있고, 남자아이는 앵벌이, 절도 등 범죄에 노출될 확률이 높습니다. 최근 늘어난 지적장애인, 치매노인의 실종 사건 같은 경우 교통사고 등 안전사고에 노출되는 문제도 생깁니다.

물론 예전보다는 법적으로나 시스템적으로 미비하였던 부분이 많이 보완이 되어 장기실종자 수색에 많은 성과를 보인 것도 사실입니다.

한 예로 14년 전에 실종된 지적장애아동을 최근에 찾은 일이 있습니다.

아이를 잃어버린 후, 가정이 무너지는 어려움까지 겪었던 아이의 아버지가 어느 날 전단지에서 자신의 아이와 닮은 아이의 얼굴을 발견했습니다.

그 아이는 천안에 있는 시설에 있었고, 신고한 아버지와 같이 가서 유전자 검사를 의뢰했습니다. 아버지의 직감은 맞았습니다. 남의 자식보다는 부족한 자식이라도 그에게는 금쪽같았던 아들은 겨우 아버지의 너른 품에 안길 수 있었습니다.

　프로파일링 시스템을 운용하는 지금도 가장 중요한 것은 '현장수사'라는 제 생각에는 변함이 없습니다. 실제로 책상에만 앉아서 분석하는 것과 발로 뛰어다니며 수사하는 것의 차이는 어마어마합니다.

　시장통에서 어린 아들의 손을 놓쳐서 몇십 년이 흘러도 찾지 못한 아버지가 있습니다. 전전긍긍하며 살아오느라 그의 가슴에는 시퍼런 피멍이 져 있었습니다.

　다시 한 번만이라도 시간을 되돌릴 수 있다면 그는 절대 시장에 아들을 데리고 가지 않았을 것입니다. 한 눈 파느라 아이의 손을 놓치는 일도 일어나지 않았을 것입니다. 아버지의 후회는 그렇게 크고 깊었습니다. 죄책감으로 하루라도 술의 힘을 빌리지 않고 잠들지 않은 날이 없었습니다.

　'현장수사' 신봉자인 제가 그에게 아들을 잃어버린 그 시장에 다시 한 번 가보자며 권유했더니 불같이 화를 내셨습니다. 이미 수없이 헤매었던 그곳에 다시 가본들 무슨 소용이냐며 성질을 왈칵 부렸습니다. 그를 간신히 설득해 시장에 데리고 갔습니다. 현장을 손과 발과 입과 귀와 머리로 뛰다 보면 의외의 곳에서 중요한 단서를 찾아낼 때가 많습니다. 밤이고 낮이고 시장 상인들에게 일일이 당시 상황에 대해 꼬치꼬치 캐묻고 다녔습니다.

　처음에 불퉁하게 제 곁을 의지 없이 따라다니던 그 아버지는 밥까지 굶으며 돌아다니는 저를 보더니 식당에 끌고 가서 무뚝

뚝하게 국밥을 시켰습니다.

운이 좋게도 시장 상인들 중 한 명이 그때 시장을 헤매던 한 아이의 일을 기억하고 있었습니다. 이후의 행적을 더 추적했고, 마침내 아들을 찾았습니다.

자신보다 더 자란 청년이 된 아들과 아버지는 다시는 놓지 않을 것처럼 손을 움켜쥐고 눈물을 터뜨렸습니다. 나중에 그 아버지는 "이렇게 자기 가족 일처럼 해주는 경찰은 처음 봤습니다."라며 제게 고마워했습니다.

원치 않은 이별로 아파하는 실종자 가족들에게 가장 필요한 것은 정부와 사회, 그리고 주변 이웃들의 온정 어린 관심과 배려라고 생각합니다.

조직이나 예산 지원 같은 것이 별로 이뤄지지 않은 실종수사 초기에도 많은 상봉 성과를 이룰 수 있었던 이유는 순수하게 실종자 가족들의 아픔에 공감하며 헌신했던 많은 시민단체와 그 늘에서 발로 뛴 여러 수사관들의 노력 덕분이라 여깁니다. 아무리 인프라가 잘 갖춰져 있다 해도 주변 사람들의 관심과 도움이 없다면 그 제도와 시스템은 제대로 활용도 못하는 무용지물이 되고 맙니다.

저는 제 작고 보잘것없는 노력들을 단 한 번도 등한시하고, 하찮게 여긴 적이 없습니다. 설령 지금 당장 확 눈길을 끌고, 또렷한 뭔가를 이 손에 거머쥐지 못하더라도 작은 노력도 소중히 하면 큰 성과가 뒤따른다고 생각합니다.

실종 수사를 하는 수사관들은 별다른 메리트도 없는 이 일을 천직으로 생각하고 뛰는 사람들입니다. 처음부터 크고 빛나는 일부터 하고 싶어 하거나, 자리부터 따지고 보는 사람들은 결코 이 일을 오래 해낼 수 없습니다. 일의 겉모습과 자신이 얻을 이득에만 집착한다면 이 일을 절대 사랑할 수 없습니다.

하나님께 제가 가진 실종 수사라는 분야에서 획득한 달란트를 제대로 쓰임 받을 수 있게 해 달라고 늘 기도합니다. 작은 일에 충실히 할수록 기대한 만큼의 성과를 거두고, 상봉을 지켜보는 제 즐거움과 기쁨이 점점 더 커지는 것을 보면 하나님의 뜻을 아직까지는 거스르지 않고 잘 따르고 있다 자부합니다.

저는 또 하나의 사명을 갖고 통일을 기다리고 있습니다. 남북한에 흩어진 이산가족의 상봉을 도와주어 그들의 가슴에 남은 상흔을 희미하게 해 줄 그날이 빨리 다가오기를 바랍니다.

최근 북한에서 어렵게 이탈해 남한으로 온 50대 여성의 부탁으로 서울에 거주하고 있는 80대 사촌 오빠를 찾아준 적이 있었습니다.

원래 이 여성의 아버지와 그녀가 찾은 사촌 오빠의 아버지 즉 여성의 삼촌은 일제 강점기에 중국 선양에서 같은 집에 살았습니다. 1945년 해방으로 혼란한 와중에 삼촌은 한국에, 여성의 아버지는 북한에 정착하게 되었습니다. 이후 남북 분단으로 인해 서로 만날 수 없었습니다. 이 여성의 집안은 신분이 좋지 않다는 이유로 북한에서 아주 힘들게 살았습니다.

세월이 흘러 이 여성의 아버지는 돌아가셨고, 여성은 오빠 둘을 남겨둔 채 홀로 탈출해 한국으로 건너왔습니다. 그리고 평생 아버지의 소원이었던 가족 찾기를 저에게 부탁했습니다.

2개월 여에 걸쳐 고향과 가족관계 등을 분석해 사촌오빠로 추정되는 사람을 찾아서 편지를 보냈으나 아무런 답변이 없었습니다. 하지만 정황상 사촌되는 이로 추정되는 사람이 있어 제가 직접 시간을 내어 집을 방문하여 면담했습니다.

면담하는 내내 드디어 가족을 찾았다는 생각을 할 수밖에 없는 단서들을 찾았습니다. 사실 사촌오빠 되는 남성은 설마 북한에 있는 사촌여동생이 자신을 찾을 줄은 꿈에도 몰랐다고 했습니다.

오랜 세월 휴전선을 가운데 두고 평생을 그리워했을 절절한 형제애는 이렇게라도 보답 받았을지 모르지만 이미 고인이 된 두 분을 생각하면 가슴이 많이 답답했습니다. 한 가지에 나고서도 지는 줄 모르는 삶은 이제는 끝내야 된다고 생각합니다.

아픔이 만든
실종아동법

우리나라 실종수사의 변천사를 보면 이 구절이 저절로 떠오를 수밖에 없습니다.

영미 국가 등 다른 선진국에 비해서 우리나라 실종수사 시스템이나 인프라는 허약하기 짝이 없었습니다. 미비하였던 법령들이 정비되고, 시설이나 인력들이 완비되기까지는 지난한 시간이 걸렸습니다. 그나마 일선 현장의 수사관들이 열심히 손과 발, 입과 귀, 머리로 뛰면서 하나하나씩 미비점을 알아차리고 보완하기 위해 노력했기에 가능했다고 생각합니다.

하지만 대한민국 실종수사의 골격과 근간을 든든하게 만들어 온 것은 다름 아닌 실종자와 그의 가족들의 진한 아픔과 뜨거운 눈물이었습니다. 아픈 역설입니다.

1984년 화창한 어느 여름날, 눈에 넣어도 아프지 않을 아들을 잃어버린 염선영 씨(56세, 여, 가명)가 있습니다. 당시 나이는 비록 열네 살이었지만 지능은 겨우 다섯 살 정도에 머문 지적장애를 가진 형욱 군이 사라진 것은 한순간이었습니다.

형욱 군은 점심을 먹다가 동네 어딘가에 세워둔 자신의 자전거를 찾아오겠다며 말한 뒤 돌아오지 않았습니다. 불과 5분만이라는 짧은 시간이었습니다. 왠지 불안한 마음에 금방 따라 나간 어머니의 눈에서 자취 없이 스러진 아들의 자취. 선영 씨는 망연자실하여 땅바닥에 쓰러졌습니다.

정상도 아닌 아들이 어느 낯선 길거리에서 헤매다가 고초를 겪고 있는 환시가 떠오를 때마다 선영 씨의 심장은 걱정과 죄책감으로 터질 것 같았습니다. 정상적인 가정생활을 할 수가 없었습니다.

눈만 뜨면 미친 여자처럼 길거리를 헤매며 다닌 지 약 10여 개월 뒤, 기적 같은 일이 생겼습니다. 한 어린이 관련 단체에서 발행한 실종아동을 소개하는 책자에서 거제도의 한 보육원의 단체 사진에 실린 아들의 모습을 발견한 것입니다. 이름도, 나이도 실제와 다르게 기재되어 있는 소년이었지만 분명 형욱 군이었습니다.

자신의 나이와 이름을 제대로 표현할 줄 몰랐던 아들에게 보육원에서 임의로 이름을 지어주고 나이를 가늠해서 기재한 것입니다. 곧바로 선영 씨는 보육원에 전화를 걸어 아들을 찾으러 가겠다고 말했습니다.

그런데 당시에는 보육 시설에서 아이를 데리고 오기 위해서 '사례금'을 건네주는 관행이 있었습니다. 빠듯한 살림에 여비와 '사례금'을 마련해야 했기에 시간이 다소 걸렸습니다.

보름 뒤에 거제도의 해당 보육시설에 간 선영 씨는 아들이 사라지고 없다는 청천벽력같은 소식만을 접해야 했습니다. 형욱 군이 나흘 전에 "엄마를 찾겠다."며 보육원 밖으로 나갔다는 원장에 말에 남아있는 원생들을 둘러보겠다고 했지만 거부당했습니다. 어쩌면 원생들 속에 여전히 형욱 군이 존재할 것만 같았지만 선영 씨는 떨어지지 않는 발걸음으로 다시 돌아올 수밖에 없었습니다.

돈을 벌기 위해 지체했던 그 며칠이 긴 이별의 시간을 만들었다는 자책으로 어머니는 크게 절망했습니다. 그리고 속절없이 30년의 시간이 흘렀고, 이젠 아들을 알아볼 자신조차 없는 선영 씨는 여전히 자신을 원망하며 하루하루 살아가고 있습니다.

왜 이런 황당한 일이 발생했을까요?

과거에는 실종아동 문제와 관련해 그 어떤 제도적 장치가 마련돼 있지 않았기 때문입니다. 실종아동 가족들이 보육원 같은 시설을 찾아가 자신의 아이를 찾고 싶어도 시설장이 보여주지 않으면 그만이었습니다. 시설장에게 원생들을 선보이게 강제할 그 어떤 법적 장치도 없었기 때문입니다.

그래서 사리사욕을 품은 시설장들이 미아나 장애를 가진 원생들의 부모가 찾아와도 돌려주지 않는 경우가 많았습니다. 장애를 가진 원생을 보유함으로써 얻는 이득이, 부모가 일시적으로 제시하는 사례금보다 훨씬 낫다는 저열한 계산이 있었기 때문입니다. 머릿수에 비례해 꼬박꼬박 나오는 정부 지원금을 일부러 포기할 리 없었던 탐욕 어린 시설장들 때문에 찾을 수 없었던 실종아동도 많았습니다.

이런 맹점들은 현재 시행 중인 '실종아동 등의 보호 및 지원에 관한 법률'(이하 실종아동법)로 인해 많이 보완되었습니다. 시설에 입소되는 아동 중에 실종아동이 있다면 즉각 보고할 수 있는 시스템이 완비된 것입니다.

이제는 시설장을 비롯한 공무원, 의료인 등은 직무를 수행하면서 실종아동 등임을 알게 됐을 때 경찰청장이 구축해 운영하는 신고체계로 지체 없이 신고해야 합니다. 또한 경찰청 또는 지방자치단체의 공무원이 실종아동 등의 가족을 동반해 관계 장소를 출입하여 조사할 수 있는 규정도 만들어졌습니다. 무작정 이유 없이 시설장이 조사나 입회를 거절할 명분이 없어진 것입니다.

실종아동법이 실효를 발휘하기까지는 우여곡절도 많았습니다. 실종아동법은 만들어졌지만 허점이 많았던 초기에는 보건복지부와 경찰청 사이의 소통체계가 마련되지 못해서 업무가 제대로 돌아가지 못했습니다.

수많은 실종아동이 법적으로 가출인 취급을 받는 문제점도 있었습니다. '신고 당시 14세 미만'이라는 나이 제한에 걸려 실종아동법 시행 당시에는 실종아동으로 분류된 사람들은 많지 않았습니다. 법이 만들어지고서도 여전히 '가출인'으로 분류되어 수사 대상에도 오르지 못한 실종아동이 많았습니다.

그 후 2011년에 실종아동법 개정을 통해서 새로운 전기를 맞이하였습니다. 2013년 6월 4일, 개정안이 시행되면서부터는 가장 문제가 됐던 실종아동의 범위가 '신고 당시 14세 미만' 제한에서 '실종 당시 18세 미만'으로 확대됐습니다. 58명에 불과하던 실종아동이 255명(장기실종 포함)으로 확 늘어났습니다.

현재 실종아동 업무와 관련한 정부기관은 보건복지부와 경찰청으로 이원화돼 있습니다. 사전 예방과 가족지원, 시설, 장애인 등은 보건복지부가, 신고 접수와 수색·수사 등은 경찰청이 담당하고 있습니다.

과거 실종아동법이 개정되기 전에는 복지부가 관리하는 무연고자 명단과 경찰에 접수된 실종신고자 명단이 실시간으로 대조되지 못했습니다. 복지부가 사회복지시설 등에서 관리하는 무연고자 명단을 매년 경찰에 보내기는 했지만, 통합관리망에 등록된 사람들을 그대로 보내주는 게 아니라 지역자치단체별로 따로 정리해 보냈기 때문에 이 과정에서 명단에서 빠지거나 입력시간이 지체되는 경우가 다반사였습니다. 다행히 현재는 실종아동법이 개정되면서 통합시스템이 구축돼 운영되고 있는 중입니다.

시설에서 중요한 신상카드 기록과 제출도 법적으로 의무화됐습니다. 예전에는 언감생심 꿈도 못 꿀 일이었습니다. 유전자검사의 실시와 그 기록의 보존에 대한 제도적인 진전도 있습니다.

과거보다는 실종 수사에 사회적 관심과 공적인 기관의 의지를 더 보이고 있다는 것이 고무적이지만 아직도 제도적으로 보완해야 할 것은 많습니다.

아동 등 사전등록제를 실시해 역시 실종 예방에 기여하고 있습니다. 일부러 어린이집이나 초등학교에 찾아가서 사전등록 서비스를 실시하기도 했습니다.

재실종 가능성이 높은 지적장애인과 치매환자는 사실 지문등록이 되어 있기 때문에 제대로 신고만 되면 가족을 찾아주는 일이 쉽습니다.

그 외에도 여러 가지 비용지원도 실종자 가족들에게 해 주는 부분이 필요합니다. 현재 모습을 추정한 몽타주 제작과 전단지 배포도 지원을 해주면 실종아동 가족들의 엄청난 부담을 덜 수 있을 것입니다. 성인 추정사진을 제작할 때에 포토샵 전문가의 역할도 중요하지만, 의학전문가의 역할이 매우 중요합니다.

무엇보다도 가장 절실한 것은 실종아동 문제에 대한 이웃들의 관심입니다. 아무리 CCTV와 이동통신 등을 이용한 위치추적, 사전지문등록제, 코드아담제와 같은 시스템이 도입되어도 실종아동을 목격한 이웃들의 목격담과 제보가 없으면 아무짝에도 쓸모가 없습니다. 실제로 실종아동을 찾은 사례의 상당수는 시민들의 제보가 실마리가 된 경우였습니다.

실종 문제에 대한 인식 전환도 필요합니다. 실종된 아이를 데려다가 부모를 찾아주지 않은 채 자신이 키워주며 선행을 베풀었다고 착각했던 과거와는 달리 그것은 명백히 범죄라는 사실을 인식하는 것도 중요합니다. 그렇게 기관에 맡겨지지 않는 아이들의 경우에는 부모를 찾고 싶어도, 자식을 찾고 싶어도 상봉할 수 가능성을 더 떨어뜨리기 때문입니다.

아무리 가족들이 생업을 포기하고 나선다 하더라도 사회시스템이 도와주지 않는다면 찾는 일은 어려울 수밖에 없습니다.

눈물 흘린 곳,
이제 닦아주다

• • •

그들의 눈에서 모든 눈물을 닦아 주실 것이다
그리고 더 이상 죽음이 없고,
애통과 부르짖음과 고통도 더는 없을 것이다
이전 것들이 다 사라져 버린 것이다

[계시록 21:4]

• • •

'실종아동'이라는 말이 법조문에 등장한 것은 얼마 안 됩니다. 10여 년 전에는 '미아(迷兒·길 잃은 아이)'라는 말만 존재했을 뿐, 실종아동에 대한 개념조차 없었습니다.

누군가에 의해 유괴됐을 수도 있는 아이의 경우에도 길 잃은 아이로 분류하는 오류가 버젓이 존재했습니다. 실종 문제에 대한 심각성을 국가와 사회 전반이 전혀 고려하지 않았던 것을 역설하는 대목입니다.

실종된 지 48시간이 지난 '장기실종자'의 대부분은 1년 이상 귀가하지 못한 이들입니다. 장기실종자 추적팀이 신설된 2014년 7월 프로파일링으로 접수된 건들을 다 뽑아 보았더니 미제로 남아 있는 것이 무려 2,382명이나 되었습니다. 다행스러운 사실은 사전지문등록 예방제도를 통해 경각심이 많이 부각된 요즘은 그나마 장기실종자 수가 점점 줄어들고 있다는 것입니다. '15년도 10월 현재 미제 건은 1,000명 정도 되고 더 줄어들 것으로 봅니다.

실종자의 가족들이 겪는 고통은 상상을 초월합니다. 실종 사건에 대해 사회적인 관심이 더 많이 쏟아져야 하는 이유입니다. 대부분 혈육과 원치 않는 이별을 해야 했던 가족들은 실종자에 대한 그리움, 염려, 근심, 걱정 등으로 정서적 불안감을 가지고 있습니다. 실종자에 대한 죄의식, 죄책감 등으로 극심한 심리적 고통을 겪기 마련입니다. 특히 실종아동 문제의 경우는 '부모가 자식을 제대로 보살피지 못했다.'는 식의 편견들로 인해 아이를 잃어버린 부모가 역설적으로 죄의식을 가져야 했습니다.

흔히들 우리는 실종아동의 사연을 들으면서도 '내 일'이 아니라고 느낍니다. 불쌍하고 안타깝다는 반응은 '내게는 일어나지 않을 일'이라는 전제가 깔려 있기에 가능한 것입니다. 하지만 '실종 문제'는 언제든 나와 내 주변의 일이 될 수 있습니다.

실종아동에 대한 공감대가 형성되지 않으면 실종자 가족들의 절망은 길게 이어질 수밖에 없습니다. 절망을 잊기 위해 행한 자학과 과도한 음주, 흡연 등은 건강상의 문제까지 이어집니다. 개인의 가정생활뿐만 아니라 사회에도 광범위한 영향을 미치게 됩니다.

범죄가능성이 있는 실종 사건의 경우 같은 동세대를 살아가는 국민들에게도 두려움과 심리적 불안에 따른 우울감을 전파합니다. 여성과 아동 등 사회적 약자들을 대상으로 하는 실종사건은 국가 기관에 대한 불신으로 연결됩니다.

실종 문제는 간단치가 않습니다. 살인과 유괴, 성폭행 등 심각한 범죄에 연루될 가능성을 배제할 수 없기 때문입니다.

'실종아동법'이 시행됨으로써 실종아동전담팀 체제, 유전자데이터 베이스 구축, 앰버경보시스템의 활성화 등의 각종 대책이 마련된 것은 그나마 다행이라 할 수 있습니다. 물론 저는 이런 법적 장치, 시스템 기반이 보완되기 전부터 다양한 방법으로 실종 수사를 해왔습니다.

일단 경찰서에 사람을 찾는다는 신청이 접수되면 해당 경찰서와 파출소로 그 신청서가 전달되는데 원래는 영역 정도가 정해진 '소재 수사'를 합니다. 하지만 이 경우에도 저는 이제껏 '소재 수사'에 그쳐본 적이 없었습니다. 전방위적으로, 전국구로 움직였기에 아마도 '실종가족찾기의 달인'이라는 영광스러운 닉네임을 얻었다고 생각할 만큼 뛰어다녔습니다.

2002년 2월 이후 지금까지 14년 동안 미아, 입양아, 실종자 등 4,700여 명을 가족의 품으로 돌려보냈습니다. 그 결과 영광스럽게도 2012년 6월 '최다 실종가족 찾아주기' 국내 공식기록을 인정받아 한국기록원에 등재되었습니다. 2013년에는 2002

년 2월부터 2012년 6월까지 일궈낸 가족 상봉 3,742건이 미국 월드레코드아카데미WRA로부터 '세계 공식기록 인증서'를 받기도 했습니다. '기네스북'으로 알려진 영국의 기네스월드레코드, 미국의 레코드센터와 함께 나열되는 세계 3대 기록인증기관의 인정을 받은 것입니다.

세계최고기록 인증서 수여

경찰청 182실종아동찾기센터는 실종자 위치추적 승인, 사전 등록 시스템 관리 등을 총괄하며 실종업무에 관한 '컨트롤타워' 역할을 수행하고 있습니다.

2014년 7월에 장기실종자들을 찾기 위해 용산구 갈현동 사무실에 장기실종자추적팀이 생긴 것은 우리나라 실종수사 분야에서 장족의 발전이라 부를 만한 성과입니다. 출범 두 달여 만에 600여 명의 실종자를 찾아냈다는 것을 보면 그 활약상을 짐작할 수 있을 겁니다.

재미있는(?) 사실은 우리 팀이 일하는 사무실이 있는 곳은 오래 전 그야말로 높은 악명으로 자자했던 '남영동 대공분실'이 있던 자리입니다. 많은 이들의 눈에서 눈물을 흘리게 했던 상처의 자리에서 이제는 그 눈물을 닦아주는 일을 하고 있는 셈입니다. 오늘도 한 사람의 실종자를 찾기 위해 우리 팀원들과 저는 분주하게 움직이고 있습니다.

지금까지 실종 신고를 접수, 처리하는 역할을 주로 해왔지만 장기실종자 추적팀 신설을 계기로 장기실종자를 찾는 방향으로 무게 중심이 옮겨졌습니다. 추적대상은 실종아동법에 근거해서 18세 미만의 아이들과 지적장애인, 치매노인이 대상이고, 가출이라도 범죄와 관련된 경우 일선의 실종팀에 인계합니다.

특이하게도 공소시효 등 수색 종료기한이 우리 수사에는 없습니다. 무조건 찾을 때까지 수사한다는 것이 원칙입니다. 장기실종 추적팀이 제대로 수사할 수 있도록 권한을 부여한 것도 특징입니다. 경찰 자료는 물론 보건복지부, 중앙입양원, 지방자치단체 등에 보관된 모든 자료를 비교·분석하며 실종자를 찾아 나설 수 있습니다. 또 현장 재조사와 실종자 가족 면담은 물론 필요한 경우 일선 경찰서와 공조 수사도 벌일 수 있습니다.

우리 팀에는 182실종아동찾기센터에서 3년 이상의 근무 경력이 있는 5명의 경찰관으로 구성되어 있습니다. 각자 다른 지역의 경찰서에서 근무했거나 과학수사반과 사이버 수사팀에서 일한 경력들을 보유하고 있어서 다각적인 기량을 서로 공유하며 시너지를 내고 있습니다. 거의 살인적인 스케줄을 너끈히 소화하는 팀원들은 하나같이 일당백의 전사들임을 자처합니다.

182실종아동찾기센터 접수팀 직원들과

과거 실종자 가족들의 염원이었던 장기실종자 추적팀은 182 전화, 문자(#182), 인터넷(안전드림 포털)을 통해 접수된 신고를 바탕으로 수사에 나섭니다.

장기 실종자 수사에서 짧은 기간에 뚜렷한 성과를 낼 수 있었던 것은 진전된 과학수사 덕분입니다. 과거에는 발로 뛰는 탐문

수사 위주로 했다면 지금은 과학수사를 접목하여 활용하고 있습니다. 유전자, 지문, 유류품, CCTV 등 과학수사로 실종자를 찾습니다. 또한 프로파일링 형식이라는 환경조사분석을 활용하고 있습니다. 환경조사분석은 실종자 가족들이 기억하는 단서들을 30여 가지로 분류해서 그 데이터를 가지로 분석해 추적하는 방법입니다.

경찰관 전용 내부망인 '실종아동 프로파일링 시스템'을 활용합니다. 프로파일링 시스템은 '안전드림포털safe182.go.kr'의 실종·가출신고의 입력 및 검색, 사전등록 관리, 위치추적, 관계기관 정보 연계 등의 기능을 갖추고 있습니다. 하루 평균 100여 건의 실종·가출인 수배·접수, 치매인식표 등 프로파일링 자료검색 발견과 함께 15건 안팎의 위치추적이 이뤄지고 있습니다.

장기 실종자추적팀은 수사는 여전히 노력이 80%, 노하우가 10%, 감수사가 10%인 경우가 많습니다. 아직까지도 현장 탐문조사의 중요성은 전혀 사라지지 않고 있습니다.

자신의 이름 정도밖에 기억하지 못하는 신청인들을 만나더라도 이름을 비롯한 정보를 근거로 '환경조사'를 거쳐 찾는 경우가 많습니다. 태어난 지역, 살았던 주변 환경, 다니던 학교나 유치원, 기억나는 친구 이름, 동명인 조사 등을 통해 가족일 확률이 있다고 생각되는 이들을 뽑아 추적을 시작합니다. 동시에 찾는 사람에 대해 알고 있을 법한 모든 주변 사람들에게도 연락을 취합니다. 현장 주변 수색과 가족 등 주변 인물 조사, 목격자 조사, 인터넷 접속 기록 확인, 휴대폰 통화명세서 조사, 신용카드 사용명세서 조사 등 아주 세밀한 접근도 이어갑니다.

가족으로 추정되는 사람과 동일한 이름을 가진 사람들에게 무조건 편지를 돌릴 때도 있습니다. 개인의 관련 정보를 얻어내기 힘들거나 후보 압축이 어려울 경우에 활용되는 방법입니다.

제가 직접 동명이인들에게 일일이 편지를 씁니다. 이렇게 보내는 편지만 해도 일주일에 평균 600통 이상이 됩니다. 흔한 이름일 때는 한 사람 찾으려고 1,000통 쓰는 일은 기본이었습니다. 지금까지 제가 쓴 편지는 거의 8만여 통이 넘을 것입니다.

이렇게 해도 아무런 단서가 발견되지 않을 때는 방송출연을 제의해 공개 제보를 받기도 합니다. 가족으로 추정되는 사람들을 발견했다고 생각되면 현장 조사와 유전자 조사에 들어갑니다.

제게는 딱히 정해진 퇴근 시간과 주말이 없습니다. 자랑이나 엄살이 아니라 웬만한 의지가 아니고서는 하기 힘든 일입니다. 실종사연 접수에서부터 상봉으로 이어지기까지 수많은 난관을 넘어야 하는 고통스러운 일을 하고 있지만 '상봉'으로 이어지는 순간 그동안의 수고를 모두 보상받을 수 있기에 오늘도 열심히 뛰어 다니고 있습니다. 제 발걸음 하나에 실종 가족들의 눈물과 아픔 한 자락이 덜어진다고 생각하면 도저히 멈출 수 없습니다.

제 책상 위는 늘 실종아동 관련 서류, 두꺼운 범죄수사학 책, 가족을 잃은 사람들의 구구절절한 사연이 담긴 편지들이 수북이 쌓여 있습니다. 한구석에 놓인 전화는 쉴 새 없이 울려대고 있고, 컴퓨터 모니터엔 실종아동 프로파일링 시스템이 현시돼 있습니다.

오랫동안 이 일을 하면서 실종 발생 시각과 장소, 기억나는 가족 이름 등 다양한 기억 자료들만 봐도 바로 결론을 내리는 나름의 분석 노하우도 생겼습니다.

다음은 장기실종자 추적팀에서 가족 찾기를 성공시킨 사연들입니다.

"누구든지 하나님의 뜻대로 하는 자는 내 형제요 자매요 모친이니라."

[마가복음 3:35]

업무사진

가족을 찾는 일은 내 가족, 내 형제라고 한다면 못할 일이 없다고 생각합니다. 신고 접수한 지 27일 만에 가족을 찾은 여성의 사연입니다.

서울에 거주하던 신용선 씨(32세, 여, 가명)는 일곱 살이 되던 1989년 6월 혼자 외출한 뒤 길을 잃었습니다.

환경조사를 통해 용선 씨는 당시 아버지와 함께 살았고, 아버지가 새벽에 출근해 혼자 지내는 일이 많았다는 것을 알게 되었습니다. 딱히 어머니에 대한 기억이 없는 것으로 보아 이혼, 사망 등의 이유로 어머니가 거주를 함께하지 않았다고 추정했습니다.

거리를 헤매던 중 순찰 중이던 경찰관에게 발견된 용선 씨는 집 주소, 가족 이름, 연락처, 외출 이유 등을 정확하게 기억하지 못해 미아보호소로 옮겨졌고, 이후 보육원에서 성장하게 되었습니다.

성인이 된 용선 씨는 자신이 성장했던 보육원과 서울시, 경찰서 등을 방문해 가족을 찾으려고 노력했지만 찾을 수 없다는 연락을 받았습니다. 포기하기 직전 용선 씨는 마지막이라는 마음으로 저를 찾아왔습니다. 처음 만나던 날, 그녀의 절박한 눈을 기억합니다.

보육원에서 지내면서 가족을 생각하는 자체가 너무나 힘들어 죽을 때까지 생각하지 말자고 결심했다는 대목에서 제 가슴은 많이 아팠습니다. 하지만 결혼을 하고 아이를 낳은 후, 가족을 찾고 싶다는 마음이 더 간절해졌다는 용선 씨.

그녀의 젖은 목소리를 듣고 바로 저는 프로파일링 시스템을 검색하고, 보육원 입소 자료, 보호시설 가족 찾기 명단 등을 확인하여 가족으로 추정되는 630명의 명단을 확보하였습니다. 하지만 아버지의 이름이나 태어난 곳 등 모호한 자료만으로 630명 중 가족을 찾기란 모래에서 바늘을 찾는 것과 같았습니다.

다행히 작은 실마리 하나가 발견되어 수사는 활기를 띠게 되었습니다. 사건 해결의 결정적 단서는 그녀가 기억해낸 사촌동생의 이름이었습니다. 용선 씨는 정확하지는 않지만 사촌 동생의 이름이 신ㅇ ㅇ인 것 같다고 했고, 630명의 호적을 하나하나 검토하여 해당 이름을 가진 사촌동생을 확인할 수 있었습니다.

혹시 몰라 먼저 사촌동생으로 추정되는 사람을 통해 아버지에 대한 정보, 집 구조, 어린 시절 추억, 가족 관계, 길을 잃게 된 경위 등을 다시 한 번 확인했습니다.

소식을 들은 아버지는 죽은 줄만 알았던 딸이 자신을 찾는다는 소식을 듣고 울음을 멈추지 못했습니다. 실종된 딸을 찾기 위해 거리로 나서 수많은 전단지를 돌렸지만 결국 찾지 못해 눈물로 세월을 보냈던 용선 씨의 아버지는 24년 만에 드디어 그토록 눈에 그리던 딸과 상봉할 수 있었습니다.

"소금은 좋은 것이로되

만일 소금이 그 맛을 잃으면 무엇으로 이를 짜게 하리요

너희 속에 소금을 두고 서로 화목하라 하시니라"

[마가복음 9:50]

가족을 찾아주면서 가장 행복한 일은 서로 용서하고 사랑하고 기뻐하는 모습을 보는 것입니다. 다음은 가정폭력으로 젖먹이 때 집을 나간 친어머니와 상봉한 남성의 사연입니다.

1993년 서울 구로구에서 태어난 김정환 씨(21세. 남. 가명)는 심장질환을 앓고 있어 수차례에 걸쳐 수술을 받았습니다. 하지만 육체의 질병보다 그를 더 괴롭힌 것은 오랜 시간 품은 마음의 공허함이었습니다.

여느 아이들처럼 어머니의 사랑을 받고 자라야 할 시기에 정환 씨는 그렇지 못했습니다. 정환 씨가 젖먹이일 때 가정폭력을 견디다 못한 어머니가 정환 씨를 놔두고 집을 나갔던 것입니다. 정환 씨는 할머니 손에서 어머니의 얼굴도, 이름도 모른 채 자랐습니다.

한때는 어머니를 많이 원망하기도 했습니다. 하지만 이른 나이에 가정을 꾸리고 자신도 어린 나이에 아들을 낳고 살다 보니 조금이나마 어머니를 이해하기 시작했습니다. 어머니를 찾아서 함께 살고 싶은 마음뿐이던 정환 씨는 "같이 살 수 없더라도 어머니의 얼굴만이라도 꼭 보고 싶습니다."라며 저에게 사연을 접수했습니다.

프로파일링 시스템 검색과 각 기관에 보관된 자료로 정환 씨 어머니에 대한 환경조사 등을 벌였습니다. 그리고 과거 거주지로 추정되는 곳을 직접 방문했습니다.

조사 결과 정환 씨의 어머니 강숙자 씨(47세. 가명)는 재혼해 경기 성남시에 살고 있었습니다. 혹시나 새로 꾸린 가정에 문제를 만들까 봐 조심스럽게 상봉 의사를 타진했습니다. 의외로 숙자 씨는 저에게 "아들을 하루라도 빨리 만나고 싶어요."라며 흔쾌히 동의했습니다.

숙자 씨는 제게 술만 마시면 의처증으로 폭언과 폭행을 일삼는 남편을 견딜 수 없어서 태어난 지 얼마 안 되는 아들을 집에 두고 혼자 나왔지만 한 번도 아들을 잊은 적이 없었다며 울며 말했습니다. 그녀에게 얼굴도 모르는 아들은 늘 그리움이었고, 마음의 짐이었고, 죄책감이었던 것입니다.

심장 수술이라는 가장 힘든 시기에 자신이 그토록 보고 싶었던 어머니를 찾은 정환 씨는 용기를 내어 다시 한 번 수술대에 올랐고, 무사히 수술을 마친 후 자신의 아이와 함께 어머니를 만났습니다.

아무리 수소문을 한다고 해도 외국에 거주하면서 국내에 있는 가족들을 찾는 일은 보통 힘든 일이 아닙니다. 그런 분들의 사연을 해결해 준 경우도 많습니다.

미국 맨해튼에 거주하는 80대 혼혈 한국계 할머니에게 어린 시절 일본에서 헤어진 남동생을 상봉시켜 주었던 사연입니다.

죽기 전에 동생을 만나고 싶다는 민원을 접수한 총영사관 외사협력관이 182실종아동찾기센터에 이첩한 사항이었습니다. 그 협력관과 저는 3개월이 넘는 추적 작업 끝에 동생분과 조카를 찾을 수 있었습니다.

경기도 광주시에 거주하는 남동생은 45년 만에 전화로 먼저 누나와 재회했습니다. 죽기 전에 누나의 소식을 알게 되어 다행이라는 동생을 할머니는 미국으로 초청했고, 드디어 상봉할 수 있었습니다.

해외 조사까지 동원한 끈질긴 노력 덕분에 28년 만에 일본에 사는 어머니를 찾은 30대 남성의 사연입니다.

조영제 씨(39세, 남, 가명)는 다섯 살 때 어머니와 헤어졌고 아버지가 재혼을 하면서 새어머니와 살게 되었습니다. 영제 씨는 남아 있는 어머니 사진도 없고 어머니의 얼굴도 기억에 없지만 언젠가 꼭 어머니를 만날 수 있기를 바라는 마음으로 살아왔다고 했습니다. 결혼하고 자식을 낳아 길러보니 더욱 어머니가 잘 계시는지 궁금해졌던 영제 씨가 저에게 사연을 접수했습니다.

프로파일링 시스템 검색 등을 통해 영제 씨의 친어머니로 추정되는 명단을 확보, 일일이 한 명씩 확인했지만 가족으로 특정할만한 사람을 찾지 못했습니다. 다시 한 번 과거 병원 기록과 주변인 탐문, 현장 조사 등을 거쳐 마침내 캐나다에 살고 있는 친어머니를 찾았습니다.

저는 캐나다 현지의 시민단체에 연락해 친어머니에게 아들이 찾고 있다는 사실을 조심스럽게 전했습니다. 영제 씨와 헤어진 후 캐나다로 이민을 가 현지 동포와 재혼을 한 상태였기 때문입니다.

며칠 후 전화가 걸려왔습니다. 영제 씨의 친어머니는 "아들이 나를 찾고 있는 게 맞나요?"라고 몇 번이나 반문하며 "30여 년 전 가정폭력을 견디지 못해 집을 나오는 바람에 아들과 헤어졌고 지금까지 힘들게 살아왔습니다."고 오열했습니다. 잘 살고 있는 아들의 근황이 대견하고 기쁘다며 한국에 들어와 아들을 만나겠다고 약속했습니다.

병세 악화와 어려운 가정형편 등의 이유로 부모가 헤어지자 외할머니에 의해 보호시설에 맡겨졌고 이후 덴마크의 한 가정으로 입양된 여성과 친어머니가 36년 만에 상봉한 사연입니다.

성인이 된 베넷(37세, 여, 가명) 씨는 수차례에 걸쳐 한국을 방문하여 친부모를 찾기 위해 노력했으나 부모와 관련된 정보 부족 등으로 실패했습니다. 사랑하는 양부모님이 계셨지만 덴마크를 한 번도 내 집처럼 느껴본 적이 없다는 그녀는 마침내 센터 문을 두드렸습니다.

곧 저는 베넷 씨의 보호시설 기록을 확인했으나 당시 아이의 몸무게, 키 등 기본적인 정보만 확인했고, 부모에 관한 정보나 단서는 전혀 발견하지 못했습니다. 다행히 입양기관의 자료에 어머니와 돌아가신 할머니의 이름이 기재된 것을 발견하였고, 이를 토대로 프로파일링시스템을 이용하여 베넷 씨와 어머니와 이름이 같은 620명의 인적사항을 확보했습니다.

동시에 할머니의 이름과 이들 620명의 호적사항을 대조해본 결과 베넷 씨의 어머니로 추정되는 여성을 찾았습니다. 주소가 말소되어 중간에 어려움을 겪기는 했지만 어머니의 자매, 즉 베넷 씨의 이모를 찾을 수 있었습니다.

베넷 씨의 이모는 그녀의 친어머니가 현재 제주도에 거주하고 있다며 연락해 딸과의 만남을 주선하겠다고 말했습니다. 드디어 베넷 씨와 상봉한 어머니는 미혼 상태에서 아이를 낳아 경제적으로 너무 힘들어 키울 수가 없어 시설에 보냈다고 말했습니다. 지금이라도 딸을 찾게 돼 매우 고맙고 딸을 만나면 미안하고 넌 여전히 소중한 아이라고 말을 건네주겠다고 연신 되뇌었습니다.

우리나라에서 해외로 입양된 아동들이 가족을 찾기 위해서 해마다 방문이 늘어나고 있습니다. 우리나라에서 부모님을 떠나 입양된 아동만도 약 25만 명 이상이 됩니다. 아주 어렵게 가족을 찾았던 입양인이 저에게 보낸 감사 편지입니다.

한 번도 만나 뵌 적은 없지만 진심으로 감사한 마음을 전해 드리고 싶습니다.

저를 위해 애써 주신 모든 일에 정말 감사함을 느낍니다. 만나본 적도 없고, 잘 알지도 못하는 입양인들을 도와주려 애써 주신 마음 너무나 잘 알고 있으며 깊은 감동을 받았습니다. 민감하고 조심스러운 일이고, 개인적으로 곤란한 상황을 겪으실 수도 있었는데도 그에 연연하지 않고 소중한 시간을 그 일에 써주셔서 감사합니다.

저와 저희 친어머니에 대한 진심 어린 관심, 제가 충분히 느낄 수 있었습니다. 이건수 님의 성품과 마음 씀씀이에 대해서는 익히 들었습니다. 이번 일을 통해 이건수 님이 마치 하늘에서 저만을 위해 보내주신 천사와 같은 분이라고 느꼈습니다.

10년 동안 친가족을 찾아다녔지만 이번처럼 큰 결실이 있었던 적은 처음이었습니다. 언젠가 꼭 한번 만나 뵙고 싶어요. 제 양가족들과 남편도 이건수 님께 감사함을 느낀다네요. 국민들 그리고 많은 다른 입양관련자들을 위해 애써주시길 바라며 사랑하시는 모든 분들을 위해 기도하겠습니다.

항상 좋은 일만 가득하시길 바랄게요.

- Melanie

태어나자마자 시설에 맡겨진 소년이 15년 만에 어머니와 만난 사연입니다.

고현종 군(15세)은 부모와 언제, 어디서, 어떻게 헤어졌는지도 모른 채 영아원, 보육원, 고아원을 옮겨 다니며 살아왔습니다. 평생소원이 '부모님 얼굴을 한 번 보는 것'이었습니다.

현종 군의 사연을 접수한 저는 정보 부족으로 어려움을 겪었습니다. 현종 군이 알고 있는 정보는 어머니 이름과 어머니가 30대 초반이었다는 것이 전부였습니다. 저는 프로파일링 시스템 검색 등을 통해 150명의 명단을 확보했고, 일일이 확인한 결과 경기도에 사는 어머니 한정희 씨(33세)를 찾을 수 있었습니다.

이미 재혼을 하고, 현종 군을 낳았다는 사실을 알지 못하는 현재의 남편 때문에 만나기를 꺼려하는 정희 씨를 겨우 설득해 현종 군과 해후하도록 주선했습니다. 처음에 과거를 덮고 싶어 하던 모습을 보이던 어머니였지만 정작 어느새 듬직한 사춘기 소년으로 자란 현종 군을 본 정희 씨는 아들을 보자마자 한달음에 달려가 꼭 껴안았습니다.

그동안 어머니가 자신을 만나기를 꺼려한다는 말에 낙심하고 또한 번의 상처를 받았던 현종 군의 마음은 치유가 되었습니다. 자신을 꼭 안으며 우는 어머니를 보며 현종 군은 울다가 웃는 등 감격을 추스르지 못하는 모습이었습니다.

"이것을 너희에게 이름은 너희로 내안에서 평안을 누리게 하려함이라

세상에서는 너희가 환란을 당하나

담대하라 내가 세상을 이기었노라 하시니라."

[요한복음 16:33]

살다보면 각종 어려움이 있습니다. 왜 이런 어려움이 나에게 올까 좌절하기도 합니다. 입양인의 경우에도 낳아준 부모를 한없이 원망하는 입양인이 있는가 하면, 오히려 나를 낳아주어서 해외로 보내주시고 좋은 양부모님을 만나게 해주었다며 감사하는 입양인도 있습니다. 무엇을 어떻게 보는가에 따라 인생이 달

라지는 것입니다.

미국으로 입양된 30대 남성이 아버지를 만난 사연입니다.

여민우 씨(31세, 남, 가명)는 1983년 8월 경기 시흥에 있는 조산원에서 8개월 만에 태어났습니다. 그녀의 생모는 민우 씨를 출산한 뒤 곧바로 퇴원을 했고, 민우 씨는 따스한 가족의 품 대신 시설에 보내졌습니다. 그리고 그해 10월 한국사회봉사회를 통해 미국으로 입양됐습니다. 자라면서 정체성의 혼란을 느꼈던 민우 씨는 "원치 않은 출생이었을 수 있지만 왜 입양이 됐는지 알고 싶습니다."라며 가족을 찾기 위해 저를 찾아왔습니다.

그동안 국내 입양기관과 시설 등을 수소문했으나 원하는 답을 얻지 못했습니다. 시설에 남아있는 서류를 통해 민우 씨의 부모 이름을 확인했지만 주소나 연락처 등 다른 인적사항이 명확하지 않아 찾을 수 없다는 답변만 받았다고 했습니다. 먼저 프로파일링 시스템 검색과 보호시설에 신고된 가족명단을 확인하는 방법으로 동명인 230명을 찾아냈습니다. 이어 이들에 대한 환경조사분석과 동시에 일일이 편지를 보내 사실관계를 확인했습니다.

그 결과 서울 관악구에 거주하는 여평훈 씨(63)가 거주 자료, 친인척 관계 등에서 일치해 대상자로 확정됐습니다. 평훈 씨는 당시 집안 경제사정이 어려운 데다 이미 아들이 둘이나 있는 상태여서 도저히 셋째까지 키울 능력이 되지 않아 걱정하던 상태였다고 했습니다. 그러던 어느 날, 만삭인 아내가 병원에 다녀온다고 하고선 혼자 돌아왔

기에 그저 '아이가 태어나는 과정에서 죽었나 보다.' 하고 짐작만 했
다고 말했습니다.

민우 씨의 어머니는 이미 2005년 3월 암으로 먼저 세상을 떠난 상
태였습니다. 그 소식을 듣고 가슴 아파하는 민우 씨의 손을 붙잡고
평훈 씨는 "조금 더 일찍 찾았더라면, 엄마도 네 얼굴을 보고 떠났다
면 좋았을 텐데……." 후회하며 뒤늦은 오열을 터뜨렸습니다.

돌 사진 단 한 장만 보고 시설아동 중에서 아들을 찾아내 어머
니와 상봉시킨 사연입니다.

1996년 8월, 아빠 손을 잡고 나갔던 세 살배기 아들 박희수 군(19세,
남, 가명)이 허망하게 사라졌습니다. 희수 군은 아버지와 함께 서울 이
태원의 한 식당을 찾았다가 아버지가 친구와 식사를 하는 사이 어디
론가 사라지고 만 것이었습니다.

어머니 홍지혜 씨(46세, 가명)는 다니던 직장까지 그만두고, 유일하
게 갖고 있던 아들의 돌잔치 사진을 들고 온 서울 시내를 미친 사람
처럼 헤집고 다녔습니다. 1년 넘게 이태원을 중심으로 서울 시내를
이 잡듯이 훑고 다녔지만 결국 아들의 자취를 발견하지 못했습니다.

이후, 지혜 씨의 가정과 그녀의 삶 자체는 모두 망가지고 말았습니
다. 아들을 잃어버린 후 부부 사이도 틀어져버렸고, 아들을 찾아다니
느라 재산도 남지 않게 되었습니다. 결국 남편과도 이혼한 지혜 씨는

너무 힘든 나머지 아들 찾기를 포기할 수밖에 없었습니다. 주변에서도 "산 사람은 그래도 살아야 한다."며 사라진 아들을 어서 잊어버리라고 조언했다고 합니다.

십여 년 넘게 흘렀지만 아들을 찾지 못했다는 부담감은 사라지기는커녕 내내 지혜 씨의 가슴 한편을 무겁게 짓눌렀습니다. 급기야 지혜 씨는 신장이 나빠지는 등 건강이 나빠졌습니다. 몸이 아프면서 희수 군 생각은 더욱 간절해졌고 지푸라기라도 잡는 심정으로 저를 찾아왔습니다.

그때 지혜 씨는 놀랍고 기막힌 사실을 알게 되었습니다. 당시 희수 군의 실종신고 자체가 아예 없었다는 것을 뒤늦게 알게 된 것이었습니다. 경황이 없는 중에 부부가 서로 경찰에 신고했겠거니 하고 막연히 믿은 채 희수 군 찾기에만 골몰했던 것이었습니다.

지혜 씨의 유전자를 채취해 실종아동들과 대조에 들어갔습니다. 그리고 당시 유일하게 남아있던 희수 군의 돌 사진을 토대로 1995년부터 1999년 사이 서울 아동복지센터에 접수된 무연고 입소아동 사진을 일일이 비교하기 시작했습니다. 결국 동작구 소재의 한 아동보호시설에 입소한 아동의 사진이 실종된 희수 군의 돌 사진과 비슷한 점을 발견할 수 있었습니다. 원래 사람의 귀 주변과 눈매는 나이가 들어도 변하지 않기 때문에 그 아동이 희수 군임을 확신한 것입니다.

동일인으로 추정되는 해당 아동을 추적한 결과, 1997년 10월 김모 씨 부부에 의해 입양됐고 현재 전남 목포에 있는 모 고등학교를 다니고 있는 사실이 확인됐습니다. 국립과학수사연구원은 입양 뒤 김○

○ 군으로 이름이 바뀐 희수 군의 유전자와 지혜 씨의 것이 서로 일치한다는 결과를 통보해왔습니다.

신장 수술을 받아 병원에 입원 중인 어머니 지혜 씨는 아들을 찾았다는 감격적인 전화를 받고 한참이나 울었습니다. 잃어버린 지 무려 16년 만에 찾은 아들이라 당장 만날 줄 알았지만 지혜 씨는 아들과의 상봉을 잠시 미뤘습니다. 수술 뒤 몸이 완전히 회복되면 건강한 모습으로 아들을 보고 싶다는 소망을 말하며 의연하게 웃는 지혜 씨의 표정은 맑은 날 해처럼 빛났습니다.

접수한 지 80일 만에 어머니로 추정되는 수많은 동명이인에게 '아들이 엄마를 찾고 있다'는 내용의 편지를 보내 결국 26년 만에 어머니와 재회한 아들의 사연입니다.

김정식(27세, 남, 가명) 씨는 첫 돌이 되기 전에 헤어져 엄마의 얼굴을 기억하지 못하는 상황에서 도움을 요청해 왔습니다. 제가 유독 다른 사람보다 그에게 어머니를 더 찾아주고 싶은 마음이 간절했던 이유는 정식 씨가 태어날 때 난산으로 인해 오른손과 발에 장애를 갖고 태어난 장애인이었기 때문입니다.

정식 씨의 어머니를 찾는 일은 처음부터 난관에 부딪혔습니다. 어머니에 대한 정보가 턱없이 부족했기 때문입니다. 정식 씨의 부모가 정식으로 혼인신고를 하지 않은 탓에 어머니에 대해 알고 있는 것이라고는 '엄수진'이라는 이름과 낡은 사진 몇 장이 전부였습니다. 프로파일링시스템 검색 등을 통해 정식 씨의 어머니로 추정되는 동명인 130여 명의 명단을 확보했으나 특정할 수는 없었습니다. 나중에 알고 봤더니 정식 씨의 어머니가 개명을 했던 탓이었습니다.

끈기와의 싸움이 이어졌습니다. 먼저 과거의 병원기록과 인척관계 등을 조사해 추정되는 인물을 압축해 나갔고, 다른 한편으로는 동명인 모두에게 '아들이 엄마를 찾고 있다'는 내용의 편지를 보냈습니다. 혹 재혼했을 가능성이 높은 어머니의 사정을 고려해 사생활 보호 차원에서 친인척을 찾는 척 가장하는 편지를 보냈습니다.

실종 가족을 찾다 보면 이런 경우가 있습니다. 세월이 지나다 보니 의뢰자가 찾는 부모님 중 한 쪽이 재혼을 해서 새로운 가정을 이룬 경우 말입니다. 재혼할 때 아이가 없다고 말하고 결혼한 분들도 있습니다. 그렇게 새 가정을 꾸린 사람들과 부모라고 애타게 그들을 찾아다닌 자식들을 상봉시키는 것이 과연 좋은 것일까, 몇 번이고 회의를 느꼈습니다. 그래서 자녀와 만나는 것보다 지금 가정의 행복을 지키려고 하는 분들에게는 가급적 무리해서 상봉을 추진하지 않았습니다.

이런 경우가 대략 70여 건이 됩니다. 자녀 상봉으로 인해 지금 재혼 가정의 행복이 보장되지 않으면 상봉을 시키지 않습니다. 부모를 찾고도 이런 이유로 만나지 못해 두 번 상처받는 분들은 제가 좋은 말로 설득을 하고 있습니다. 대부분은 자신 때문에 부모님의 행복을 깨지는 것을 바라지 않았습니다. 물론 자신의 배우자가 낳은 자식까지 함께 보듬으며 새로운 미래를 설계하는 가정들도 보았습니다.

정식 씨가 찾은 어머니 엄수진 씨(48세, 가명) 경우 역시 비슷했습니다. 그녀도 새로운 배우자를 만나 가정을 꾸리고 있었습니다. 목동 다세대주택에 사는 어머니를 만나기 위해 충남 아산에서 4시간 넘게 달려온 아들 정식 씨를 만나주지 않을까 봐 저는 마음을 졸이며 수진 씨를 설득했습니다.

26년 전 첫돌이 채 안 된 젖먹이를 두고 집을 나온 엄마는 갑작스러운 아들과의 상봉이 믿기지 않는 듯한 눈치였습니다. 경제적 어려움과 가정폭력을 견디다 못해 추석에 시댁을 찾았다가 "목욕탕에 간다."며 도망치다시피 집을 나왔던 엄마로서 아들에 대한 미안함이 너무 컸습니다. 더구나 재혼해서 만난 남편과 그와의 사이에서 낳은 중학교 2학년 아들은 아직 동복형의 존재에 대해 모르는 상태라 이 재회를 마냥 두려워했습니다.

제가 10여 분간 설득했습니다. 결국 간곡한 설득에 이끌리듯 집에서 나온 수진 씨는 자신보다 키가 한 뼘 이상 훌쩍 커버린 정식 씨를 말없이 꼭 안았습니다. 모정은 어쩔 수 없는 본능 같았습니다. 정식 씨는 눈물을 훔치며 "잘 지내셨어요?"라며 안부를 물었고, 수진 씨는 연신 "미안하다."는 말과 함께 하염없이 눈물만 흘렸습니다.

40년 전 아들과 헤어진 70대 할머니의 사연입니다.

윤혜자 할머니(70)는 젊은 시절 직장에 다니던 중 남편을 만나 동거를 시작했습니다. 하지만 아들이 다섯 살 되던 해 남편이 이미 가정이 있는 유부남이라는 사실을 알게 되었고, 윤 할머니는 결국 이별을 선택했습니다. 윤 할머니는 "아들을 보내고 헤어지면서 얼마나 울었는지 모릅니다."라고 말씀하셨습니다. 당시 아들 김명철 씨(45세, 남, 가명)가 탈장으로 고생을 심하게 하는 등 건강이 좋지 않아 더욱 걱정이 많은 상태에서 남편의 집으로 보낼 수밖에 없었던 터라 쉬이 잊을 수 없었다고 말했습니다.

윤 할머니는 그동안 아들을 가슴에 묻어두고 한시도 잊어본 적이 없었다고 했습니다. 후일 아들이 그리웠던 할머니는 아들을 찾기 위해 여러 관공서를 돌아다녔으나 찾을 수가 없었습니다. 나이도 있고 몸도 아프고 해서 죽기 전에 꼭 아들을 만나고 싶었던 윤 할머니는 제게 사연을 접수했습니다.

프로파일링시스템 검색과 아들로 추정되는 540명을 일일이 확인했으나 발견하지 못했습니다. 다시 한 번 환경조사, 현장방문조사 등을 실시해 아들로 추정되는 인천에 거주하는 명철 씨를 찾아냈습니다. 그의 거주 자료, 가족관계, 병원기록 등을 확인하고 일치한다는 것을 확인했습니다.

명철 씨의 전화번호를 어렵게 확보해 수차례 통화를 시도했으나 명철 씨는 이를 보이스피싱 전화로 오해하고 받지 않았습니다. 제가 전화 및 문자 등으로 사흘 간 설득하고 그가 182실종아동찾기센터를 직접 방문하는 등 우여곡절을 겪은 뒤에야 오해를 풀었습니다.

명철 씨는 어머니에 대한 얘기를 듣자 눈물을 흘리며 하루 빨리 어머니를 만나고 싶어 했습니다. 윤 할머니는 내내 그리워했던 아들이 자신을 원망하지 않고 보고 싶어 했다는 말을 듣고 뛸 듯이 기뻐했습니다. 지난 40년 동안 아들과 못했던 얘기, 하지 못했던 일들을 하면서 여생을 행복하게 살겠다는 할머니의 당찬 포부에 우리 모두가 웃었던 기억이 납니다.

27년 전 헤어진 형제들을 40여 일만에 서로 상봉시켰던 사연입니다.

경기 용인에 사는 이수택 씨(36세. 남. 가명)는 어릴 적 어머니가 가출한데 이어 아버지마저 돌아가시자 형 형택 씨(37세, 가명)와 함께 부산에 있는 큰집에 맡겨졌습니다. 어느 날, 형은 목욕탕에 다녀오겠다며 집을 나선 후 길을 잃고 다시 돌아오지 않았습니다. 그동안 수택 씨는 형을 찾기 위해 부산시청과 부산 북구청, 고아원 등 여러 곳을 찾아다녔지만 어디에서도 형의 흔적을 발견할 수 없었습니다.

수택 씨의 사연을 접수한 182실종아동찾기센터는 프로파일링 시스템 검색과 보호시설 가족 찾기 명단 확인 등을 통해 수택 씨의 형으로 추정되는 510명을 확보했습니다. 이후 40여 일에 걸쳐 성장배경, 주변 환경, 친척관계 등을 종합적으로 분석해 충남 천안에 거주하는 형택 씨를 찾을 수 있었습니다.

길을 잃어버린 사실, 실종 후 최초 발견 시의 이름 등을 확인하고 시설 입소 당시의 사진과 인상착의, 호적등본 등 각종 자료를 대조해 그가 수택 씨가 찾는 형 형택 씨임을 재차 확인했습니다.

형택 씨는 길을 잃고 서울 소년의집, 형제복지원 등 각종 시설을 전전하며 지냈습니다. 자신이 거주하던 시설의 도움으로 호적을 만들었기 때문에 이름으로 추적하는 것이 그동안 힘들었다는 사실도 밝혀졌습니다.

어린 시절 결핵에 걸려 고생했던 형택 씨는 아플 때마다 간절히 생각했던 가족들을 찾기 위해 관공서 등 여러 곳을 방문했지만 자료가 없어서 포기했었다며 수택 씨를 꼭 포옹했습니다.

"오늘 울며 씨를 뿌리러 나가는 자는
내일은 정녕 기쁨으로 그 단을 가지고 돌아오리로다."

[시편 126:5–6장]

실종수사를 하면서 수많은 눈물들과 웃음들을 접했습니다.

실종자를 찾기 위해서는 가족들의 낙관적이고 희망적인 기다림과 수사 기관의 포기 없는 추적, 국가와 사회의 관심과 배려라는 삼박자가 갖춰져야 합니다.

실종자 가족들의 눈물이 멎고, 입가에 미소를 띠는 그날까지 장기실종자추적팀의 사무실의 불은 꺼지지 않을 것입니다.

리틀 빅
히어로

• • •

하나님의 뜻대로 사는 사람은
영원히 살리라

[요한일서 2:17]

• • •

"두려워 말라.
내가 너를 구원해 주었고 너의 이름을 불렀으니 너는 내 사람이로다."

[이사 43:1]

아무리 인생의 험한 등성이에서 넘어지더라도 아주 엎어지지
않았던 것은 하나님께서 그 빛나는 손으로 저를 붙들어주셨던
덕분이라는 걸 잘 알고 있습니다.

제게 일어나는 예상치 못했던 사건 하나하나가 사실은 모두
하나님의 계획에 따라 일어나는 과정일 뿐이라고 생각합니다.
이런 생각을 품고 있으면 누구든지 원망이나 불만을 품지 않을

것입니다. 오히려 저를 너무나 사랑하시는 하나님의 숨은 뜻을 알아차리기 위해 더욱 노력하면서 그분과 더 가까워지는 계기를 만들 것입니다. 어쩌면 하나님이 우리 인간에게 바라시는 것은 우리가 늘 하나님을 잊지 않고 사는 것인지도 모릅니다.

제가 '경찰'이라는 직업을 갖고 '실종수사'에 매진하게 된 것은 하나님이 주관하시지 않았으면 절대 일어날 수 없었던 일이라고 확신합니다. 하나님이 저를 이 일로 이끄신 것은 아마도 이 사명을 통해 사람을 이해하고 서로 사랑하는 법을 가르쳐 주시기 위함이라고 믿습니다.

실종수사를 하면서 몇 번이고 온 마음을 다해 하나님을 절실히 찾았던 때가 많았습니다.

개인적으로 하나님 앞에 더 다가가려고 노력했던 때는 제 일신상에 좋든 나쁘든 뭔가 큰일이 생겼을 때였습니다. 기쁜 일이 생겨 한없이 감사를 드릴 때도 있었지만 대부분은 힘든 일이 생겨 마음이 너무나 괴로울 때가 더 많았습니다.

오랜 수사에도 불구하고 결국 실종 가족들을 찾지 못했을 때, 겨우 찾아냈지만 만남을 거부하거나 가족이 사망 또는 이민으로 재회를 못하게 된 때, 신청자들이 절망하고 낙담하여 실의에 빠지고 배신감에 치를 떨면서 자기 자신과 주변 이들을 괴롭히는 모습을 볼 때는 저 역시 너무도 괴로웠습니다.

그런데 가만히 생각해 보면 하나님께서 과연 아무 이유 없이 오로지 저를 골탕 먹이기 위해 이 모든 과정을 제게 다 보이고,

고통스러움을 선사하셨던 것은 아니었습니다. 제가 좀 더 성숙해질 수 있는 기회를 갖게 한 하나님만의 훈육방법이었음을 깨달았습니다. 슬픔과 괴로움에 침잠하는 가족들을 더 의연하게 위로하라고 제게 이런 고뇌를 던지셨음을 알게 되었습니다.

솔직히 세속적인 눈으로 보자면 실종수사를 하면서 제가 개인적으로 잃어버린 것들도 수없이 많았습니다. 법학을 전공하고 경찰에 투신해서인지 젊은 나이에 금방 경사 직위를 얻었던 저였습니다. 여러 부서를 돌며 경험도 쌓고 따로 공부도 해서 진급을 했다면 지금쯤 아마 더 좋은, 티가 나고 편안한 자리에서 일했을지도 모릅니다. 더 높은 직위에서 지금보다 더 의미 있고 영향력 있는 일을 했을지도 모릅니다. 하지만 사람들이 가족을 찾고 기뻐하는 모습을 보게 되면 그런 생각들이 다 깡그리 사라지는 기이한 경험이 몇 번이고 반복되었습니다.

최근 저에게 온 감사편지 내용입니다. 편지의 주인공은 오랜 세월 엄마와 헤어진 채 살아야 했던 여성분입니다. 암수술을 받는 내내 다시 만난 엄마가 곁을 지켜준 것이 정말이지 많이 기뻤던 모양인지 편지글만 읽어도 느껴졌습니다.

"안녕하세요. 집사님! 지금도 이별의 아픔을 가진 많은 가족들에게 희망이 되어 주시고 계시죠? 열흘 전 폐에 전이된 암세포 제거 수술을 하였습니다. 담임 목사님을 비롯하여 많은 성도님들의 중보 기도에 힘입어 평안히 수술 잘 마치고 최근 퇴원하였습니다. 더 이상 항암치료가 안 되어 절제 수술을 하였고 나머지 제거하지 못한 작은 것들은 커지지만 않는다면 지켜보면서 지내면 된다고 합니다.

주님께서 보시기에 제가 아직 많이 연약한지 주님 옷자락이라도 꼭 잡도록 강하게 이끄시고 단련시켜 주시는 것 같습니다. 더불어 새롭게 거듭나게 하심으로써 제가 앞으로 어떠한 마음과 생각과 행함의 길을 변화시켜 주신 점 늘 감사드리고 있습니다. 저보다 더 아파하시는 주님께서 계시니 마음이 든든합니다.

집사님!

다시 한 번 더 깊이 감사드립니다. 두려워서 미뤘던 수술을 집사님 덕분에 평안히 수술 잘하고 두려움과 고통, 불안을 뒤로 한 채 엄마와 함께 평안히 감사히 잘하고 나왔습니다. 아마 남겨진 작은 것들은 때가 되면 주님께서 치유해 주시리라 믿습니다.

병상에 있었던 며칠들이 눈 깜빡할 사이에 지나간 듯합니다. 아마 엄마랑 함께여서 그런 것 같아요. 엄마도 한 번도 해주지 못한 딸의 병간호를 하시고 저도 엄마의 돌봄을 받으며 행복했습니다. 집사님!

태풍이 몇 번 지나가고 그때마다 침묵하게 하시고 잔잔한 은혜의 항구로 인도하신 주님이 계셔서 오늘을 맞이하였습니다.

집사님께서 주신 귀한 은혜의 선물을 평생 감사드리며 잊지 않고 항상 기도드리겠습니다!"

아마 타인에게 인정받고 승진해서 편안한 일을 했으면 이런 놀라운 기적 같은 감정을 맛보지 못했을 것입니다. 몇 번이고 '이 일을 때려치워야지!' 하다가도 헤어졌다 만난 가족들의 벅찬 상봉 모습을 보면서 평생 계속할 수밖에 없다는 예감을 받았습니다. 이제껏 수없이 많은 가족 상봉의 장면을 봤건만 그때마다 느끼는 감동은 매번 새롭고 거대합니다.

저는 꼭 은단을 챙겨 다니고 있습니다. 담배를 피우지 않는 제가 은단을 필수품처럼 갖고 다니는 것은 다소 민망하기 짝이 없는 이유 때문입니다. 밥 먹고 양치할 시간조차 없는 저는 은단으로 양치질을 곧잘 대체하곤 합니다.

가족 찾기 업무를 시작한 초기에는 이 일만 전담해서 하는 것도 아니고, 다른 이들에게 피해가 없도록 주어진 민원업무도 함께 열심히 수행해야 하니까 솔직히 업무 과부하로 죽을 맛이었습니다. 일하다 보면 밤 10~11시를 넘기는 건 예사였습니다. 정신없이 일하다가 문득 고개를 들어 창문 밖이 캄캄해진 것을 발견하고는 솔직히 서러워서 눈물 흘린 적도 많았습니다.

사실 민원실이라는 부서의 일 자체가 원체 일이 힘들고 남들이 잘 알아주지 않는 것이라 직원들 대부분은 오래 남아 있으려 하지 않았습니다. 어떤 식으로든 몇 년만 버티다가 다른 편한 보직으로 가는 징검다리 부서로 여겨지는 곳이었습니다. 어떨 때는 '무슨 영화를 보겠다고 8년째 좋은 소리도 못 듣고 여기서 왜 죽어라 일하고 있는가?' 하는 자괴감에 괴로웠습니다. 하지만 14년 동안 4,700명을 찾으면서 어느새 이 일은 제게 주어진 하나의 사명이 되었습니다. 할 수 있는 한 끝까지 매진할 수밖에 없는…….

책상 앞에서 컴퓨터 몇 번 두드리고 전화 몇 통 건다고 이루어질 수 없는 상봉의 기적들을 만들어가면서 저도 모르게 이 일에 점차 몰입되어 갔습니다. 남들이 퇴근하는 저녁에도 전국으로 사람을 찾아 나서기를 밥 먹듯이 했습니다. 추적팀장을 맡은 지금도 역시 밤 12시가 넘어서야 퇴근을 합니다.

한 사람 한 사람의 한 맺힌 사연을 풀어주기 위해 그동안 전국을 돌아다니며 별의별 희한한 일을 다 겪고는 했습니다.

경찰청 장기실종추적팀장 근무 당시

현장 조사를 하다가 도둑으로 몰리거나 물세례를 받은 경우도 부지기수입니다. 이름을 확인하려 남의 집 우편물을 뒤지다가 도둑으로 오해받는 것은 예사였습니다. 심지어 구정물을 뒤집어 쓴 적도 있었습니다. 구의동에서 가족을 찾아 돌아다니다가 도둑으로 몰려 112신고를 받아 경찰이 출동한 적도 있었습니다. 동료 경찰관의 어이없어하는 얼굴을 쓴웃음을 지으며 바라볼 때는 스스로 생각하기에도 꽤 민망했습니다.

지적장애를 가진 20대 후반의 아들이 보름 전에 집을 나갔고 지하철역에서 노숙자로 생활하고 있는 것 같은데 '경찰은 도대체 뭘 하는 것이냐?'며 아들을 찾아내라고 요구하는 60대 남자의 민원전화를 받은 적이 있습니다.

몇날 며칠 계속 전화를 걸어와 사무실 직원들 모두 노이로제에 걸릴 지경이 되자, 더운 여름날 제가 직접 그분과 사흘 동안 땀을 흘리며 서울역을 비롯해 청량리역, 영등포역, 노량진역, 당산역 등을 다니며 아들을 찾아다닌 적이 있습니다. 지하철역을 모두 뒤지고 폐쇄회로 TVccTV도 모두 살펴준 다음에야 간신히 그 아버지로부터 "애써줘서 고맙습니다!"라는 말을 들을 수 있었습니다. 다행히 나흘째 되던 날 결국 지하철역에서 노숙하는 아들을 발견해 가정으로 돌려보냈습니다.

아찔한 경험도 많습니다. 실종된 20대 아들을 찾기 위해 그의 어머니와 같이 서울 영등포 일대를 돌아다녔습니다. 일용직 근로자들이 주로 일하는 현장에 갔다가 한 관계자가 "왜 여기서 아들을 찾느냐? 기분 나쁘게……."라며 쓰레기통 뚜껑을 집어던진 적이 있었습니다. 그 뚜껑에 제 바지가 찢어지고 무릎에 멍이 들기도 했습니다.

심하게 다친 적도 있습니다. 건강을 챙길 겨를이 없이 가족 찾기에만 몰두해서인지 몸이 약해진 상태에서 운동 중 넘어져 왼쪽 팔이 부러져 긴급하게 병원 응급실에서 임시로 뼈를 맞추었습니다. 일주일 후 수술을 권했으나, 때마침 46년 만에 길을 잃어 실종아동이 된 박해정 씨의 가족상봉을 앞두고 수술을 할 수 없어서 가족상봉 후로 미루었습니다.

가족상봉 후 서울 서대문에 있는 정형외과에 방문했을 때는 뼈가 이미 붙어서 수술을 할 수 없다고 했습니다. 이로 인해 정상적인 팔의 형태를 잃어버렸습니다. 그 일이 있은 후, 지금 제 왼팔은 정상적인 오른팔과 다르게 비뚤어졌습니다. 특히 이 일로 저를 속상하고 안타깝게 바라보는 아내에게 너무나 미안했습니다.

엄청나게 비가 쏟아지는 11월 어느 날 강원도 태백 산골짜기까지 가서 가족을 확인하러 간 일도 있었습니다.

다섯 살 때 길을 잃고 가족과 헤어진 50대 남성의 가족 상봉을 위해 새벽 3시께 장대 빗속을 운전하며 강원도 태백에 겨우 도착했지만 길을 잃고 한참이나 헤맸습니다. 워낙 위험한 밤길이어서 사고 없이 무사히 귀환한 것만으로도 가슴을 쓸어내릴 정도였던 험한 날씨였습니다. 밤을 꼬박 새우고 돌아오는 길에

교통 위반 딱지를 두 개나 발부받았습니다. 이 벌금 딱지는 늘 그렇듯 자비처리했습니다.

낮에는 상담하고, 밤에는 현장을 다니고 밤낮없이 뛰어다녔습니다. 정해진 업무 시간이란 게 따로 있다고 생각하지 않았습니다. 월급이나 수당을 더 많이 받은 것도 아니었습니다.

헤어진 가족을 찾기 위해서는 개인정보를 조사해야 하는데, 이 과정에서 오해를 한 사람으로부터 고소를 당해 직권남용이라는 죄명으로 피의자 신분으로 조사를 받기도 했습니다. 결국 무혐의로 밝혀졌고, 고소인으로부터 직접 사과를 받기는 했습니다.

가족을 찾기 위한 전화 때문에 보이스피싱범으로 오해받은 적은 한두 번이 아닙니다. 현장을 방문해서 경찰의 신분증을 보여주고 설명해도 믿지 않고 한적한 곳으로 저를 유인해서 서로 대화를 나누던 중 미리 신고한 경찰관이 저를 체포하기 위해 출동했을 때는 어이없는 웃음만 지을 수밖에 없었습니다.

하지만 가장 힘든 것은 제 마음을 왜곡하는 사람들의 시선이었습니다. 가끔 이웃의 아픔을 외면할 수 없어서 이 일을 놓지 못하는 제 귀에 들려온 "혹시 유명해지려고 하는 거 아니냐?"라는 말은 제 가슴을 찢어놓곤 했습니다. 일신의 안락, 언론매체에 나와 이름을 드높이고 싶어 하는 명예욕 때문에 제가 이 일을 열성으로 한다고 생각하는 사람들이 있었습니다. 그분들의 시선들은 생각 이상으로 저를 아프게 했습니다.

하루는 너무도 마음이 아프고 괴로워 심사를 달래기 위해 현재 살고 있는 근처의 산에 허위허위 올라갔습니다. 앞이 안보일 정도로 눈물이 쏟아졌습니다. 살면서 제어가 되지 않을 만큼 눈물을 흘려본 것이 그때가 처음이자 마지막이었습니다.

그래도 제 마음의 중심에는 우리를 죄에서 구원하기 위해 몸소 십자가를 지신 예수님이 계시고, 그 사랑이 제 마음을 덮고 있다는 사실을 깨달았습니다. 타인이 보는 어떤 빌미를 제가 제공할 만큼 나 자신도 모르는 새에 거만해진 것은 아닌가, 하고 끊임없이 저를 반성했습니다.

"교만은 패망의 선봉 이요 거만한 마음은 넘어짐의 앞잡이니라"

[잠언 16:18]

그 반성의 시간에 제가 암송하는 구절입니다. 제가 만약 성공이나 이름을 알리고 싶다는 야심을 가졌다면 이런 공직에 투신하지도, 남들은 힘들어하는 실종 수사를 맡지도 않았을 것입니다.

"누가 알아주지도 않는데… 뭐하려고 그리 사서 고생이냐?"
"이건수 씨 바보 아니야? 똑똑한 머리로 공부하면 금방 승진할 텐데……. 현실적으로 좀 살아!"

주변에서 제게 이런 현실적인 조언을 들려주는 분들도 계셨습니다. 하지만 제 진심과 상관없이 곡해하는 시선이 늘어갈 때마다 저는 좌절할 수밖에 없었습니다. 그런 저의 모습을 지켜보던 아내가 제게 성경 말씀 하나를 들려 주셨습니다.

"너희는 먼저 그의 나라와 그의 의를 구하라

그리하면 이 모든 것을 너희에게 더하시리라

그러므로 내일 일을 위하여 염려하지 말라

내일 일은 내일 염려할 것이요

한 날 괴로움은 그날에 족하니라."

[마태복음 6:33-34]

하나님이 주신 영원한 시간 속에 사는 우리들에게 하루하루 쏟아지는 다른 이의 편견이나 오해에 방어하느라 괜히 진 빼지 말고 전진하라고 말했습니다. 언젠가는 진실은 드러나는 법이고, 진심은 남들이 알아주는 법이라고 말입니다.

가장 소름끼치는 불신은 바로 자기 안에 있는 불신이라고 합니다. '정말 사명으로 여기고 있느냐, 다른 누군가의 시선으로 이 일을 마지못해 이어가고 있는 것은 아닌가?' 하는 불신이 제게 아예 없었던 건 아닙니다. 그래도 삶의 끈을 잃어버린 이웃에게 작은 희망을 줄 수 있는 지푸라기라도 찾으려는 심정에서 중간에 포기할 수 없었습니다.

이 사명을 거부할 생각도, 명분도 제게는 없었습니다. 저는 사명은 목숨보다 귀하다고 생각했습니다. 제가 흔들릴 때마다 하나님은 제 물음 가득한 기도에 한 치도 흔들림 없는 대답을 확고하게 들려 주셨습니다.

예수님의 모습을 닮고자 하는 제가 기도를 하면서 자주 읊는 구절입니다.

"우리가 시작할 때에 확신한 것을 끝까지 견고히 잡고 있으면
그리스도와 함께 참여한 자가 되리라."

[히브리서 3:14]

초심이라는 말이 있습니다. 첫 마음이라는 말입니다. '첫'이라는 말처럼 가슴이 떨리고 순결하고 아름다운 단어는 없습니다. 하지만 '첫'이라는 단어에 새겨진 숭고한 가치는 '두 번째', '다음에'라는 단어들로 인해 희석이 되곤 합니다.

'처음처럼'만 실천한다면 이 세상은 정말 살기 좋을 것입니다. 하나님이 만드신 후 "보기 좋았다."라고 표현할 만큼 순결하고 선한 인간으로만 살아간다면 이 세상의 타락과 범죄와 거짓들은 발 디딜 땅이 없을 것입니다.

하나님을 믿는 사람들이 성경 말씀처럼 품고 있어야 하는 것이 바로 '초심'이라고 생각합니다. 첫 하나님을 영접했을 때 가졌던 환희와 기쁨, 존경을 잊지 말아야 합니다. 그 첫 마음들을 잊었기에 우리는 종종 인생길에서 크게 방황하고 고생하고 원

궤도에 복귀하지 못하는 것입니다.

제가 하는 모든 세속의 행사들을 하나님께 맡기고 난 이후, 제가 경영하는 것들이 순리대로 제자리를 찾아가고 해결되는 것을 느낀 적이 많았습니다. 그 과정 중에 '환난'이라고 느낄 만큼 힘든 일, 좌절과 질타, 오해와 무시들도 있었습니다. 하지만 그 모든 환난의 시간들이 지난 후, 비로소 깨달을 수 있었습니다. 그것은 단지 사랑하는 인간들을 향한 하나님의 수많은 '시험'일 뿐이고, 그 '시험'으로 인해 인간들이 강인하게 담금질 된다는 것을.

'환난 날에 나를 부르라.

내가 너를 건지리니 네가 나를 영화롭게 하리로다.'

[시편 50:15]

더는 내게 일어나는 일들에 대해 일희일비하지 않습니다. 언젠가 그 모든 고통이 지나가면 내게 영화와 영광이 찾아올 것을 잘 알기 때문입니다. 하지만 아직까지는 그런 영광을 누리기에는 현실 속에서 생생히 만나는 안타까움과 슬픔들이 너무 많습니다.

실종자 중 돌아오지 못하는 10%의 비중이 제 가슴을 무겁게 짓누르고 있습니다. 제게는 찾은 기쁨보다도 찾지 못한 송구함이 더 많습니다. 길 잃지 않은 아흔 아홉 마리 양보다는 길 잃은 한 마리 양을 찾기 위해 애타게 헤매시는 예수님을 제대로 뵙기 위해서라면 전 더 뛰어다닐 것입니다.

누가 제게 "이건수 씨는 천사냐?"고 물으면 저는 "회칠한 무덤 같은 사람입니다."라고 대답합니다. 민원인들에게 더 친절해야 하고 그분들의 마음을 알아줘야 하는데 제가 아직까지도 완전히 그분들의 아픔을 이해하지 못한다는 자괴감 때문입니다.

하나님 앞에서도 죄인이지만 가족을 찾지 못한 분들에게도 저는 죄인입니다. 그 가족분들을 위해 저는 간절하게 기도하곤 합니다. "너희 말이 내 귀에 들리는 대로 행하겠다!"고 말씀하신 하나님에게 제 기도의 말이 전해지도록 간절하게……

다행히도 하나님은 우리가 간절히 원하는 것을 들으시는 분이십니다. 간절히 찾고 싶어 이름을 부르면 그 아이의 손을 잡고 우리에게 데려다 주실 분이십니다.

'실종가족찾기'가 하나님을 기쁘게 해드리는 사명이라는 확신으로 최선을 다했습니다. 저 스스로 부끄럽지 않을 만큼 노력한 다음에는 꼭 이렇게 하나님께 여쭤봅니다.

"주님, 보고 계시죠? 제가 주님을 자랑스럽게 만들어 드린 거 맞죠?"

"주님, 이 아이는 꼭 찾고 싶습니다. 들어주실 거죠?"

저는 하나님이 함께하는 사람이기 때문에, 하나님의 사랑을 받는 사람이기 때문에 저의 자리에서 최선을 다하면 다 잘 될 거라는 믿음이 송곳처럼 박혀 있습니다.

언젠가 tvn의 「리틀 빅 히어로」라는 방송 프로그램에 출연한 적이 있습니다. 영상 속에서 내내 보이는 제 모습은 누군가에게 전화를 걸고, 서류를 보고, 사람들을 만나고, 설득하고, 이야기를 나누는 것들이었습니다. 영웅이라고 하기에는 너무도 소박하고 하찮은 행동들밖에 없었는지는 몰라도 그런 삶이 진짜로 위대한 삶을 만드는 한걸음이라고 믿습니다.

끝끝내 믿음을 잃지 않고, 돌아올 가족을 위해 지금의 생 역시 잘 가꾸어 나가면서 남까지 돕는 실종자 가족들, 다른 이의 아픔을 외면하지 않고 따스한 손길 내밀어줄 수 있는 이웃들 모두가 작지만 큰 영웅이라고 생각합니다.

희망은
슬픔보다 강하다

* * *

두려워하지 말라 내가 너와 함께함이라 놀라지 말라

나는 네 하나님이 됨이라 내가 너를 굳세게 하리라

참으로, 너를 도와주리라

참으로, 나의 의로운 오른손으로 너를 붙들리라

[이사야 41:10]

* * *

182실종아동찾기센터에 찾아온 이혜은 씨(24세, 여, 가명)는 눈매가 서글서글한 서구형 미인이었습니다. 이탈리안 레스토랑에서 부주방장으로 근무한다며 자신을 소개한 혜은 씨의 사연은 제 마음을 안타깝게 만들었습니다.

1993년 12월 15일 서울에서 부모와 함께 살던 중 평소 불화가 잦았던 부모가 시작한 부부싸움을 피해 네 살배기 혜은 씨는 늦은 밤 집을 나왔습니다. 한참을 길에서 놀다가 집을 찾기 위해 길을 배회하던 혜은 씨는 결국 한강대교를 건넜습니다. 그무렵 이미 해가 뜨고 있었습니다.

울면서 거리를 떠돌던 혜은 씨는 순찰 중이던 경찰관에게 발견돼 서울 용산의 복지시설 혜심원으로 들어가게 됐습니다. 당시 겨자색 스웨터, 밤색 셔츠, 자주색 바지를 착용하고 있었던 혜은 씨는 낯선 환경에 한동안 실어증 증세를 보였다고 합니다. 그곳에서 혜은 씨는 고등학교 졸업 때까지 생활했습니다.

말을 잘하지 않는 내성적인 성격이었던 혜은 씨는 내심 자신은 미아일 뿐, 버림받은 고아는 아니라는 자부심을 갖고 있었습니다. 왜냐하면 또렷하게 자신이 스스로 집을 나갔던 것을 기억하고 있었기 때문이었습니다.

이런 자부심은 그녀의 이후 성장에도 많은 영향을 끼쳤습니다. 웬만한 시설 입소원생들은 부모에게 버림받은 존재라는 자괴감에 자존감이 낮은 경우가 많았는데 혜은 씨는 그렇지 않았습니다. 늘 자신만만하고 당차게 살았습니다.

혜은 씨는 그녀의 부모님이 왠지 식당을 운영했을 거라 추측하고 있었습니다. 칸칸이 방이 있었고, 커다란 탁자와 여러 의자들이 있는 공간을 기어 다녔다는 기억 때문이었습니다.

자신의 뿌리를 찾고 싶다는 그녀의 강렬한 소망은 그녀의 진로에도 영향을 끼쳤습니다. 왠지 부모님을 만나기 위해서는 요리를 해야겠다고 결심한 혜은 씨는 졸업 후 고시원에서 생활하면서 이탈리안 레스토랑에서 일을 시작했고, 악착같이 노력한 결과 현재 부주방장의 위치에 올랐습니다.

혜은 씨의 수사 건은 아직도 진행 중입니다. 하지만 본인 스스로 저토록 당차고, 낙천적으로 희망하는 모습을 보면 좋은 결과가 생길리라 확신합니다. 수사를 하는 저 역시 내내 기분이 좋았던 것이 생각납니다.

실종자 가족 찾기를 하면서 만난 대부분의 의뢰자들은 처절할 정도로 가슴에 피멍이 맺힌 이들이 많습니다. 아프다고 감히 비명조차 지를 여력마저도 빼앗긴 실종자 가족들의 모습을 보면 누구라도 가슴 아파할 것입니다.

부모가 자식을 먼저 죽음으로 보내는 슬픔을 참척慘慽의 고통이라고 하고, 구곡간장이 다 끊어지는 아픔에 비유하기도 합니다. 어느 날 갑자기 자식이 실종되면 그에 버금가는 고통을 느낀다고 합니다. 아마도 그 참담함, 비통함과 절망감은 누구라도 쉬이 이해할 수 없을 것입니다. 자식의 생사조차 모른 채 날마다 눈물로 사는 사람들은 살아도 제대로 사는 것이 아닌 반송장 같은 삶을 애써 살아내야 합니다.

실종사건이 장기화되면 실종아동과 그 가족 모두의 삶에 치명적인 영향을 끼치게 됩니다. 서로를 탓하다가 심각한 가정불화로 인해 이혼하거나 자살하는 부부도 보았고, 아이를 찾는 과정에서 재산을 탕진하는 등 가정경제가 무너지는 모습도 더러 보았습니다.

남은 자식들이 더 있음에도 불구하고 잃어버린 아이만 가슴에 껴안고 그리워하는 부모, 갑작스런 형제의 부재에다가 부모의 무관심과 냉대로 인해 가출하는 또 다른 자식, 단란한 가정이 해체되는 것은 한순간이었습니다.

실종아동의 가족들은 혈육에 대한 그리움과 염려, 근심, 걱정 등으로 정서적 불안감에 늘 노출되어 있습니다. 자신의 실수로 실종됐다고 하는 죄의식, 죄책감 등은 부모나 형제의 영혼을 갉아먹고 마침내 잠식합니다. 이러한 고통을 잊거나 회피하기 위해 자학을 하고, 물마시듯 술을 마시고, 과도한 흡연을 해서 신체적인 건강까지 무너뜨립니다.

일회성의 절망과 고통이 아닙니다. 가족이 돌아올 몇 년, 몇십 년의 시간 동안 무한반복되는 이 자학 어린 실종자 가족의 고통은 이웃 등 주변 사람들뿐 아니라 더 나아가 사회와 국가를 무너지게 만드는 둑의 치명적인 '구멍'이 될 수 있습니다.

실종아동 수색을 위해 막대한 사회적 비용이 지불됩니다. 비용으로 환산하면, 장기실종아동 1명당 직접비용 약 6,532만 원, 간접비용 약 5억 원 등 총 5억 7,000만 원 상당이 쓰인다는 연구결과가 있습니다.

때로는 자신의 아이를 유괴한 범인이나 유기한 상대 배우자, 제대로 책임을 다하지 못한 시설 책임자한테 분노와 악심을 품고 악다구니를 해대는 부모들도 많습니다. 하지만 결국 멍들고 병드는 것은 그들입니다.

어떨 때는 실종아동보다 실종자 가족들이 더 위태위태해 보여 구해주고 싶다는 생각을 할 때가 있습니다. 제가 보기엔 절망과 비탄, 분노 등 부정적인 감정은 아무것도 해결해주지 않습니다.

"믿음대로 될지어다"

[마태복음 8:13]

아이를 잃어버린 부모들을 위해 기도할 때 늘 암송하는 구절입니다. 실종자 가족들에게 저는 말합니다.

"절망 속에서 스스로를 가두어 불행해진 상태에서 만약 아이가, 가족의 품으로 돌아왔을 때 이미 자신으로 인해 황폐해진 부모와 가정을 보고 과연 행복해 할까요?"

대부분은 이 말을 듣고 오열합니다. 실종된 내 자식이 어디선가 건강하게 자라고 있으며 언젠가 다시 만날 수 있을 것이라는 희망을 간절히 갈구하면서 살다보면 잃어버렸던 자녀가 반드시 예쁘고, 건강한 모습으로 돌아올 것이라고 그분들에게 말해 드렸습니다.

실제로 부모님들 중에는 아이를 잃어버리고도 그 빛나는 희망을 잘 껴안고 열심히 살아가는 부모님들도 많이 있습니다. 자녀를 찾고자 하는 희망을 고이 간직한 채 또 다른 아이를 출산하여 가정문제를 잘 극복하거나, 돌아올 아이를 위해 건강한 모습을 유지하기로 다짐하며 열심히 운동을 하거나 봉사활동을 하는 분들도 있었습니다.

그런 빛나는 희망의 둥지가 되어야 언젠가 세상으로부터 지치고 외로웠던 아이가 돌아왔을 때 더욱 잘 품어줄 수 있을 거라 말했습니다.

모든 것은 믿는 대로 되는 것입니다. 이는 비단 하나님의 말씀이 아니더라도 인간사에 적용되는 보편적인 순리가 아닐까 싶습니다.

생각이란 무서운 힘을 가지고 있습니다. 부정적인 생각을 가지고 있으면 반드시 부정적인 결과가 오게 되고, 긍정적인 생각을 가지고 있으면 언젠가는 반드시 긍정적인 열매를 거두게 됩니다. 긍정적으로 생각하며 잘 될 거라 믿는 순간부터 순탄하게 인과의 수레바퀴가 굴러가는 것입니다. 삶을 두려워하지 않고, 한번 살아볼 만한 가치가 있는 것이라고 믿으면 가치있는 삶이 창조됩니다.

길을 걷는 발걸음이 봄바람에 살랑거리는 나뭇잎처럼 가볍고 경쾌할 때도 있고, 젖은 솜처럼 한 걸음을 떼기조차 힘들 만큼 무거운 날도 있습니다. 또 누가 무슨 말을 해도 다 받아줄 것 같은 넉넉한 마음일 때도 있지만 어느 순간엔 바늘 하나 꽂을 곳이 없을 만큼 날카롭고 메마른 마음이 되기도 합니다. 누구를 만나더라도 편안하고 당당한 자신을 경험하기도 하고 다른 사람의 말 한마디, 눈빛 하나에 주눅들고 눈치 보며 한없이 초라해지는 자신을 목격하기도 합니다.

이미 '너무 오래돼서……', '흔적이 없어서……', '죽었는지 몰라서…….' 찾을 수 없을 거라 낙담하는 가족들은 상봉하기가 쉽지 않습니다. 하지만 '반드시 살아있을 거야!', '어디든 좋은 곳에서 생활할 거야!', '아무리 잘못했지만 그래도 만나고 싶을 거야!'라고 믿으며 잃어버린 가족을 찾는 사람들은 쉽고 빠르게 상봉하는 것을 많이 보았습니다.

간절한 희망과 소망이 이 우주 속에 녹아있는 신의 섭리와 잘 공명하면 '현실'로 이뤄진다고 저는 늘 믿었습니다.

> "형제들아 우리가 모든 궁핍과 환난 가운데서 너희 믿음으로 말미암아
>
> 너희에게 위로를 받았노라"
>
> [데살로니가전서 3:10]

그런 믿음을 가진 가족들로부터 저 역시 큰 위로를 받았음을 고백합니다. 만약 그들이 그런 생각을 믿지 않았다면 실종자를 찾기 위해 뛰어다니는 제 발걸음이 무용하고, 가치없는 것이었을 테지만 절실히 믿어주었기에 기쁨에 다다르는 영광의 발걸음이 될 수 있었습니다. 서로를 만나 환하게 웃는 가족들을 보고 있노라면 저 역시 많이 기뻤고, 심히 안도했습니다.

긍정과 희망을 위해서 가끔은 하나님과 같은 초월자에게 그 지친 어깨를 기대어 보아도 좋다고 권해 드립니다. 하나님을 만나지 못한 사람은 스스로의 힘과 능력으로 살아가려고 평생을

발버둥칩니다. 하지만 사람의 힘과 지혜만으로 살기에는 이 세상은 무섭고 위험한 곳입니다.

하나님을 믿고 의지하면서, 기도하면서 걸어간다면 이보다 더 좋은 마른자리, 꽃자리는 없습니다. 강한 희망을 달라고 늘 기도하십시오! 기도 외에는 어떤 기적도 경험할 수 없고, 기도는 결코 헛되지 않으며, 기도하는 사람에게는 하나님의 손길이 떠나지 않습니다.

실종자 가족을 찾는 일을 하면서 저는 '기적'이라는 단어를 더 좋아하게 되었고, 믿게 되었습니다. 가족상봉은 하나의 커다란 기적입니다.

상봉 현장에 늘 서 있는 저는 기적의 현장을 보고도 믿지 못할 때가 많았습니다. 정말로 믿어지지 않아서 제 볼을 꼬집어 본 적도 많습니다. 그리고 느낍니다. 기적은 환상 같지만 충분히 현실 속에서 가능한 것임을. 그래서 제 핸드폰 컬러링 음악으로 저는 '넬라판타지아(Nella Fantasia ; 환상 속으로)'를 깔아놓았습니다.

늘 기적의 현장에 서 있는 저는 행복한 사람입니다. 물론 제가 만난 이별들 중 정말 슬프지 않은 것들은 하나도 없었습니다. 하지만 저는 눈물과 웃음은 백지 한 장 차이라고 생각합니다. 이별로 인해 굳어버린 심장을 다시 움직이기 위해서는 한번 제대로 울어야 한다고 생각합니다. 슬픔을 배출해야만 다시 희망을 담을 수 있다고 생각하기 때문입니다.

우리 아빠가
실종됐어요!

● ● ●

네 모든 자녀는 여호와의 교훈을 받을 것이니

네 자녀는 크게 평강할 것이며

[이사야 54:13]

● ● ●

가족 찾기로 어머니를 난생 처음 만난 분이 제게 보내 온 편지
입니다.

"이건수 경위님! 정말 감사합니다.

덕분에 26년 만에, 아니 태어나서 처음으로 엄마 목소리를 들었습
니다. 외삼촌이라는 분에게 먼저 전화가 왔었습니다. 저에게 외삼촌
이 계시다는 걸 처음 알았습니다. 정말 반가웠습니다. 엄마와 통화하
는 내내 목이 메고 눈물만 났습니다.

기쁨의 눈물 흘리게 해주신 이건수 경위님, 정말 감사드립니다. 어
떻게 보답을 해드려야 할까요?

엄마도 생활이 있으시니까 구체적으로 약속할 수는 없었지만 머뭇거리면서도 수줍게 "언제 시간 내서 보자!"라는 말씀을 해주셨어요. 처음엔 너무 어색했지만 점점 마음이 편안해졌습니다. 가족이기 때문일까요?

감사합니다. 처음 엄마를 찾았다는 소식을 들었을 때, 엄마와 외삼촌께서 저를 찾고 정말 좋아하신다는 말씀을 해주셨을 때, 목이 메어 감사하다는 말씀조차 제대로 못 드렸습니다.

어쩌면 평생 볼 수 없었을지도 모를, 가슴으로만 그리워하다 말았을지도 모를 어머니를 만나는 기적을 만들어 주셔서 감사드립니다. 정말 고생 많으셨어요.

저와 같은 사람들에게 행복을 주시는 이건수 경위님!

늘 행복하시고, 건강하세요. 종종 들러서 엄마와의 이야기 해드릴게요. 감사합니다!"

이분의 편지를 읽으면서 부모는 그 존재 자체만으로도 이미 자녀들에게는 큰 힘이 된다는 걸 또 한 번 알 수 있었습니다. 그저 곁에 있어주는 것만으로도 커다란 버팀목이자 지지대가 되어주는 부모라는 우주.

새삼 이 편지를 읽으면서 저는 제 아이들에게 너무도 많이 미안했습니다. 참 창피한 일이지만 우리 가정에서 생긴 실종자는 바로 한 여자의 남편이자 세 아이의 아버지인 저, 이건수입니다.

집에서 가족과 함께 밥을 먹어본 게 언제인지 기억이 안 납니다. 제게는 고3, 고1, 중3짜리 아들딸 셋이 있는데 아이들에게 정말 늘 미안할 뿐입니다. 아빠 구실을 제대로 못하고 살면서도 그 미안함을 제대로 표현한 적도 별로 없는 것 같습니다.

아침 여섯 시부터 밤 열두 시까지 일하는 아버지인 저는 아이들이 제대로 눈뜨고 있는 모습을 본 지가 너무도 오래되었습니다. 아이들은 잘 모를 것입니다. 그런 아버지라서 갖는 자괴감에 제 마음이 괴로울 때면 잠든 저희들의 곁에 제가 가만히 누워 쳐다본다는 사실을…….

'언제 이렇게 컸는지 가늠이 안 되어 어리둥절해하는 아버지라니! 나라가 주는 엄청 큰 상을 받고, 세계가 알아주는 인증 기록을 갈아치웠다 한들 집에서는 빵점짜리 아버지인 것을…….'

자괴감에 쓴 미소를 지으면서 잠든 아이들의 머리카락을 쓰다듬고 이미 고사리 손이라 할 수 없는 마디 커진 손가락들을 매만집니다. 아내는 그런 제 모습을 보고 잠깐 측은해하다가도 제가 쳐다볼라치면 이내 입꼬리를 올려 미소를 보여 줍니다. 제 마음을 위로하기 위해서입니다.

실종수사를 하면서 감사한 순간은 바로 이런 때입니다. 아무리 못난 아버지라도 이렇게 따뜻한 집안에서, 비록 잠든 얼굴로라도 자식들이 튼튼한 몸과 비뚤어지지 않은 마음을 갖고 저를 맞이해 준다는 자체가 못내 기쁩니다.

어느 정도 자라자 같이 놀아주지 않는다며, 놀이공원에 왜 못 가냐며 투정 부리던 어린 시절과는 다르게 요즘은 아이들이 아빠를 매우 자랑스러워하곤 합니다. 가만히 생각해보면 제 자식들이야말로 제게 과분한 백 점짜리 자식들이라는 생각이 듭니다. 하지만 저는 우리 가정에 저 대신 강력한 후견인과 아름다운 교훈서를 남겨 두었기 때문에 그다지 걱정하지 않습니다. 제 아이들의 후견인은 바로 '하나님'이시고, 그 교훈서는 '성경'입니다.

"복 있는 자는 여호와의 율법을 주야로 묵상하여
그 율법을 주야로 묵상하는 자로다."

[시편 1:1]

아이들에게 물려줄 변변한 재산도 없는 아버지이지만 저는 제가 가진 이 믿음을 아이들에게 유산으로 남기고 싶습니다. 이 믿음을 더 차곡차곡 불려서 제 아이들에게 되돌려주는 아버지가 되는 것이 제가 아이들에게 해 줄 수 있는 최고의 가정교육이라고 생각합니다.

성도들의 가정이라면 공감하는 말일 것입니다. 이 세상에서 가장 행복한 순간이 식구들과 함께 교회에 가서 예배를 드리는 시간이라는 걸. 비록 매 주일마다 예배를 빼먹지 않는 저이지만 그 순간조차도 저는 제 사명을 이루기 위해 바쁠 때가 있습니다.

그 수많은 세속적인 핑계로 신앙생활을 충실히 못하는 아버지를 대신해 만회하라는 의미에서 제 아이들에게 저는 하나님의 말씀을 부지런히 익힐 것을 가르칩니다.

"하늘과 땅은 사라질지라도 내 말은 결코 사라지지 않을 것이다."
[마태 24:35]

풀은 시들고 꽃은 지지만 하나님의 말씀은 영생을 누립니다. 성경 말씀을 잘 지키는 사람이야말로 하나님을 완전히 사랑하는 사람일 것입니다.

세상 속, 아니 이 세상 너머에 있는 하나님의 법을 잘 알기 위해서는 성경을 부지런히 읽어야 합니다. 이 하나님의 법 안에서만이 제대로 된 평안을 누릴 수 있습니다.

세상이 주는 평안은 가짜입니다. 세속에서 '행복'이나 '성공'이라는 이름으로 포장된 것들은 찰나적인 것일 뿐입니다. 그 가짜 성공이 우리에게 지속 가능한 평안을 갖다 주지는 못합니다. 아무리 성적이 좋아도 인성이 좋지 못한 자녀가 부모에게 패륜적인 행악을 벌이는 것을 보기도 했고, 가진 것 없고 덜 배웠음에도 변변찮은 부모에게 성심으로 효도하는 착한 자녀들도 보았습니다.

"평안을 너희에게 끼치노니 곧 나의 평안을 너희에게 주노라
내가 너희에게 주는 것은 세상이 주는 것 같지 아니하니라

너희는 마음에 근심도 말고 두려워하지도 말라."

[요한 14:27]

저는 아이들에게 "공부 잘해서 성공해라!" "성공하는 것이 행복한 것이다."라는 말을 절대 하지 않습니다.

"사랑하는 자여

네 영혼이 잘됨같이 네가 범사에 잘되고 강건하기를 내가 간구하노라."

[요한삼서 1:2]

성경에는 결단코 '성공'이라는 단어가 단 한 차례도 등장하지 않는다고 합니다. '잘됨'이 한 번, '잘되고'라는 표현이 두 번만 나온다고 합니다. '성공하는 것'과 '잘되는 것' 일견 동의어처럼 보이지만 엄밀히 따지면 그 차이가 뚜렷하게 보입니다.

'성공'이라는 단어는 지극히 목적 지향적입니다. 그 목적을 위해 어떤 수단이나 과정도 도외시 될 수 있다는 뉘앙스도 품고 있습니다. 하지만 '잘 된다'라는 단어는 과정 지향적입니다. 지금 현재 잘 되도록 노력하고 있다는 상태 설명이 먼저입니다. 그래서 잘 되기 위해서는 수단도 깨끗해야 하고 과정도 명명백백 투명해야 한다는 전제가 성립할 수 있는 것입니다.

미국의 철학자 에릭 호퍼는 "행복을 추구하는 것은 불행의 주요한 원천들 가운데 하나다."라고 말했습니다. 행복 그 자체를 추구하는 것이 결코 행복을 가져다주지 않는다는 것을 뜻합니다. 행복은 거룩함의 부산물일 뿐입니다. 거룩하게 살려고 노력하다보니까 덤으로 행복해진다는 말입니다. 행복을 찾아 헤매는 사람들이 날로 늘어나는 시대에 행복은 그저 하나의 부산물이라는 역발상적인 시각이 놀라울 따름입니다.

저는 제 아이들이 행복하기를, 지혜롭기를 원하는 마음에서 성경을 읽힙니다. 성경을 읽는 그 자체가 돈으로 살 수 없는 훌륭한 교육입니다. 성경이야말로 수많은 역사서를 다 합해도 온전히 담지 못하는 인간사의 모든 이론과 철학이 담긴 스토리텔링의 보고서입니다. 성경만큼 시적이며, 소설적이며, 희곡적인 장르를 저는 본 적이 없습니다.

자녀들에게 저는 지식을 많이 품으라고 절대 요구하지 않습니다. '지혜를 가진 사람이 되어라!'고 말할 뿐입니다.

나이가 드신 분들 중 학력은 무학이어도 식견이 드높고 현명하신 분들이 많으십니다. 반면 대한민국에서 알아주는 일류대학을 나오고, 사회적으로 명망있는 위치에 있는 사람 중에서도 그 행동이 경박하고, 말본새가 천박하며, 다른 사람을 배려하지 않는 안하무인 행태를 보이는 자들도 많습니다. 그런 사람은 지식은 많지만 지혜가 부족한 사람입니다. 설령 처음에는 그 많은 지식 때문에 반짝 돋보일지는 모르지만 그 생명은 절대 길지 않습니다.

"지혜는 시들지 않고 항상 빛나서

지혜를 사랑하는 사람들의 눈길을 언제나 끈다."

[지혜 6:12]

세상의 모든 지혜가 만들어지는 근원은 바로 하나님이십니다. 성경 말씀을 보십시오. 하나 그른 것이 없습니다. 구구절절 옳은 법이요, 도덕이요, 철학입니다. 동떨어진 서양 종교의 기록 문자들이 아니라 동서고금을 사는 모든 사람들을 향한 가장 순정하고 정제된 지혜의 실체가 모두 성경에 담겨 있습니다.

"여호와를 경외하는 것이 지혜의 근본이요

거룩하신 자를 아는 것이 명철이니라."

[잠언 9:10]

제가 이렇게 하나님에게 의지해서 모든 것을 자녀 교육을 도외시하지는 않습니다. 너무 평범하고, 아무 것도 없는 아버지이지만 정말로 축복을 받은 것이 하나는 있다고 속삭여 줍니다.

"너희들의 아버지로 살고 있다는 것은 정말 하나님이 내게 내려준 최고의 축복이야!"

쑥스러워도 표현하려고 노력하고 있습니다.

저는 아이들에게 늘 겸손하라고 말합니다. 겸손해야 아이들은 성장할 수 있습니다. 낮은 곳에 있어봐야 더 높이 날아오를 수 있는 법입니다.

예수님의 마음은 곧바로 겸손한 마음입니다. 예수님을 닮아가는 것은 점점 자신을 낮추는 것입니다.

겸손humility이라는 단어는 라틴어 '후무스humus'에서 나왔다고 합니다. 후무스는 색이 짙고 영양분과 유기질이 듬뿍 포함돼 있는 흙을 뜻합니다. 이런 풍성한 흙 속에서는 나날이 성장할 수밖에 없습니다.

육으로는 비록 제가 아이들의 아버지이지만 영성으로는 제 아이들의 아버지는 하나님이십니다. 믿음을 가진 하나님 자녀로 훌륭하게 자라나는 것을 보면서 늘 육의 아버지인 저는 그저 흐뭇할 뿐입니다. 제가 주지 못하는 권세와 영화를 하나님께서는 제 자식들에게 주실 것을 알기에 저는 걱정하지 않습니다.

하나님의 자녀가 되면 제 아이들은 하나님의 자녀가 된 신분에 맞게 아주 잘 살아갈 것이라고 믿습니다. 육을 준 저의 자녀라면 그저 육신에 따라 살다가 육신에 따라 죽을 것이지만 하나님의 자녀로서 영에 속한 제 자녀라면 영에 대해 생각하고 영을 따라 살면서 영원한 생명을 누릴 것임을 잘 알고 있습니다. 그래서 저는 우리가 하나님을 알지 못하고, 하나님을 떠나서는 제대로 살 수 없다는 것을 아이들에게 늘 가르쳐 주고 있습니다.

하나님을 만나지 못한 사람은 스스로의 힘과 능력으로 살아가려고 평생을 발버둥칩니다. 하지만 사람의 힘과 지혜로는 제대로 살 수가 없습니다. 하나님을 믿지 않고, 의지하지 않고, 기도하지 않고는 자신의 길을 찾을 수도, 바르게 걸어갈 수도 없다고 말해 줍니다.

저는 제 아이들이, 믿음으로 하는 기도의 놀라운 힘을 믿고, 날마다 말씀을 묵상하면서 현실의 어려움을 이겨낼 수 있는 강인한 하나님의 전사가 되게 해 달라고 늘 기도합니다.

제 간절한 기도로 제 아이들 모두가 육으로는 비록 만점을 맞지 못하는 인간일지라도 영으로는 백점을 맞을 수 있는, 귀한 쓰임 받는 자가 되리라 확신합니다. 간절하게 간구하면 반드시 들어주시고, 응답하는 하나님이 우리 가정의 후원자이기 때문입니다.

'남편'이 된
남편

...

예수께서 대답하시되 첫째는 이것이니 이스라엘아 들으라

주 곧 우리 하나님은 유일한 주시라 네 마음을 다하고 목숨을 다하고

뜻을 다하고 힘을 다하여 주 너의 하나님을 사랑하라 하신 것이요

둘째는 이것이니 네 이웃을 네 몸과 같이 사랑하라 하신 것이라

이에서 더 큰 계명이 없느니라

[마가복음 12:29-31]

...

저는 늦깎이로 하나님의 은혜를 접한 편입니다. 교회는 대학교 2학년 때에 처음 나갔습니다. 제가 교회에 나가게 된 계기는 지극히 세속적이었습니다. 그때 미팅을 했는데 제 짝이 된 여성분이 크리스천이었습니다.

미팅에 나와 신앙을 전하는 그녀의 깨끗한 눈망울과 확신에 찬 목소리에 어느 순간 호기심을 느꼈습니다. 솔직히 그때까지 제게는 딱히 종교라는 것이 없었습니다. 집안 어르신들은 불교 신자였고, 당시 기독교에 대한 제 시선도 그리 호의적인 것은 아니었습니다.

그 여학생과는 잠깐 만났다가 헤어졌지만 어쩐 일인지 예수님과의 인연은 더 이어졌습니다. 훗날 제 연애담과 기독교 입문 과정을 전해들은 아내는 웃으며 그 여학생을 저를 예수님의 품으로 데리고 간 인도자라고 말했습니다.

하나님을 깊이 체험한 건 군대를 제대한 직후였습니다. 경남대 법대를 졸업한 후 서울로 올라왔지만 가난한 지방대 출신인 제게는 서울이라는 대도시에서 살아가는 삶 자체가 곤욕스러운 일 투성이었습니다.

작은 자취방을 얻는 것도, 공부를 위해 학원을 다니는 것도 모두 주머니가 넉넉해야 가능했습니다. 도회지에서 자란 같은 또래의 청년들이 내뿜는 세련되고 자유분방한 분위기에 상당한 문화적 쇼크를 받기도 했습니다.

게다가 제게는 고질병처럼 따라다니는 짐들이 있었습니다. 그 중 가장 큰 것이 바로 '가난'이었습니다. 고시원 총무를 하면서 낮에는 총무 일을 하고 밤에는 대학 도서관에서 공부를 했습니다. 가끔은 지낼 곳이 없어서 교회에서 지낼 때도 있었습니다.

힘든 만큼 은혜도 더욱 깊어져갔습니다.

'주님은 살아계신다, 주님은 나의 구주시다.'

이런 확신이 더욱 뿌리 깊어졌습니다.

그 즈음 아내를 만났습니다. 아내는 어느 교회의 전도사로 활동하고 있었습니다. 첫 만남 이후 믿음이 깊어 보이던 젊은 아가씨가 내내 제 마음속에 자리를 잡기 시작했습니다.

많이 부족한 사내였지만 청춘의 치기를 믿고 그녀에게 마음을 고백했습니다. 그 와중에도 저는 확신했습니다. 제 믿음이 그녀에게 잘 보이리라 자신했습니다. 제대로 된 믿음을 가진 여자라면 세속적인 기준으로 저를 보지 않고 받아줄 거라 기대했습니다. 물론 제 고백을 받아들인 그 아가씨는 이제 '아내'라는 이름으로 제 곁을 지키고 있습니다.

성령에는 무엇보다 우리가 다른 사람을, 어떤 의미에서 '우리와 하나인 존재'로 여기도록 이끄시는 힘이 있는 것 같습니다.

사랑을 바탕으로 한 이런 이끌림이 다른 사람을 향한 진심 어린 관심의 시작이라고 생각합니다. 타인을 향한 선량함을 추구하게 만들기도 합니다. 진정한 사랑은 늘 우리를 묵상하게 하고 다른 사람을 섬기게 합니다. 어떤 필요나 허영에서가 아니라 외모와 상관없이 그들이 가진 진정한 아름다움 때문에 진심으로 돕고 지지하게 만듭니다.

번듯한 직장이 없어도 제 아내는 그 당시의 제게서 선량함과 아름다움을 보았다고 훗날 제게 고백해 주었습니다. 그래서 정말 기뻤습니다. 믿음과 그 믿음을 더욱 공고히 해주는 동반자의 뒷받침은 제게 엄청난 힘을 주었습니다. 그리 특별히 시험 준비를 많이 하지 않는데 경찰 공채에 합격했습니다. 동시에 다른 곳도 합격했지만 원래 좋은 의로운 일을 하고 싶다는 마음이 있어서 경찰이 되었습니다.

아내는 백석대에서 신학을 전공하다가 졸업하고 현재 교회에서 강도사로 일하고 있습니다. 곧 목사 안수를 앞두고 있습니다. 그녀에게 만약 신앙심이라는 부분이 없었다면 매일 같이 늦게 들어오는 '0점 남편'을 이해해주지 못했을 것입니다.

늘 아내에게 미안하면서도 감사합니다. 처음엔 볼멘소리도 하곤 했지만 이제는 가장 큰 조력자이자 응원군이 바로 아내입니다. 잃어버린 누군가를 사랑하는 가족의 품으로 돌려보낸 후 지쳐 돌아오는 저를 아내가 따스하게 품어주기에 늘 새로운 힘을 얻습니다.

가끔 제가 일에 시달려 황폐해졌을 때, 주님이 너무나도 고플 때, 하나님의 은혜로운 말씀을 마구 접하고 싶을 때마다 아내는 그런 내 어깨를 다독이며 함께 기도를 올려줍니다.

"소년이라도 피곤하며 곤비하며 장정이라도 넘어지며 자빠지되

오직 여호와를 앙망하는 자는 새 힘을 얻으리니

독수리의 날개 치며 올라감 같을 것이요

달음박질하여도 곤비치 아니하겠고 걸어가도 피곤치 아니하리로다."

[이사야 40:30-31]

하나님이 제 가장 강력한 자양강장제임을 아는 아내는 종종 핸드폰으로 좋은 성경구절을 보내며 충전시켜 주기도 합니다.

아내는 늘 말합니다. 바빠서 사랑하는 사람 못 봤다면 그건 사랑하지 않는 거고, 사랑할 자격도 없는 것이라고. 이러니 하나

님 다음으로 아내가 제 삶의 원천일 수밖에 없는 까닭입니다.

"자신을 돕는 것처럼 다른 사람을 도와줘라."

항상 제 아내가 제게 속삭이는 어느 사상가의 말입니다. 자기 자신을 돕는 것처럼 다른 사람을 도와주라는 말은 아낌없이 도와주라는 뜻입니다.

남을 돕는 일은 나의 사랑을 나누어주는 일입니다. 이 세상에는 자기 이익을 위해 남을 돕거나 자신을 나타내기 위해 돕는 불순한 사랑을 실천하는 사람들도 있습니다. 이런 사람의 마음엔 독毒이 들어있습니다. 이 독은 자신은 물론 다른 사람들의 삶까지도 병들게 만듭니다.

아내는 제게 사심 없이 오직 남을 돕는 일에만 전념해야 한다고 말합니다. 어찌 이렇게 강직한 여인일 수 있을까요? 자랑스러움으로 어깨가 들썩거립니다. 하지만 그런 아내도 싫어하는 것이 있습니다. 바로 제가 다치는 것입니다.

한번은 실종자를 찾는데 그 사람이 쓸데없이 자꾸 찾아온다고 욕설과 함께 소리를 지르면서 갑자기 쓰레기통 뚜껑을 집어던졌습니다. 그 황토색 뚜껑이 빠르게 회전한 후 날아왔습니다. 제 다리에 맞았는데 옷이 찢어지고 멍이 들고 피가 났습니다. 순간 억울하고 화가 난 마음에 형사 처분까지 할까 생각했습니다. 그러나 실종가족들에게 피해가 갈까봐 돌아섰습니다.

그즈음 40년 넘게 길을 잃고 헤어진 가족을 찾는 실종아동의 가족상봉을 앞두고 있었습니다. 부러진 팔 수술을 가족상봉 이후로 미루는 바람에 제 왼팔에는 심각한 장애가 남고 말았습니다. 오른팔과 다르게 기괴하게 선이 뒤틀린 왼팔을 볼 때마다 속이 상한 아내가 저 몰래 한숨을 쉰다는 것을 저라고 모를까요? 그나마 자신이 대놓고 한숨을 쉬면 제가 더 미안해하고, 가슴 아파하는 것을 아는지라 가만히 팔 위에 손을 올려놓고 기도를 하곤 합니다.

"너희는 이 세대를 본받지 말고 오직 마음을 새롭게 함으로 변화를 받아 하나님의 선하시고 기뻐하시고 온전하신 뜻이 무엇인지 분별하도록 하라."

크리스천의 모습을 유지하기 위해 말씀과 기도가 늘 필요합니다. 사실 경찰관이라는 직업군에서 주님을 찾는 것은 어렵습니다. 그런 점에서 반려자 하나는 제가 기가 막히게 선택했다고 자부합니다.

힘들 때 말씀을 보내주고 기도하고 방언하고 하나님의 사랑을 나누는 동역자가 바로 곁에 있다는 것은 삶에서 매우 중요합니다. 아내가 있어 부족했던 제 신앙심은 날로 더 성장할 수 있었습니다. 하나님 말씀을 먹지 않으면 힘들어하는 제게 늘 하나님의 말씀으로 성찬을 차려서 건네주는 아내 덕분에 제 속의 경애의 마음은 아직도 쑥쑥 자라고 있습니다.

울보 수사관의
'행복한 눈물'

● ● ●

행복한 사람은 여호와의 법을 읽는 사람.

그가 하는 일마다 성공하리라

[시편 1:1-3]

● ● ●

가정불화를 겪던 부모가 이혼하는 바람에 따로 떨어져 살게 된 아들이 20년 만에 어머니와 상봉한 사연입니다. 수사를 의뢰한 지 한 달 만에 이뤄졌습니다.

네 살배기였던 장현상 씨(32세, 남, 가명)는 1987년 가정불화로 부모님이 이혼하자 아버지와 새어머니와 함께 살게 되었습니다. 이복동생이 태어나자 현상 씨는 일곱 살이 되던 해, 여주에 있는 아동복지시설 여광원에 맡겨졌습니다.

새어머니의 매질과 학대로 아파하는 아들을 보다 못해 차라리 보육원에 가서 매맞지 말고 굶지 말고 살라고 아버지 역시 권했고 현상 씨도 그렇게 하겠다고 대답했기 때문입니다.

고등학교 2학년에 재학 중이던 2001년, 노인복지사업 실패로 복지시설은 문을 닫게 되었습니다. 시설에서 퇴소한 현상 씨는 한 사회복지사의 도움으로 대학에 진학하게 되었습니다.

시설에서 지내는 동안 늘 가족의 사랑이 그리웠던 현상 씨는 아버지와 새어머니와 다시 연락을 주고받았지만 잦은 모욕에 늘 상처를 입었습니다. 부모의 정이 그리워 찾아가도 아버지는 "지방대밖에 못 갔냐?", "나태하다!" 등의 말로 상처를 주었습니다. 마음을 다친 현상 씨는 가족과 연락을 끊었고 홀로서기에 성공했습니다.

사회생활을 하던 중 아버지와 다시 연락이 닿았지만 아버지는 그저 돈만 요구했습니다. 새어머니와 이복동생들은 아버지가 사채를 쓴 것을 모두 현상 씨 탓으로 돌렸습니다.

아버지에게 금전적으로 이용만 당하다가 친어머니를 만나고 싶다는 생각이 들었던 현상 씨는 저에게 사연을 접수했습니다. 하지만 아버지로부터 늘 좋지 않은 이야기만 접했기에 친어머니에 대한 정보는 많지 않았습니다.

한 달 동안 추적한 끝에 어머니 유은님 씨(55세, 가명)의 주소와 연락처를 알아냈습니다. 하지만 그렇게 해서 만난 은님 씨는 현상 씨가 친아들이 아닐 것이라고 믿고 있었습니다.

은님 씨는 그동안 현상 씨를 찾기 위해 사설 심부름센터에 의뢰해 아들로 추정되는 남자를 무려 세 번이나 만났지만 모두 다 현상 씨가 아닌 것으로 판명되자 실의에 빠져 있던 상태였습니다. 설상가상으로 은님 씨는 아들이 죽었다는 잘못된 정보로 인해 자살까지 한번 시도했던 전력이 있었습니다. 은님 씨를 찾아간 저는 현상 씨의 인상착의, 성장환경을 말해주었고 그제야 은님 씨는 그가 아들이라는 걸 확신할 수 있었습니다.

한달음에 달려와 남양주 한 식당에서 아들과 20여 년 만에 극적으로 상봉한 은님 씨는 현상 씨를 보자마자 머리를 쓸어 넘겨 눈가를 확인했습니다. 눈가에 있는 작은 흉터를 보고 확신한 은님 씨는 이리 살아서 성장한 아들을 만나 너무 고맙다며 오열했습니다.

20여 년의 긴 세월이 강산을 바뀌게 했지만 아들에 대한 소소한 기억과 부모에 대한 그리움은 절대 변하지 않는다는 것을 알려준 상봉 사례였습니다.

숨진 것으로 알고 딸의 천도재까지 지낸 어머니와 상봉한 딸의 사연입니다.

어머니 김귀임 씨(65세, 가명)는 1980년께 죽기 전에 서울에서 실종된 딸을 찾아 달라며 수사를 의뢰해 왔습니다.

귀임 씨의 딸 미옥 씨(41세, 가명)는 당시 아홉 살로 1980년 1월 서울 은평구 노상에서 귀임 씨가 화장실에 간 사이 실종됐습니다. 나중에 조사한 결과 미옥 씨는 전북 익산역(옛 이리역) 인근에서 노숙하며 배회하던 중 경찰관에게 발견돼 보호시설에 인계됐습니다. 미옥 씨는 이후 보호시설에서 성장하면서 다른 이름을 부여받았고, 그 가짜 이름으로 31년을 더 살아야 했습니다.

귀임 씨는 딸을 찾기 위해 실종 장소인 은평구 인근뿐만 아니라 고아원 등 보호시설 등을 수십 차례 방문했으나 딸의 행방을 찾지 못해 결국 사망한 것으로 알고 천도재까지 지내왔던 상황이었습니다. 지병으로 건강이 좋지 않았던 귀임 씨는 "죽기 전에 딸을 다시 한 번 찾아보고 싶습니다."며 마지막 결심을 품은 채 저를 찾아왔습니다.

친자로 추정되었던 미옥 씨와 귀임 씨의 유전자 검사 결과 '확률 99.9998%의 친자관계가 인정된다'는 감정서를 받았습니다.

상봉 전부터 31년 동안 서로 헤어져 있었던 딸이 어머니를 알아볼까 싶었던 보호시설 관계자들의 우려는 전혀 필요가 없었습니다. 미옥 씨는 귀임 씨를 보는 순간 "엄마!"라는 말과 함께 눈물을 흘리면서 귀임 씨의 품에 뛰듯이 안겼습니다. 귀임 씨 역시 왼쪽 네 번째 발가락이 튀어 나온 것을 보니 딸이 확실하다며 미옥 씨를 끌어안고 울었습니다.

가정형편 때문에 태어나자마자 외국에 입양된 쌍둥이 중 동생이었던 30대 남성이 부모님과 형을 만난 사연입니다.

김성남 씨(39세, 남, 가명)는 서울의 한 병원에서 태어난 후 곧바로 미국으로 입양됐습니다. 생활고를 겪고 있던 성남 씨의 부모가 쌍둥이 중 동생이었던 성남 씨를 시설로 보낸 것입니다. 이미 형과 누나 등

두 자녀가 있었던 성남 씨 부모 입장에서 쌍둥이를 모두 키우기에는 여력이 없었기 때문입니다.

미국으로 입양된 성남 씨는 다행스럽게 좋은 양부모를 만나 잘 자랐습니다. 지금은 미국 펜실베니아에서 회사를 다니며 결혼해 다복한 가정도 꾸렸습니다.

성남 씨는 더 늦기 전에 친부모님을 찾겠다는 생각에 한국의 입양기관과 여러 관공서에 의뢰를 했습니다. 하지만 "남아 있는 기록이 너무 없어 불가능하다."는 답만 들어야 했습니다. 성남 씨의 입양 자료에는 친아버지의 이름과 서울 마포구 창전동에 거주했다는 기록만 있었습니다.

입양기관으로부터 성남 씨의 사연을 접수한 저는 프로파일링시스템 검색과 보호시설 명단 확인 등을 통해 성남 씨 아버지와 이름이 같은 320명을 발견했습니다. 동시에 병원기록, 친인척 등 환경조사 분석과 현장방문조사를 거쳐 한 달여 만에 서울에 사는 성남 씨의 부모와 형제들을 찾을 수 있었습니다.

아들의 소식을 들은 성남 씨의 아버지는 "생활고 때문에 자식을 버린 부모라 부끄럽고 자식을 볼 면목도 없습니다."며 통곡했습니다. 상봉장에 나타난 성남 씨와 똑같은 얼굴을 한 성남 씨의 쌍둥이 형은 "나와 꼭 닮은 동생도 어디선가 잘 크고 있겠지!"라는 마음으로 늘 죄책감 속에 살아왔다고 울먹거렸습니다.

양녀로 어느 집에 입양된 누나와 고아원으로 갔던 동생이 상봉한 사연입니다.

동생의 부인이 신청해 누나를 찾았으나 둘은 만나기를 거부했습니다. 동생은 '우리 누나가 아닐 것'이라고, 누나는 '내 동생이 아닐 것'이라고 하며 서로의 존재를 부정했습니다. 사실 사정이 있었습니다. 입양 이후 그들의 삶은 그리 행복하지 못했기 때문이었습니다.

중산층의 웬만큼 사는 가정으로 입양했지만 누나의 삶은 평탄하지 못했습니다. '입양아'라는 꼬리표로 인해 가족들로부터 완전한 구성원으로 인정받지 못했던 누나는 어른이 되어서도 많은 방황을 했습니다. 동생 역시 자신만 고아원에 떼어놓고 '잘사는' 집으로 사라진 누나에 대한 원망의 마음을 앙금처럼 갖고 있었습니다.

하지만 오랜 설득 끝에 마침내 누나와 동생이 상봉하던 당시 누나가 "너는 내 동생이 맞다!"며 어린 시절 사진과 동생의 모습을 대조해가며 한참 동안 흐느껴 울었습니다. 수십 년이란 세월의 장벽이 그들의 마음속에 또 다른 벽을 쌓은 탓이겠지만 혈육의 정은 세월도 갈라놓지 못하는 모습이었습니다.

보람과 사명을 동시에 느끼는 순간이 가족들이 상봉할 때입니다. 그때마다 저는 한편에서 다 지켜보고 있었습니다. 저는 눈물이 많습니다. 가족들이 만나는 감격적인 순간을 볼 때마다 당사자인 실종자 가족들 보기가 민망할 정도로 눈물 콧물을 많이 흘리는 편입니다.

63년 만에 형제들을 만난 70대 할아버지, 50여 년 만에 동생을 찾은 재미동포 여성, 47년 만에 언니와 극적으로 상봉한 50대 여성의 상봉 현장에서도 눈물샘이 마구잡이로 터지곤 했습니다. 죽기 전 가족을 찾고 싶다던 말기 암 환자가 오빠를 만날 수 있도록 해 준 일, 60대 노신사에게 젖먹이 때 헤어져 이름도 모르는 어머니 찾아준 일……. 모든 순간이 감격스러웠습니다.

서로 부둥켜안고 펑펑 우는 모습 보면 저도 모르게 따라 울고 맙니다. 수없이 봐도 매번 기적이고 감동적이기 때문입니다. 상봉 가족들이 자주 만나며 화목하게 지낸다는 소식을 들을 때면 크나큰 보람을 느낍니다.

> "정의를 강물처럼 흐르게 하여라.
> 서로 위하는 마음 개울같이 넘쳐흐르게 하여라."
>
> [아모스 5:24]

정의감이 없는 경찰은 없지만 눈물이 없는 경찰은 있을 수 있습니다. 왜냐하면 법은 엄정하고 이성적이고 차가운 것이니까요. 하지만 눈물을 모르는 정의는 자칫 삭막할 수 있습니다. 저는 법에도 눈물이 있어야 한다고 믿습니다. 하나님도 '강물처럼 정의를 흐르게 하라.' 하시면서도 다른 당부도 덧붙이십니다.

'서로 위하는 마음을 넘쳐흐르게 하라.'

법을 집행하는 사람들은 이런 고뇌에 한 번쯤 빠지게 됩니다. 저는 그것을 하나의 소중한 '기회'라고 생각합니다.

정말 악랄하기 그지없는 사람이 있습니다. 하지만 곰곰이 들여다보면, 그 사람 자체의 인성이나 성장환경, 삶을 살아내면서 받은 상처와 고통 등을 알게 되면 냉철하고, 단호해지기가 말처럼 쉽지 않습니다.

잘 우는 저를 보고 어떤 분이 '눈물 냄새 나는 경찰'이라고 표현한 적이 있습니다. 제 눈물 속에는 슬픔과 기쁨이 함께 아롱져 있습니다. 헤어진 가족의 아픔에 눈가를 훔치고, 만남의 환희에 손수건을 적시곤 했습니다.

저로 인해 정말 보고 싶던 가족을 찾은 사람들은 제게 고마움을 표하곤 합니다. 하지만 저는 오히려 제가 더 감사하다고 말합니다. 아직도 가족 곁으로 가지 못한 많은 이들을 떠올리면 가슴이 아픕니다. 그들 때문에 느끼는 제 아픔이 가족들보다 작다는 것을 알기에 외롭게 숨기며 속으로 많이 울었습니다.

제가 가는 이 길은 퍽 외롭고 힘든 길입니다. 사람들의 고통이 마치 제 고통 같아서 마음을 앓은 적도 많았습니다. 그럴 때마다 하나님은 알려주셨습니다. '외로운 것은 강한 것'이라고. 제 안에 하나님이 계시기 때문에 제가 하는 모든 일은 하나님의 일입니다. 굳이 제가 믿는 하나님을 억지로 드러내지 않아도 드러나는 법입니다.

제가 살아야 하는 목적과 이유가 다 하나님에게 있다고 여겼습니다. 하나님의 올바른 뜻을 받기 위해 열심히 노력했습니다. 어떤 사람들에게 하나님은 하나의 아이콘이자 상징일지도 모릅니다. 하지만 하나님은 제 마음속에도 계시며, 많은 분의 마음속에 우뚝 계신 실체입니다. 저는 누가 봐도 보잘것없고 비어있는 사람입니다. 그러므로 제가 잘되면 그건 하나님이 하신 것이 확실합니다.

"여호와께 희망을 두는 사람들은 능력을 되찾을 것이다.
달려가도 지치지 않고, 걸어가도 피곤하지 않을 것이다."

[이사야 40:31]

저는 너무 모자라 빈 깡통 같은 사람입니다. 하나님이 계시면 어떤 것도 필요 없는 사람이 되고, 하나님이 안 계시면 다시 빈 깡통으로 돌아가는 사람 같습니다. 제가 연약하여 흔들릴 때마다 제게 하나님은 깃드셨습니다. 가득 찬 저는 큰 바람에도 결코 흔들리지 않았습니다.

하나님을 만나기 전에는 일단 '제가 편하고, 덤으로 주변 이웃들에게까지 복을 주세요!' 하고 기도했지만, 하나님을 만난 후에는 이웃의 고통이 마치 제 고통 같아 마음이 아픕니다.

이제는 제 이웃들이 먼저 행복해졌으면 좋겠습니다. 활짝 웃는 그들을 위해 흘리는 행복한 눈물은 절대 아깝지가 않습니다.

눈부신 희망

PART 2

내가 기억하니까
괜찮아!

최고의
명절 선물

명절이 다가올 때마다 생각나는 재회 가족들이 있습니다. 가족을 잃어버리고 낯선 타지나 사람들 속에서 살아왔던 사람들은 언제 가족이 가장 그리울까요? 대부분 자신의 몸이 아플 때, 그리고 가족친지들이 모여 북적거리는 명절을 기다리는 타인들을 바라볼 때라고 대답했습니다.

한국의 명절은 고향이나 가족에 대한 그리움을 강렬하게 부르는 때입니다 그 시기에 고향이 없거나 가족을 잃어버린 사람들의 마음은 헛헛해지기 십상이었습니다. 남들이 맛있는 음식을 편하게 먹을 때 가족에 대한 그리움만 울컥거리며 삼켜야 하는 사람들은 더 서러운 법이었습니다. 그들에게 명절만큼 자신의 뿌리와 울타리를 명확하게 알려주는 잔인한 시즌도 없습니다.

남들에게는 즐거운 명절이 실종자나 실종자 가족들에게는 가장 우울한 기간이어서 그저 빨리 흘려 보내버리고 싶은 시간입니다. 그래서인지 명절을 앞두고 가족을 애타게 찾다가 극적으로 상봉한 사연들이 많이 기억에 남습니다.

가족을 잃어버린 부모님에게, 형제에게 선사한 최고의 선물은 '혈육'이었습니다. 명절을 앞두고 어마어마한 선물을 받은 행복한 상봉 사연들입니다.

추석을 앞두고 51년 만에 가족을 찾은 여성의 사연입니다.

미국 노스캐롤라이나 주에 사는 진영숙 씨(58세, 가명)라는 여성분이 가족을 찾았던 사연이었습니다.

일곱 살 코흘리개 무렵 가족과 생이별한 채 타국만리에서 외롭게 뿌리를 그리워하던 진영숙 씨. 그녀의 아버지가 어린 딸을 남의 집 식모살이로 맡겼는데 어느 날 잠깐 집 밖에 나갔다가 길을 잃어버렸다고 합니다.

고아원에서 자랐고, 다 커서 미국 남성과 결혼해 미국으로 건너간 영숙 씨는 자식들 잘 키우고 나서 본격적으로 한국에 있는 가족을 백방으로 찾기 시작한 경우였습니다. 하지만 쉽지 않았고 좌절감에 포기를 하려는 찰나 우리 팀의 이야기를 들었다고 합니다. 포기 직전에 영숙 씨의 큰딸이 제게 보낸 이메일을 받고 4개월 수소문 끝에 한국

진영숙 씨 가족상봉

의 가족을 찾아드릴 수 있었습니다.

처음에 영숙 씨의 가족을 찾는 일은 쉽지 않았습니다. 왜냐하면 원체 어린 시절인지라 자기 성을 '김 씨'로 잘못 알고 있었기 때문이었습니다. 실종 당시의 인상, 기억나는 이름, 가족관계 등을 종합해 추적했는데 '김영숙'은 너무 흔한 이름이어서 어려움이 많았습니다.

비슷한 사연을 가진 수많은 김 씨로 검색하고 조사해도 결과가 나오지 않자 국내에서 가장 많은 성씨 40개를 일일이 대입해서 찾아나갔습니다. 총 2,700여 가정을 조사했습니다. 여러 가지 환경과 스토리를 조합한 결과 영숙 씨가 '김 씨'가 아니라 '진 씨'라는 걸 알게 되었고 가족도 찾을 수 있었습니다.

영숙 씨의 언니와 남동생은 경기도 구리시에 살고 있었습니다. 미국에 전화를 걸어 아버지께선 돌아가셨지만 남동생과 언니를 찾았다고 전하자마자 영숙 씨의 입에서 나온 첫마디는 이것이었습니다.

"오 마이 갓Oh My God!"

그리고 수화기 너머 내내 20분 동안 그녀의 울음소리만 들려왔습니다. 영숙 씨의 가족상봉이 이루어지는 날은 추석 연휴를 하루 앞둔 날이었습니다. 태평양을 사이에 두고 소식조차 몰랐던 이산가족들의 벅찬 상봉이 이뤄진 현장은 눈물바다를 이뤘습니다.

추석을 맞이하여 46년 만에 형제가 상봉한 사연입니다.

어릴 적 길을 잃어 보호시설 등에서 자란 강원형 씨(50세, 남, 가명)도 같은 달 꿈에 그리던 혈육을 찾아 46년 만에 추석을 함께 보낼 수 있었습니다.

원형 씨는 지난 1967년 5월 어머니, 둘째 형과 강원도 화천의 한 시장에 갔다가 헤어졌습니다. 순찰 중인 경찰관에게 발견돼 인근 풍익보육원으로 보내졌고 다시 인천의 성림직업재활원으로 옮겨 성인이 된 후 그곳에서 독립했습니다.

자신의 정체성에 대한 고민과 가족에 대한 그리움으로 괴로워하던 원형 씨는 한번 제대로 가족을 찾고 싶었고, 사연을 인천의 한 경찰서에 접수했습니다. 경찰서에서 사연을 이첩 받은 저는 원형 씨의 과거 기록을 통해 그가 어릴 적 소아마비를 앓았던 사실과 형제가 세 명이라는 점 등을 확인하고 가족 찾기에 나섰습니다.

그리고 둘째 형으로 추정되는 50대 남성이 서울에 살고 있고, 어머니와 첫째 형으로 추정되는 사람은 이미 사망했다는 것을 알아냈습니다. 182실종아동찾기센터는 현장방문을 통해 50대 남성이 원형 씨의 둘째 형 강원철 씨라는 사실을 확인한 뒤 46년 만의 '형제 상봉'을 실현시켰습니다.

추석을 앞두고 서로 만난 형제는 얼싸안고 재회의 기쁨과 평생의 한과 서러움을 나누었습니다. 비록 어머니와 큰형을 만나지는 못하지만 하나 남은 혈육을 다시 만날 수 있었던 원형 씨는 추석에 가족 제사에도 참석해 영정으로나마 어머니를 뵐 수 있었습니다.

시한부 판정을 받고 죽음을 앞두고 26년 만에 아들과 상봉한 50대 어머니의 사연입니다.

26년 전 가정폭력 등으로 가족과 헤어진 이은미 씨(53세, 여, 가명)가 182실종아동찾기센터에 아들을 찾고 싶다는 사연을 접수했습니다.

은미 씨는 지난 1988년 남편의 외도와 폭력으로 이혼하면서 당시 네 살이던 아들과 헤어졌습니다. 그 후 2년여가 지난 뒤 은미 씨는 아이를 시설로 보냈다는 말을 전해 듣고 아이가 살던 경기 파주의 관공서, 초등학교, 보육원 등 여러 곳을 뒤져봤지만 아들의 흔적을 찾지 못했습니다.

사연을 접수한 당시 은미 씨는 간경화 말기의 환자여서 여명이 그다지 길지 않은 상태였습니다. 182실종아동찾기센터에 가면 아들을 찾을 수 있을 것이라는 주위의 권유에 따라 마지막 지푸라기를 잡는 심정으로 찾아온 것이었습니다.

은미 씨는 그동안 오랜 세월 신세를 한탄하면서 살았고, 아들에 대한 그리움과 죄책감을 버리지 못해 간경화에 걸린 것으로 여길 만큼 아들을 그리워했습니다. 의사로부터 길어봐야 5개월 정도 살 수 있다는 얘기를 들었다면서 죽기 전에 자식을 그리워하는 한을 풀어달라는 은미 씨의 부탁을 들은 저는 경건한 마음부터 들었습니다.

신속히 프로파일링시스템 검색과 보호시설에 신고된 가족명단 등을 확인해 아들과 같은 이름을 가진 420명의 리스트를 확보했습니다. 이후 환경조사분석과 함께 시설에 대한 방문조사를 실시했습니다.

그 결과 파주보육원에서 아들의 자료를 찾았고 충남에 거주하는 김일환 씨(30세, 남, 가명)를 대상으로 조사를 벌여 은미 씨의 아들임을 확인했습니다. 은미 씨의 사연을 접수한 지 10여 일 만이었습니다.

아들 일환 씨는 회사 일로 말레이시아로 파견을 떠난 상태였습니다. 182실종아동찾기센터는 아들의 친구와 지인 등 주변조사를 통해 어렵게 아들의 연락처를 확보했습니다.

'모친이 간절하게 찾는다'는 소식을 들은 일환 씨는 "지금까지 어머니의 이름도 모른 채 살아왔습니다."면서 "큰 병을 앓고 계신다니 걱정이 앞서는데 곧바로 귀국해서 어머니를 만나겠습니다."며 울먹였습니다.

그리고 어머니와 아들은 설 명절 직전에 극적으로 상봉했습니다. 은미 씨는 이 자리에서 "내 생애 최고의 설 선물을 받았습니다."며 울음을 참지 못했습니다. 병색이 짙은 어머니가 자신을 보며 울다 웃는 모습을 보면서 일환 씨는 눈물만 흘렸습니다.

여섯 살 때 길을 잃고 미아로 발견된 50대 여성이 가족과 상봉한 사연입니다.

미아였던 김혜정 씨(54세, 여, 가명)는 여섯 살 때 서울시립아동보호소를 통해 고아원으로 보내져 외롭게 자랐습니다. 늘 혼자라는 외로움이 각인되어 있던 그녀는 다른 사람에게 마음을 열고 받아들이는 것이 서툰 여성이었습니다. 그래서인지 그때까지도 독신이었습니다.

가족을 찾고 싶다며 182실종아동찾기센터에 왔지만 혜정 씨의 기억 속 정보들을 토대로 아무리 조사를 해도 가족들은 쉽게 찾아지지를 않았습니다. 3년 넘게 온갖 방법을 다 동원해 찾았습니다. 하지만 도통 수사에 진전이 없었습니다.

결국 방송에 출연한 후 제보를 기다릴 수밖에 없었습니다. 이미 혜정 씨는 가족 찾기를 거의 포기한 상태였습니다. 다행히 방송이 나간 지 얼마 되지 않아 '오래 전 헤어진 여동생 같다'라는 제보가 들어왔습니다.

이런 저런 현장 조사를 통해 드디어 가족을 찾게 되었습니다. 곁에 누군가를 두지도 못할 만큼 처절하게 외로운 삶을 살았던 혜정 씨는 오빠, 언니, 동생 등 형제자매는 물론 친척들까지 많은 무척 다복한 집안의 딸이었습니다.

자신이 가족들에게 사랑받았던 존재였음을 알게 된 혜정 씨는 가족 상봉 이후 다시 만났을 때 아주 다른 사람이 되어 있었습니다. 자신감이 넘쳐 보였고, 이것저것 배우는 등 의욕도 적극적으로 보였습니다.

명절 때마다 저한테 안부 전화를 하시는데 설에 가족과 만나 함께 웃고 떠들썩하게 지내서 무척이나 행복하다고 근황을 보내왔습니다.

40년 전 가난한 살림으로 헤어졌던 쌍둥이 동생과 극적으로 상봉한 언니의 사연입니다.

1969년 1월 어머니는 집에서 쌍둥이를 낳았는데 너무 가난해 제대로 먹지 못한 탓에 젖이 나오지 않아, 7개월 후 쌍둥이 중 동생을 동네 할머니의 소개로 입양을 보냈습니다. 어머니는 암수술을 3번이나 했지만 상태가 심각해 죽기 전에 꼭 딸을 찾아서 보고 죽겠다며 찾는 노력을 많이 했습니다.

언니는 자신과 똑같은 얼굴을 가진 동생을 꼭 만나고 싶다며 182실종아동찾기센터에 사연을 신청했습니다. 부모님은 쌍둥이 딸 중 하나를 입양시킨 후, 하루라도 빨리 딸을 볼 수 있는 길은 잘사는 것이라 생각해 청과물 시장에서 장사, 리어카에 콩국을 담아 파는 일, 갈빗집 일을 억척스럽게 했습니다.

자녀들이 성장할수록 입양 보낸 딸이 그리워 어머니는 매일 우셨다고 했습니다. 명절에도 어딘가에서 제대로 못 먹고 있을지도 모를 딸을 위해 당신만은 간소한 밥상을 고수하셨다고 전했습니다.

그런 어머니의 모습을 늘 지켜보았던 쌍둥이 언니는 방송출연도 먼저 요청할 정도로 절박했습니다. 방송을 통해 마침 쌍둥이 언니와 닮은 사람을 보았다는 제보를 받았습니다. 추적 결과 헤어진 정황과 외모가 비슷한 여성을 찾을 수 있었습니다.

유전자 검사 결과도 일치했습니다. 추석을 앞두고 기적 같은 선물을 받은 가족들은 쌍둥이 여동생을 위해 난생 처음으로 푸짐한 명절상을 차렸다고 합니다.

너니까,
가족이니까

* * *

여인이 어찌 그 젖 먹는 자식을 잊겠으며,

자기 태에서 난 아들을 긍휼히 여기지 않겠느냐.

그들은 혹시 잊을지라도 나는 너를 잊지 아니할 것이라.

[이사야 49:15]

* * *

'김태희 실종사건'

이 실종사건 속 김태희는 브라운관에서 활약하는 미모의 여배우와 상관없는 아이였습니다. 어느 팔순의 노부부가 27년을 기다리는 셋째 아들입니다.

아들이 실종된 지 27년이 흐른 후, 아버지 김홍문 씨(81세. 가명)는 백발이 성성하고 조금만 걸어도 숨이 차는 노인이 되고 말았습니다. 이마와 뺨에 깊게 패인 주름살은 지난 고단한 세월의 흔적처럼 보입니다.

그가 주섬주섬 꺼내어 보여준 아들 태희의 일기장에는 "이제 5학년이 됐으니 혼자 학교에 가야겠다."라는 삐뚤삐뚤한 글씨가 적혀 있었습니다. 할머니가 자신을 데려다주러 학교까지 가기 힘드니 이제 혼자 학교를 가야겠다고 착하게 다짐하는 열두 살짜리 아들. 주인 잃은 일기장의 표지는 누렇게 변하고 말았습니다.

실종된 셋째 아들 태희(실종 당시 만 14세, 현재 나이 만 41세)의 일기장을 덩달아 만지던 어머니 박복순 씨(74세, 가명)가 헐떡거리며 가쁜 숨을 내쉽니다. 치매에 걸린 복순 씨는 태희가 실종되던 날의 상황을 드문드문 기억합니다.

1988년 4월 23일 토요일, 당시 보건소 간호사로 일하던 복순 씨는 퇴근 후 할머니를 모시고 오후 3시께 효자동에 있는 치과에 갔습니다. 당시 고3이었던 첫째 아들 태정이도 공부를 하러 도서관으로 향했습니다. 그때까지도 태희는 방에서 자고 있었습니다.

약 3시간 후 집에 도착해 방문을 여니 태희는 온데간데없고 이불만 덩그러니 남겨져 있었습니다. 놀란 홍문 씨는 바로 경찰에 전화했습니다. 그전에도 몇 번 이런 일이 있었기에 이번에도 쉽게 찾을 수 있을 줄 알았지만 다음 날이 되어도 연락은 오지 않았습니다.

태희는 지적장애가 있었습니다. 출산할 당시 병원에서 처치를 제대로 하지 못해 아기가 나올 순간에 나오지 못했고 설상가상으로 양수까지 먹었기 때문에 태희는 장애를 안고 세상 밖으로 나왔습니다.

초등학교 5학년이었지만 지적장애 3급이었던 아들은 또래 아이들과 행동거지가 조금 달랐습니다. 밥을 먹고 싶어도 밥 좀 달라는 말도 못했고 혼자서는 제대로 먹지 못했습니다.

누군가 늘 옆에서 밥을 떠먹여줘야 했습니다. 때로는 대소변을 가리지 못해 바지와 이불에 실수할 때도 있었습니다. 자신의 이름과 부모의 집 전화번호만이 아들이 기억할 수 있는 전부였습니다.

그래도 특수교육기관인 다니엘학교를 다니며 태희는 세상과 어울리는 법을 배워나갔습니다. 학교에 다니면서 스스로 할 수 있는 일이 많아지게 됐고, '발전상'이라는 이름의 상을 받기도 했습니다. 남을 배려할 줄 알아서 더욱 사랑할 수밖에 없는 아들이었습니다.

태희는 형, 누나로부터도 사랑을 많이 받았습니다. 유독 아빠를 많이 따랐던 태희는 홍문 씨가 퇴근하고 돌아올 때까지 대문 바깥에 쪼그리고 앉아 아빠를 기다리곤 했습니다. 퇴근해서 오다가 해맑게 웃어 보이던 아들을 아버지는 영 잊지 못합니다.

1988년 당시는 실종아동에 관련한 법이 만들어지기 전으로 실종인들이 '가출인'으로 처리되었습니다. 정식으로 파출소에 신고를 한 뒤 아이가 평소 가던 오락실과 문방구로 무작정 달려갔습니다. 학교 근처부터 집에 오는 골목까지 샅샅이 뒤졌습니다.

전단을 뿌리는 일은 주말과 출·퇴근 전후 시간을 활용했습니다. 태희 말고도 딸린 자녀가 셋이라 생업을 포기하고 아들을 찾으러 나설 수는 없었습니다.

퇴근 후에는 주로 역사 앞에서 구걸을 하는 사람들, 지하철과 버스에서 물건을 팔고 있는 사람들의 얼굴을 확인하고 다녔습니다. 홍문 씨에게는 혹시 아들의 모습이 보일까 싶어 높은 곳에 올라가 아래를 내려다보는 습관도 생겼습니다.

태희와 비슷하게 생긴 아이를 봤다는 소식이 들리면 강원도, 대구, 부산 등 지역을 가릴 것 없이 어디든 찾아갔습니다. 장애인시설, 보육원 등 안 가본 곳이 없었습니다. 하지만 전부 엉터리 제보였습니다.

최근 1년 전 꿈속에 나타난 태희의 모습을 홍문 씨는 잊을 수 없다고 하셨습니다. 아이들과 어울려 놀고 있는 태희의 옆으로 웃으며 다가갔지만 태희는 모르는 사람을 보듯 홍문 씨를 외면했다고 합니다. 평소 "아빠! 아빠!" 따랐던 아들이기에 충격이 컸습니다.

베갯잇을 적신 채 일어난 홍문 씨는 연이어 두 번째 꿈을 꾸었습니다. 꿈속에서 돌아가신 할머니와 병으로 죽은 남동생이 한자리에 있었는데 그곳에 태희도 같이 있었습니다. 꿈에서 깨어난 홍문 씨는 엉엉 울었습니다. 순간 아들이 죽은 게 아닌가 하는 생각이 들었기 때문입니다.

지난 27년간을 죄책감 속에서 살아온 노부부는 자신들이 사는 날까진 계속 찾아다닐 거라며 오늘도 거리에서 전단을 돌리고 있습니다.

애타게 가족을 찾는 사람들 중에는 지적장애, 우울증, 도박중독 등 육체적, 정신적 장애나 어려움, 치매질환을 가진 실종자를 찾는 분들도 꽤 많이 계십니다.

가끔 사람들은 악의는 없지만 어쩌면 더 잔인할 수 있는 질문을 그들에게 던지기도 합니다.

"어차피 정상적이지 않은 몸과 마음을 가진 가족 구성원이라면 차라리 찾지 않고 살아가는 것이 편할 수 있는데 그토록 애타게 찾는 이유가 뭡니까?"

사실 우리나라에서 장애아를 키우는 것은 쉽지 않은 일입니다. 태어나는 순간 버려지는 아이들도 많고, 설령 키운다고 하더라도 키우는 과정에서 겪는 여러 가지 딜레마와 편견 때문에 결국 자식을 유기하는 부모도 많기 때문입니다.

아이를 제대로 맡길 수 없어서 결국 돈도 벌지 못하는 부모들, 장애아를 일반 학교에 보낸다는 이유로 뭔가를 더 지불해야 하는 현실, 성인이 된 장애아에게 어떤 자립대책도 마련해주지 않는 사회와 정부 등 싸워야 할 한계들이 첩첩산중이기 때문입니다.

치매 환자도 마찬가지로 살기 힘든 나라입니다. 오죽하면 치매에 걸린 배우자를 오래도록 간병하다가 생활과 경제난에 지쳐 동반 자살하거나 목숨을 해하는 극단적인 경우가 나오겠습니까?

우울증이나 도박 중독 역시 사회적인 편견에서 보자면 꺼려질 수 있습니다.

그럼에도 불구하고 제가 상봉시킨 부모와 자식, 형제들의 사연 중에는 이런 장애나 어려움을 가진 가족을 끝까지 찾거나, 결국에는 찾아낸 사람들의 사연도 많습니다.

그들에게는 정상적인 인간과 비정상적인 인간이라는 구분보다는 '내 가족'이라는 그 한 가지 생각 밖에 없습니다. 지적장애를 가진 아들도 눈에 넣어도 아프지 않은 금쪽같은 자식이고, 오줌도 제대로 못 가리고 자신의 가족도 못 알아보는 치매 어머니도 보호하고 싶은 소중한 혈육이라는 사람들. 그들은 세월이 흘러도 천륜의 끈을 쉽게 놓지 못한 사람들이었습니다.

김삼순 씨(64세, 여, 가명)의 언니 삼월 씨(82세, 가명)는 28년 전인 1985년 때부터 치매를 앓고 있었습니다.

경기도 안양시 호계동에서 삼순 씨는 삼월 씨와 함께 살고 있었습니다. 어느 날 삼월 씨가 잠깐 바람 좀 쐬고 오겠다는 말을 남기고 외출을 한 후, 연락이 두절되고 말았습니다. 여러 군데를 수소문하고 돌아다녔지만 행적을 파악할 수 없었습니다.

멀쩡한 사람도 아니고 치매를 앓고 있던 언니이기에 '어디선가 사고라도 당하고 잘못된 것이 아닐까?' 하고 마음을 졸이며 28년을 살았던 삼순 씨는 마지막 동아줄을 잡는다는 심정으로 182실종아동찾기센터에 찾아왔습니다.

삼순 씨의 말을 듣고 즉각 조사에 들어갔습니다. 사회복지기관 영보자애원 인터넷 사이트에서 언니로 보이는 한 할머니가 발견되어 알아보았지만 결국 삼월 씨가 아닌 걸로 판명이 났습니다.

그런데 놀랍게도 이틀 뒤 영보자애원 관계자로부터 삼월 씨로 추정되는 한 할머니가 있었다는 연락이 왔습니다. 연로해진 그 할머니는 몇 년 전 영보요양원으로 옮겨져 지내고 있었습니다.

알아보았더니 1985년 당시 거리를 배회 중이던 삼월 씨를 순찰 중인 경찰이 발견하여 서울 청량리 한 정신병원에 입소시켰다가 그 후, 영보자애원으로 입소시킨 것이었습니다. 영보자애원 입소 당시 부모와 가족 정보가 정확히 삼월 씨 언니와 일치했습니다.

늘 마음을 아프게 했던 아이같은 언니였지만 다시 언니를 살아 만나게 된 삼순 씨는 언니의 여생 동안 절대로 놓치지 않고 돌볼 거라 다짐하며 하염없이 눈물을 흘렸습니다.

다운증후군을 앓고 있는 강건 군(15세)이 10년 만에 어머니 김희종 씨(55세, 가명)를 만났습니다.

강산이 한 번 바뀌는 세월이 흘렀던 탓인지, 아니면 다시 찾은 아들을 한번이라도 꼭 보듬어 안아주고 싶은 모정母情이 어색했던 탓인지 건 군은 연신 얼굴을 돌려대고 손길을 뿌리쳤습니다.

10년 동안 아들을 홀로 남겨둔 희종 씨는 마음이 무너지는 듯 안쓰러운 표정을 감추지 못했습니다. 연신 건 군의 얼굴을 쓰다듬으며 "미안해! 엄마가 늦게 왔어, 너무 미안해!"라는 말만 되뇌었습니다.

건 군이 다섯 살 때인 1994년 10월, 희종 씨가 정신질환을 치료받기 위해 서울 성북구 길음동의 한 병원에 입원하면서 비극은 발생했습니다. 노원구 상계동 집에서 가스폭발 사고가 발생했고, 그 사고로 건 군의 아버지는 의식불명 상태에 빠졌습니다.

정신지체아였던 건 군을 맡겠다고 선뜻 나서는 친척이 없어 건 군은 이웃 주민들에 의해 서초구 내곡동 시립아동병원으로 보내졌습니다. 아버지는 4년 뒤 숨을 거뒀습니다.

정신질환 치료를 받던 희종 씨는 2003년 5월 상태가 호전되자 구청과 동사무소 등으로 아들을 백방으로 찾아 나섰지만 쉽지 않았습니다. 가스 폭발 당시 동네에 살던 이웃들은 거의 모두 이사를 가 버렸고, '무연고 아동'으로 신고된 아들의 행적은 찾을 길이 없었기 때문입니다.

1년 동안 손발이 닳도록 아들을 찾아 헤맨 희종 씨는 182실종아동찾기센터에 도움을 요청했습니다. 이름과 나이 등 신상 자료를 검색한 끝에 도봉구 쉼터요양원에서 건 군으로 보이는 '소년'을 찾아냈습니다. 그 길로 요양원으로 달려간 희종 씨는 '소년'의 손톱에서 아들의 흔적을 찾아낼 수 있었습니다.

'소년'은 어릴 때부터 다른 아이에 비해 유난히 뭉툭하고 넓었던 건 군의 손톱을 그대로 갖고 있었습니다. 어머니는 직감했습니다. 유전자를 채취해 건 군과 대조한 결과, 친자임이 밝혀졌습니다.

최은희 씨(56세, 여, 가명)는 지난 1997년 직장을 구한다며 집을 나섰던 남동생 최은결 씨(47세, 가명)를 찾고 싶다는 사연을 접수했습니다.

은결 씨는 5남 1녀 중 넷째로 성장했으며 어린 시절 가정불화로 아버지와 함께 생활했습니다. 은결 씨는 초등학교 시절부터 경기 양주시 장흥면의 야산 자락에 거주했습니다. 그는 아버지의 잦은 폭력에 시달리며 자랐습니다. 이 때문에 은결 씨는 사회성이 부족했고 교육도 제대로 받지 못해 일반인들에 비해 부족한 면이 많았습니다. 그런 와중에 직장을 구하기 위해 집을 떠난 뒤 소식이 두절됐다고 가족들은 많이 안타까워했습니다.

은결 씨가 집을 나간 뒤 가족들은 고향 친인척, 친구 등을 상대로 동생의 행방을 추적했으나 생사 여부를 아는 사람은 아무도 없어 가족들은 그동안 동생에 대한 걱정과 근심으로 힘들어하고 있었습니다. 게다가 여든이 넘은 어머니는 은결 씨의 실종 이후 고혈압, 관절염으로 건강이 악화돼 있었습니다.

은희 씨는 "불쌍한 남동생이 살아 있기라도 했으면 좋겠다고 늘 생각했습니다."며 "남동생이 과거 아버지와 살면서 불우한 어린 시절을 보낸 것이 늘 마음에 걸리고 이 사실로 인해 남매들과 연락이 단절된 사실이 더욱 마음을 아프게 합니다."고 오열했습니다.

사연을 접수한 182실종아동찾기센터는 프로파일링 자료를 분석하는 동시에 동생의 과거 행적을 추적하면서 현장방문 조사를 병행했습니다. 이 결과 은결 씨가 경기도 파주시의 한 식당에서 장작을 패는 등 잡일을 하면서 생계를 이어가는 사실을 확인했습니다.

발견 당시 은결 씨는 그동안 유흥업소에 종사하던 한 여성과 생활하면서 일자리를 구하기 위해 여러 지역을 떠돌아 다녔으며 이 과정에서 자신이 벌어뒀던 현금을 모두 탕진한 상태였습니다.

은결 씨의 소식을 전해들은 은희 씨는 자신이 거주하는 전남 순천에서 동생이 생활하는 경기도 파주시로 한숨에 달려왔습니다. 이 자리에서 누나와 포옹한 은결 씨는 "가장 어려운 시기에 보고 싶은 누나를 만나게 돼 너무 행복합니다."고 흐느꼈습니다.

가출한 아들을 9년 만에 상봉한 아버지의 뜨거운 부성애도 있었습니다.

2004년 어느 날 잠시 외출하고 돌아오겠다는 아들 이상준 씨(45세, 가명)가 사라졌습니다. 아들이 사라지기 전 경마장을 수시로 드나들었고 도박 중독으로 많은 빚에 시달렸습니다. 자살 시도도 여러 번 했던 아들이어서 아버지 이용섭 씨(76세, 가명)의 염려는 컸습니다.

관공서를 방문해 아들을 찾았지만 정보 부족으로 찾을 수 없다는 답변만 돌아왔습니다. 답답한 마음과 안타까운 마음에 용섭 씨는 182실종아동찾기센터에 찾아와 하소연했습니다.

아내가 죽은 뒤 홀로 상준 씨를 키우는 일이 너무 벅차다 보니 정을 많이 주면서 키우지 못했던 용섭 씨는 늘 아들한테 상처만 준 것 같다며 크게 후회하고 있었습니다. 이렇게 오랫동안 보지 못할 줄은 몰랐다며 아들이 어디에 있던지 목소리만이라도 한 번 들어보는 것이 소원이라며 눈물을 흘렸습니다.

프로파일링 시스템으로 357명 명단을 확보했습니다. 정보 부족으로 추적에 어려움 겪었는데 추적 방향을 돌려 상준 씨 주변 환경조사에 들어갔습니다. 친구관계, 직업 등을 토대로 2차 추적에 나섰습니다. 그리고 마침내 경기도 안산 반월공단에서 상준 씨와 비슷한 사람을 보았다는 진술을 확보했습니다.

상준 씨는 어느 제조공장에서 일하고 있었습니다. 돈을 많이 벌면 아버지를 만날 생각이었던 상준 씨는 아직 만날 준비가 안 됐다며 처음에는 상봉을 거부했습니다. 하지만 용섭 씨의 건강이 매우 좋지 못할뿐더러 아들을 간절히 만나보고 싶어 한다고 설득했더니 상준 씨가 펑펑 눈물을 흘리기 시작했습니다. 먼저 전화 통화로 아버지와 목소리 상봉부터 한 상준 씨.

"아버지 죄송해요. 왜 아프세요? 아프지 마시고 오래오래 사세요!"

아들이 살아 있어 너무 행복하고 목소리를 들었으니 이제 죽어도 여한이 없다던 용섭 씨는 현재 상준 씨의 극진한 보살핌에 건강을 회복해 나가고 있습니다.

지적장애 엄마와 헤어져 미아가 된 30대 여성이 25년 만에 가족을 만난 사례입니다.

박은경 씨(30세, 여, 가명)는 부모님, 언니 네 명과 오빠 한 명과 함께 강원도에서 살았습니다. 다섯 살이던 지난 1990년, 아버지가 지방으로 출장 간 사이 지적장애를 가진 어머니를 따라 나섰다가 버스에서 그만 어머니의 손을 놓치고 말았습니다.

버스에서 잠이 든 은경 씨를 버스 기사가 서울 종로에 있는 파출소로 데려갔습니다. 이후 은경 씨는 미아보호소를 거쳐 부산 소년의 집으로 보내져 그곳에서 자랐습니다.

성인이 된 은경 씨는 결혼을 하고 경기 김포에 터를 잡고 살다가 문득 친부모님을 찾아야겠다고 생각하기 시작했습니다. 아이를 낳은 이후 그 생각은 더욱 더 간절해졌습니다.

접수된 은경 씨의 사연을 듣고 우리는 프로파일링시스템 분석과 보호시설의 자료를 확인했고, 그녀가 기억하는 가족의 이름을 단서로 삼아 추적에 나섰습니다. 동명인 382명을 추려내어 지자체의 협조를 얻어 동명인들의 가족관계를 일일이 분석한 끝에 한 달여 만에 은경 씨의 언니로 추정되는 사람을 발견했습니다.

실종 원인이나 가족관계, 인상착의 등 많은 부분이 은경 씨의 진술과 일치했으나 강하게 확신할 수는 없었습니다. 결국 유전자 검사를 실시했고, '99.99% 가족이 맞다'는 검사결과를 받았습니다.

언니를 통해 은경 씨는 팔순이 훌쩍 넘은 아버지가 강원 춘천에 살고 있다는 것을 알게 된 후 곧바로 춘천으로 달려가 아버지와 극적으로 상봉했습니다.

아버지는 금세 막내딸인 은경 씨를 알아봤고, 딸은 아버지에게 25

년 만에 큰절을 올렸습니다. 은경 씨는 어머니가 전남 순천의 보호시설에 머물고 있다는 얘기를 듣고는 하염없이 눈물을 흘렸습니다.

지난 20여 년간 가슴에 맺혀 있던 한이 풀렸다며 가슴을 치며 오열하는 아버지의 모습을 지켜보면서 은경 씨의 마음속에 똬리를 잡았던 통한과 원망 역시 스르르 사라졌습니다.

엄마라는
'빽'

...

너희 모든 목마른 자들아, 물로 나아오라. 돈 없는 자도 오라.
너희는 와서 사 먹되 돈 없이, 값 없이 와서 포도주와 젖을 사라

[이사야 55:1]

...

우리는 아무런 조건 없이 따뜻한 성령의 품 안으로 들어갈 수
있습니다. 하나님은 어느 누구에게도 그 길을 막지 않고 활짝
열어두고 있습니다. 그분께 가는 길은 아무런 장벽 없이 지금
이 순간 우리 모두 앞에 주어져 있습니다.

그 길을 가기 위해 아무것도 준비할 것이 없으며, 무언가 수고
를 하거나 애를 쓸 필요는 더더욱 없습니다. 그저 그 길로 들어
서기만 하면 됩니다. 그러면 우리가 찾고 구하던 마음의 평화와
자유는 선물처럼 저절로 우리에게 주어집니다. 하나님의 품은
원래 그렇게 쉬운 것입니다.

하나님처럼 이렇게 인간에게 쉽게 깃들 수 있고, 조건 없는 사
랑을 품어주는 존재가 누구일까요? 아마도 '어머니'가 아닐까

싶습니다. 하나님이 다 계실 수 없어서 엄마를 만들었다는 말이 있습니다. 하나님처럼 모든 것을 포용하는 어머니. 하지만 그런 어머니들 중에서는 현실의 가혹한 짐과 어려움 때문에 딸과 아들의 손을 스스로 놓은 어머니들도 있었습니다.

그렇다면 대부분 가족을 잃어버린 사람들은 자신의 존재를 놓친 어머니를 어떻게 생각할까요? 미워할까요? 아닙니다. 어머니만큼 그립고도 다시 보고 싶은 존재도 그들에게는 없었습니다.

특히 딸들에게 어머니는 그 자체로 애틋한 존재입니다. 이름석 자만 알고 찾아준 엄마를 35년 만에 만난 어느 딸의 후일담도 들었습니다. 그녀에게 엄마와의 만남은 '기적'이었습니다.

35여 년을 살면서 단 한 번도 어머니의 정을 느끼지 못한 그녀가 받은 일생일대의 가장 비싼 선물이었습니다. 목욕탕을 같이 다녀오고, 엄마와 함께 한 이불에 누워 엄마의 살 내음을 맡으며 잠이 들었다가 새벽녘에 코끝이 찡해져서 눈물을 쏟았다는 그녀에게 엄마가 놀라 왜 우냐고 물으셨답니다.

"어릴 때 주변에서 엄마 없는 애랑 놀지 마! 넌 엄마도 없잖아! 이런 소리 들으면 늘 울었는데 지금은 내 곁에 엄마가 있다는 게 정말 너무 좋아서 눈물이 나요."

엄마를 만나기 전 그녀에게는 '엄마'라는 단어는 감히 입 밖에 내놓을 수 없는 금기어였던 셈이었습니다. 그런 그녀를 감싸 안은 엄마가 다독거리며 말했습니다.

"너도 이제 나도 엄마 있다 하면 되지. 내가 너의 가장 큰 '빽'

이 되어줄게. 이제 안심해도 된다."

　상봉장에서 유난히 많이 우는 가족들이 바로 모녀입니다. 자신을 고스란히 닮은 같은 성性의 존재를 바라보면서 더 많은 감정과 생각을 느끼기 때문일 것입니다.

　살아가는 동안 딸에 대한 그리움을 놓지 않았다던 어머니. 보고 싶다는 간절함에 미워도 했지만 그래도 꼭 어머니를 만나고 싶어 했다던 딸. 딸은 어느새 자신과 꼭 닮은 아이의 엄마가 되어 있었고, 그런 딸을 보며 몸조리도 못 도와줬다며 안쓰러워하는 어머니는 멈추지 않는 딸의 눈물을 자꾸만 자꾸만 닦아주고 있었습니다.

　21년 동안 눈물 흘리며 불렀던 엄마를 천신만고 끝에 상봉한 딸이 있습니다.

　장혜란 씨(22세, 여, 가명)는 갓 돌이 지났을 무렵, 친어머니와 이별하고 조부모와 함께 살았습니다. 특히 초등학교 3학년 때 새어머니가 들어온 이후에는 정서적인 학대로 큰 고통을 받았습니다.

　한창 사춘기였던 중학교 3학년 때 혜란 씨가 아버지께 어머니의 행방을 물었으나 돌아온 답은 "포기하라!"는 말뿐이었습니다. 혜란 씨는 방황 끝에 가출했고 술집, 미용실, 옷가게, 공장, 음식점 등을 전전하며 안 해본 일이 없을 정도로 열심히 살아왔습니다.

혜란 씨가 '어머니를 찾겠다'고 마음을 다잡은 것은 자신의 아이를 낳으면서부터였습니다. 제왕절개로 아이를 낳았지만 형편이 넉넉지 못해 산후조리원은 꿈도 꾸지 못했던 혜란 씨는 옆방에서 들리는 다른 산모와 산모 어머니의 목소리를 들을 때마다 나도 모르게 '엄마'를 부르며 눈물을 흘렸다고 말했습니다.

혜란 씨는 몸을 추스르자마자 제게 "친어머니를 찾아 아이를 보여주고 싶습니다."라며 사연을 접수했습니다.

저는 프로파일링시스템 검색을 통해 어머니로 추정되는 사람을 일일이 확인하고 현장을 방문했습니다. 출생기록과 혜란 씨 아버지의 과거 기록을 탐문한 끝에 인천에 거주하는 혜란 씨 어머니를 찾아냈습니다. 하지만 어머니가 이미 재가해 두 딸을 둔 상태여서 섣불리 알리지 못하고 이모에게 먼저 알렸습니다.

이틀 후 혜란 씨 어머니는 "지금 가족들에게 알리고 하루 빨리 만나겠습니다."며 연락해왔습니다. 이들은 어머니의 새 가족이 지켜보는 가운데 21년 만에 눈물의 상봉을 했습니다.

딸 생일마다 눈물짓던 어머니와 딸이 24년 만에 만나기도 했습니다.

가정불화 등으로 24년 전 집을 나간 어머니를 찾는 한 여성이 있었습니다. 윤재인 씨(29세, 여, 가명)는 부모와 함께 경기 부천시에 살았으나 어머니 정문자 씨(54세, 가명)가 아버지와의 갈등을 이기지 못하고 지난 1989년께 가출한 이후 어머니를 줄곧 그리워했습니다.

당시 다섯 살이던 재인 씨는 성인이 된 이후 어머니를 찾기 위해 관공서를 방문했지만 별다른 소득이 없었습니다. 그 와중에 저의 소식을 접하고 문을 두드렸습니다. 때마침 어머니 문자 씨 역시 재인 씨를 찾기 위해 과거 주거지를 중심으로 수소문하고 있었습니다.

재인 씨는 "어머니의 얼굴이 기억나지 않습니다. 결혼도 하고 자녀를 낳고 살다 보니 어머니 생각이 많이 납니다. 더 늦기 전에 어머니를 찾고 싶습니다."라고 말하며 울먹거렸습니다.

프로파일링 시스템으로 어머니 문자 씨로 추정되는 613명의 명단을 우선 확인한 뒤 병원 출생기록부를 통해 경기, 인천 등지에 거주하는 수 명의 여성으로 대상을 압축했습니다. 이후 현장방문을 통해 문자 씨로 추정되는 여성을 인천에서 발견한 뒤 그에게 재인 씨의 사연을 알렸습니다.

문자 씨는 "내 딸이 맞다. 그동안 얼마나 찾아 헤맸는데…. 정말 내 딸이 나를 찾고 있느냐?"면서 "딸 생일 때마다 눈물만 흘리며 힘든 나날을 보냈습니다."라고 전했습니다. 어머니 소식에 재인 씨도 "너무나 행복합니다. 꿈인지 생시인지 모르겠습니다."라며 흐느꼈습니다.

이름과 생일밖에 몰랐던 딸을 찾는 60대 초반의 어머니에게 그 딸을 보름 만에 찾아준 적이 있었습니다.

그녀는 주어진 가난과 가정불화를 견디지 못하고 떠나버린 어머니였습니다. 자신의 팔에 매달리는 어린 딸의 팔을 억지로 풀어내고 떠나왔습니다. 앵앵거리는 딸아이의 울음소리가 이명처럼 떨어지지 않았지만 어디에 있든지 죽지만 말고 잘 살아달라고 덜덜 떨리는 입술로 기도하듯 중얼거리고는 현실에서 도망쳐 나왔습니다.

그리고 30년이 흘렀습니다. 죄책감으로 그 긴 세월을 살아온 어머니는 그 생 자체가 커다란 고통이었습니다. 차라리 데리고 나올걸……. 이 지옥 같은 후회를 맛보지 않았을 텐데……. 이런 죄책감을 덜기 위해 뒤늦게 찾아보았지만 딸의 행방은 아무데서도 발견할 수 없었습니다.

딸 또래의 여자들만 보면 홀린 듯이 따라갔던 어머니는 딸을 찾다 못해 저를 찾아온 할머니의 사연을 듣고 추적했습니다. 처음에는 출생신고를 하지 않았기 때문에 찾는 것이 힘들었지만 프로파일링 시스템과 환경조사로 딸을 찾을 수 있었습니다. 하지만 겁 많은 어머니는 만남을 거부당할까 봐 딸의 전화번호를 받고도 바로 통화하지 못해서 제게 통화를 부탁해 오셨습니다.

15개월밖에 안 되었던 핏덩이는 삼십대의 성숙한 여인이 되었습니다. 하지만 어머니는 한눈에 딸을 알아보았습니다. 한 끼 먹일 쌀이 없어 가루로 내어 죽을 쒀 먹이던 딸을 도저히 잊을 수 없었던 어머니는 핸드백에서 요구르트 한 병을 꺼내 딸에게 내밀었습니다.

의아해서 보는 딸에게 어린 시절 옆집 아이가 먹다 버린 빈 요구르트 병을 주워 빨던 딸의 모습이 한평생 한이 되어 남아 만나기 전에 이것부터 샀다던 어머니의 말에 딸은 왈칵 눈물을 터뜨렸습니다.

딸은 결혼을 앞두고 있었습니다. 결혼준비를 함께해주며 친정어머니 역할을 제대로 하게 도와줘서 정말 고맙다는 어머니를 딸은 와락 껴안았습니다.

타의로 잃어버린 삶을 살아야 했던 입양아가 있습니다. 도티 씨(20세, 여, 가명)는 1996년 6월 동거 중이던 부모가 경제적인 이유로 헤어지면서 복지시설에 맡겨졌고 그 후 해외입양기관을 통해 네덜란드로 입양되었습니다.

학창 시절 친구들로부터 얼굴색이 다르다는 이유로 놀림을 받고 정체성에 혼란을 겪으면서 '한국은 어떤 나라일까?' '친부모는 어떤 사람일까'라고 생각했고 결국 용기를 내어 친부모를 찾기로 했습니다.

쉬운 일이 아니었습니다. 도티 씨는 자신을 입양시킨 입양기관을 통해 부모 찾기에 나섰지만 부모에 대한 정보가 절대적으로 부족해 찾을 수 없다는 말을 들을 수밖에 없었기 때문이었습니다.

큰 용기를 내었기에 더 큰 실망감으로 부모 찾기를 포기하려던 찰나, 그녀는 한국에서 온 한 영어 통역가이드로부터 저에 대한 이야기를 들었습니다. 한 가닥 희망을 품고 가이드의 도움으로 사연을 접수했습니다.

저는 입양 전 도티 씨가 머물렀던 보호시설의 자료에서 어머니의 이름을 찾고 프로파일링 시스템 검색 등을 통해 그의 어머니로 추정되는 460여 명단을 확보했습니다.

도티 씨의 주변 환경, 과거 시설 기록 등을 통해 어머니로 유력시되는 인물의 명단을 압축하려 했지만 자료 부족으로 여의치 않았습니다. 결국 460명에 대한 개별조사에 착수했습니다. 한 명 한 명에게 편지를 하고 전화 통화를 한 결과 도티 씨의 어머니 황윤미 씨(43세, 가명)를 찾을 수 있었습니다. 직원과 통화하는 내내 윤미 씨의 목소리가 가늘게 떨리고 있었습니다. 그리고 "하루 빨리 만나게 해 주세요!"라고 요청해 왔습니다.

미혼인 상태에서 아이를 낳았고 경제적으로 너무 어렵다 보니 차마 키울 수 없어 시설로 보냈던 윤미 씨는 딸과 헤어진 뒤 방황도 많이 했고 혼자의 힘으로 어떻게든 딸을 찾으려 해봤지만 뜻대로 되지 않았다며 차마 말을 잇지 못했습니다.

도티 씨는 네덜란드로 입양된 지 18년 만에 친어머니를 만날 수 있었습니다. 드디어 대면한 두 사람 사이에는 세월의 거리를 느낄 수 없었습니다. 윤미 씨의 모습이 보자마자 도티 씨는 그동안 수없이 반복해서 연습했던 서툰 한국말로 "엄마."를 외치며 뛰어가 먼저 안겼습니다.

그리고 그런 딸을 뜨겁게 안아주던 윤미 씨의 모습. 제게는 세상에서 가장 다정한 모녀로 기억되어 있습니다.

원래 이은혜라는 본명을 가진 윤정미 씨(46세, 가명)는 1974년 당시 네 살로, 아버지가 돌아가시면서 언니와 함께 경기도의 큰아버지 댁에 맡겨졌습니다.

그 후 큰아버지의 경제 사정도 어려워지자 정미 씨의 언니와 정미 씨를 서울의 지인들에게 각각 수양딸로 보냈습니다. 하지만 정미 씨는 그곳에서 얼마 안 있어 파양당했고, 다시 전남 구례의 한 노부부 집으로 입양됐습니다. 양부모의 보살핌을 받으며 '윤정미'라는 이름을 다시 가진 채 살았습니다.

성인이 된 정미 씨는 서울에서 직장을 구했고, 지금의 남편을 만나 결혼했습니다. 남부럽지 않은 가정을 꾸려가던 정미 씨는 행복했지만 늘 가슴 한구석엔 어머니가 자신을 버렸다는 원망이 늘 남아 있었습니다. 그러다가 정미 씨는 2년 전 시누이에게서 정미 씨와 비슷한 외모의 여성이 자신과 비슷한 또래의 동생을 찾고 있다는 소식을 들었습니다.

유전자 검사 결과 '불일치'로 나왔지만 이 일을 계기로 정미 씨는 언니와 남동생이 자신을 찾고 있을지도 모른다는 생각을 했고, 이곳저곳 수소문하다 2013년 8월 저의 도움을 받아 유전자 등록을 했습니다.

정미 씨는 어머니 최순정 씨(70세, 가명)를 오해하고 있었지만 사실 순정 씨 역시 수십 년간 딸들을 찾고 있었습니다. 1982년 정미 씨의 언니 정옥 씨(48세, 가명)를 찾았지만 정미 씨는 감감무소식이어서 애간장을 태우고 있었습니다.

순정 씨는 딸을 찾기 위해 지역 신문사에 광고를 내고, 실종가족을 찾는 TV 프로그램에도 출연하기도 했습니다. 헤어진 지 40년. 일흔의 노인이 된 순정 씨는 지푸라기라도 잡는 심정으로 장기실종자 찾기 프로그램에 유전자 등록을 했습니다. 두 사람의 유전자 일치 여부를 국립과학수사연구원에 의뢰하고 두 달간의 검사 끝에 유전자 일치 확인을 받았습니다.

40년 만에 상봉한 모녀는 한동안 부둥켜 안고 울기만 했습니다. 정미 씨는 어머니가 자신을 찾기 위해 별의별 고생을 했던 것을 알고 감동했습니다. 내내 자신을 버렸다고 생각해서 원망도 했던 어머니에게 "미안해요."를 끊임없이 말하며 울음을 터뜨렸습니다.

엄마라는 '빽'은 비단 딸만의 몫만은 아닌 것 같습니다. 결혼을 앞두고 친어머니와 상봉한 아들과 결혼한 며느리되는 여성분이 제게 준 편지입니다. 가장 행복한 순간을 자신을 낳은 어머니와 함께하고 싶어 했던 아들은 평생의 소원을 이룰 수 있었습니다. 제가 경찰관으로서 행복한 순간이 그들의 행복한 후일담을 들을 때입니다.

안녕하세요, 경위님.
2010년 9월 예식을 얼마 남겨두지 않았던 그때 경위님 덕분에 예비 신랑의 친어머니를 만나뵐 수 있었습니다. 정말 감사드려요.

저희는 결혼식을 무사히 치르고 행복하고 건강한 가정을 꾸려나가려 노력 중입니다. 기존 신랑의 친가 어른들이신 할머님을 비롯하여 고모님들까지 모두 양해를 구하여 경위님 덕분에 찾아뵐 수 있었던 남편의 친어머니께서 혼주 자리를 지켜주셨습니다.

저희 친정엄마도 너무 좋아하셨습니다. 그래도 다른 친척분들보다는 자식들의 친어머니 되시는 분이 저희 앞날을 기원하며 화촉 밝혀주실 수 있게 되어 너무 좋으시다고 말씀하셨습니다.

저희는 경위님 덕분에 정말 행복한 결혼식을 했고, 영원히 잊지 못할 겁니다. 가족이란 얼마나 큰 축복이고 행운인지, 얼마나 큰 힘과 의지가 되며, 감사해야 하는 존재인지를 경위님 덕분에 절실히 깨달았습니다.

저희 부부는 이제 아기를 기다리는 중입니다. 나중에 아가가 크면 경위님 얘기도 꼭 해줄 생각이에요.

지금도 방송 출연 중이실 때도, 아니실 때도 사방팔방 안타까운 사연으로 헤어져 있는 가족들을 찾아주시느라 불철주야로 고생이 많으시다고 들었습니다. 올해도 행복하시고 항상 건강하세요.

머리 검은 짐승?
머리 검은 천사!

• • •

하나님 아버지 앞에서 정결하고 더러움이 없는 경건은

곧 고아와 과부를 그 환난 중에 돌아보고

또 자기를 지켜 세속에 물들지 아니하는 이것이니라.

[야고보서 1:27]

• • •

우리나라만큼 '핏줄' 의식이 강한 곳도 없을 것입니다.

가끔 사람들은 "머리 검은 짐승은 돌봐준 공을 모른다."는 이야기로 입양에 대한 편견의 시선을 여과 없이 드러내기도 합니다. 입양을 사회봉사 활동 정도로 치부하는 시선도 존재합니다. 불임문제로 고통 받거나 한자녀 가정에서 형제, 자매의 문제를 고민하는 많은 가정에게 입양이 또 다른 해결책이 될 수 있지만 여전히 입양을 망설이는 가정이 많습니다.

부모로서의 공과 사랑은 차치하더라도 입양아가 겪을 정체성의 문제, 혹여 나타날지도 모를 친부모와 관계 형성, 또 다른 형제들과의 관계 등 입양과 관련된 걱정거리가 한두 가지가 아닌 것이 부정적인 선입견에 한 몫 보태는 것 같습니다.

물론 이런 사회에서도 "우리는 축복받은 사람들이기 때문에 갚아야 할 빚도 있다."는 생각으로 공개 입양을 선뜻 택하는 사람들도 많습니다. 하지만 이런 겸손과 사랑의 정신을 보이는 사람들이 그리 많지 않은 것이 사실입니다. '가족 되기'는 봉사활동과는 차원이 다릅니다.

우리나라는 아직도 세계에서 손꼽히는 '고아 수출국'입니다. 검은 머리, 검은 눈동자의 한국 아이가 해외입양아 출신이라는 꼬리표를 달고 외국어로 "엄마를 찾고 있습니다, 친부모가 보고 싶습니다."라고 흐느끼는 모습을 보노라면 제가 다 자괴감을 느낍니다.

선진국에서도 수많은 시행착오와 사회적 인식 변화가 거듭돼 입양이 일반화된 바 있습니다. 우리나라 역시 해외입양과 함께 장애아 입양이라는 보다 폭넓은 인간애를 바탕으로 한 가족의 형태가 확대되어 가고 있다는 점에 희망을 걸고 있습니다.

가족 찾기를 하면서 입양아들과 한국에 있는 가족들의 만남을 주선한 적이 많았습니다. 수많은 가족들이 만나기도 했습니다.

딸의 생사만이라도 알고 싶다던 아버지, 단 한순간도 아버지를 잊어본 적이 없다던 딸. 강산이 세 번 바뀐다는 긴 세월이 흘렀는데도 어색함 없이 서로를 뜨겁게 끌어안던 모습이 생각납니다.

자식을 다른 나라로 보내야 했던 어머니가 다 커서 찾아온 아들 앞에서 죄인이 된 듯 어쩔 줄 몰라 하던 모습도 떠오릅니다. 어머니는 아들의 손을 먼저 잡고 싶어 하는 눈빛이었지만 혹시

나 아들이 그런 자신의 손을 거부할까 봐 조심스러워하던 모습이었습니다. 한국말이 서툰 아들이 어머니에게 먼저 다가가 "절 낳아주셔서 감사합니다."라고 말하며 어머니의 두 손을 꼭 잡자마자 기다렸다는 듯이 어깨를 확 끌어안던 어머니의 떨리는 손을 기억합니다.

그동안 접수된 사연들을 보면 국내에 입양되었다고 행복하게만 자란 것도 아니었고, 해외에 입양되었다고 불행하게 성장하지도 않았습니다. 머리 검은 짐승으로 만든 사람은 입양인을 넉넉하게 품지 못하고 각박하게 대했던 이기적인 양부모들이었고, 머리 검은 천사로 만든 사람은 사랑과 관심으로 온전하게 가족으로 품어준 양부모들이었습니다.

머리 검은 짐승으로 대한 몰염치한 이기적인 가족들의 이야기입니다. 안타깝게도 현재도 이 여성은 자신의 가족을 찾고 있습니다.

1961년 어느 화창한 봄날 서울역에서 길을 잃어버렸을 때의 서길자 씨(60세, 여, 가명)는 고작 여섯 살 정도 되는 소녀였습니다. 길자 씨는 고모(아버지가 운영하던 식당의 종업원으로 추정)와 함께 길을 나섰다가 수많은 인파 속에서 고모의 손을 놓쳐 길을 잃어버렸습니다.

울먹거리는 소녀에게 어느 중학생 언니가 다가와 "우리 집에 가

자!"며 손을 내밀었습니다. 낯선 남자 어른들 틈에서 무서움을 느꼈던 이 소녀는 친근한 인상의 언니 손을 잡고 길을 따라 나섰습니다.

길자 씨가 따라갔던 언니의 집은 용산구 청파동 달동네에 위치해 있었고, 훗날 이 집안 호적에 친자로 이름이 올라 '김양미'라는 이름을 갖게 되었습니다. 미아였던 길자 씨를 그 집에서 몰래 키운 셈이었습니다.

처음엔 밥을 주면서 집에 가겠다는 아이를 달래기도 했지만 어느 정도 시간이 지나자 미취학 아동인 길자 씨에게 나무껍질을 벗겨오라고 시키는 등 차츰 일을 시키기 시작했습니다. 명문대 법대생이었던 큰오빠라는 사람은 길자 씨를 보고 경찰에 신고하라고 했지만 길자 씨의 양어머니는 이를 묵살했습니다. 당시 양아버지가 일본에 나가있어서 집에 일손이 필요했기 때문이었습니다.

종갓집이었던 그 집은 1년 제사만 30여 차례가 될 정도여서 어린 길자 씨는 끊임없는 부엌일부터 손님 접대까지 온갖 집안일과 심부름을 도맡아 할 수밖에 없었습니다. 그 집과 양어머니는 길자 씨를 자식으로 대접해준 것이 아니라 '식모'로 부렸던 것입니다.

밝고 호기심 많은 소녀였던 길자 씨는 그렇게 원했지만 결국 학교 문턱에도 가지 못했습니다. 길자 씨는 집안에서 학교에 보내주지 않자 글을 배우고 싶어 교회에서 하는 주일학교에 몰래 갔다가 들켜 양어머니에게 폭행당하기도 했습니다.

다른 집안 어른들까지도 어린 길자 씨에게 폭력과 가혹 행위를 일삼았습니다. 남들에게 길자 씨의 존재를 들키지 않기 위해 이웃들과 교류도 못하게 했습니다. 그래도 남들 이목은 신경 쓰느라 호적에 양자가 아닌 친자로 입적시켰습니다. 그렇게 길자 씨는 자신의 삶이 어떻게 흘러가는지도 모르는 채 하루하루 희망 없이 살아갈 수밖에 없었습니다.

길자 씨의 소중한 어린 시절은 타의에 의해서 철저히 부서지고 망가졌습니다. 그나마 결혼이 길자 씨에게 해방구가 되어줬습니다. 길자 씨에게 결혼은 온전한 진짜 자신의 가족이 생기는, 진짜 인생의 시작점이었습니다.

하지만 결혼을 하게 되는 과정 역시 순탄했던 것만은 아니었습니다. 지금의 남편을 만나 길자 씨가 결혼한 때는 27살. 당시로는 상당히 늦은 나이에 결혼을 했던 이유는 따로 있었습니다. '친정'이라고 부르는 그 집과 가족들이 그녀에게 신랑감을 찾아주려 하지 않았기 때문이었습니다. 결혼을 해 길자 씨에게 가족이 생기면 자신들의 잘못이 드러날까 두려워 결혼시키는 걸 미뤘던 것입니다.

우여곡절 끝에 가정을 이뤘지만 자신의 친정이 진짜가 아님을 시댁에 들킬까 두려워 하루하루가 길자 씨에는 가시방석같은 나날이었습니다. 중동에 건설 일을 하러 떠나던 남편은 길자 씨에게 하루 걸러 편지를 써서 소식을 전해달라고 부탁했습니다. 그 말을 들은 길자 씨는 잠을 이룰 수가 없었습니다. 학교를 다니지 못했던 그녀는 편지를 쓰는 것은 고사하고 읽는 일도 쉽지 않았기 때문이었습니다.

당시 남편은 길자 씨의 친정이 진짜인 줄로만 알았고, 바로 위 처남과 처형이 제대로 학교를 다녔던 사람들이라 당연히 막내인 길자 씨도 공부를 했으리라 여겼습니다. 까막눈인 것을 들키고 싶지 않았던 길자 씨는 갓난아이를 키우면서 시어머니와 시동생을 부양하는 와중에 매일 밤을 꼬박 새며 남편에게 보낼 편지를 만들어내야 했습니다.

한글은 어느 정도 읽을 수는 있었기에 집에 있었던 대중가요 가사책을 뒤적이며 밤새 남몰래 한 자 한 자 그리듯 베끼며 편지를 썼습니다. 결혼 초창기에 들키지 않으려고 그렇게 조마조마해하면서 편지를 만들었던 탓인지 길자 씨에게 심장병도 생겼습니다.

결혼하고 10년이 지난 후, 결국 길자 씨는 남편에게 모든 사실을 말했습니다. 남편과 두 아들 모두 충격을 받았지만 진짜 가족들은 길자 씨의 처지를 기꺼이 이해해주었습니다. 길자 씨에게는 천금과 같은 온전한 편이 되어준 것입니다.

어린 시절 엄마가 살아온 날들에 대해 알고 충격을 받았지만 어긋나지 않고 잘 자라준 두 아들, 누가 뭐래도 오로지 자신의 편이 되어준 남편이 있는 온전한 가정이 길자 씨가 안정을 찾는 데 큰 도움을 주었습니다.

지금은 왕래를 끊은 '친정' 쪽은 마지막 모습까지 깔끔하지 못했습니다. 친자로 호적에 올렸기 때문에 길자 씨에게도 상속권이 있었는데, 양부모가 돌아가시자 형제, 자매로 살아온 이들이 상속포기각서를 들고 길자 씨를 찾아왔던 것이었습니다.

길자 씨는 미련 없이 포기각서를 써줬습니다. 어린 시절 들었던 '근본 없는 자식', '고아', '사생아'라는 말에서 받았던 상처를 진짜 그녀의 가족들이 치유를 해 주었기 때문에 그런 사람들과 더 이상 연을 맺기 싫었기 때문이었습니다.

그녀는 현재 유전자 정보를 등록해 놓은 상태입니다. 지금 길자 씨의 가정도 소중하지만 그녀에게는 자신의 뿌리와 같은 친부모님을 찾기 위해 노력하는 것도 중요하기 때문입니다.

입양한 한국계 딸과 아들을 가슴으로 품어 머리 검은 천사로 키운 외국인 양부모들도 있습니다. 그런 양부모들의 아름다운 사랑이 있었기에 그녀는 자신과 헤어진 친부모 역시 진정 이해하고 사랑할 수 있었습니다.

덴마크로 입양이 된 스물일곱 살의 여성 나달리 씨는 1985년 2월 15일 한국에서 태어났습니다. 나중에 알아본 바로는 그녀가 태어난 해 친아버지는 사망했습니다. 친어머니는 남편 없이 갓난 아기인 나달리 씨를 일 년 반이나 기르면서 같이 살았습니다. 하지만 나달리 씨의 친조부모와 외조부모가 친어머니의 동의 없이 입양시키는 바람에 어머니와 떨어지게 되었습니다.

나달리 씨를 입양한 양부모는 자영업을 하는 좋은 사람들이었습니다. 항상 열심히 일을 했고 강인하고 건전한 사고 방식의 소유자들이었습니다. 나달리 씨는 양부모로부터 엄청난 사랑을 받았습니다. 아이를 낳을 수 없었던 양부모는 외로워하는 그녀를 위해 한국에서 남동생을 다시 입양할 정도로 나달리 씨를 귀하게 여겼습니다.

나달리 씨의 양어머니는 딸의 친어머니에게 정말 감사하다는 말을 늘 하곤 했습니다. 왜냐하면 자신에게 이렇게 귀엽고 예쁜 검은 머리 천사를 보내주었기 때문이라고 했습니다. 그리고 같은 여자로서 이런 딸을 떠나보내야 했던 친어머니에게 깊은 연민을 느낀다고도 했습니다.

나달리 씨 역시 자라면서 정체성의 혼란을 느껴야만 했습니다. 유치원생일 때부터 자신을 낳은 어머니가 어떻게 생겼고, 어떤 사람인지 매우 궁금해했습니다. 친구들과 다른 피부색과 눈동자, 머리카락 색을 느끼며 혼란스러워하는 나달리 씨를 위해서 양부모는 모든 사람들 앞에서 덴마크에 오기 전 산과 폭포가 있는 한국, 아름다운 나라에서 왔다고 당당히 말해주곤 했습니다. 나달리 씨의 양어머니는 그녀에게 친구들한테도 입양을 비밀로 하지 말고 당당하게 말할 것을 주문했습니다.

외모의 대해 많은 생각을 하는 10대 사춘기 때 친구들이 부모와 자신을 비교하는 모습을 보고 나달리 씨 역시 어느 순간부터 친어머니를 상상하기 시작했습니다. 그녀는 자기 자신을 완벽한 덴마크인으로 생각하고 있지만 자신의 뿌리에 대해 전부 다 알지 못한 채, 진정한 자신을 들여다볼 수 있는 기회를 얻지 못한 것을 늘 아쉬워했습니다.

한국과 친부모를 돌아보지 않으면 먼 훗날 자신이 한 아이의 엄마가 되었을 때 힘든 시간을 겪을 수밖에 없다고 판단했던 나달리 씨는 스무 살이 되던 2005년, 가족들과 함께 자신과 남동생의 나라인 한국에 여행을 왔습니다.

혹시 몰라 친가족을 찾는 데 도움이 될까 싶었던 나달리 씨는 가방 속에 친어머니의 사진을 갖고 왔습니다. 하지만 어머니를 만나야 할지 말아야 할지 계속 마음속에서 갈등이 생기는 것은 어쩔 수 없었습니다. 자신의 어머니가 행복하고 아름다운 여성일 것이라고 상상하면서도 이것이 자신이 지어낸 상상의 일부분일 뿐, 현실에서 어머니가 기대했던 모습과 완전히 다르면 어떡하나 싶은 불안감도 떨칠 수가 없었습니다.

이래저래 만남에 회의적으로 변한 나달리 씨였지만 저를 통해 결국 친어머니를 만나게 되었습니다. 마침내 친어머니와 대면한 나달리 씨. 친어머니를 만난 나달리 씨는 놀라움과 반가움이 뒤섞인 묘한 표정을 짓고 있었습니다. 친어머니의 남편이 나달리 씨의 존재를 전혀 모르고 있다는 사실을 알고 실망감을 드러내기도 했습니다.

그 과정 속에서 나달리 씨는 한국은 덴마크처럼 서구사회와 다르게 과거가 있는 여성에 대해 관대하지 못하다는 것을 알게 되었습니다. 자신과 친어머니의 만남을 비밀리에 진행해야 한다는 소식에 슬퍼했습니다. 그러면서도 과거 자신의 인생과 나달리 씨의 존재를 감춰야 하는 친어머니에게 연민을 동시에 느끼는 듯했습니다.

친어머니와 호텔에서 대면한 나달리 씨는 그 순간 거울 앞에 섰다는 착각을 일으킬 만큼 어머니의 얼굴이 친숙했다며 후일 제게 그때의 상봉 소감을 말해주었습니다. 고작 2년도 채 데리고 살지 않았던 딸이었지만 어머니가 선뜻 포옹하고 눈물 흘리면서 자연스럽게 스킨

십을 했고, 이런 태도는 나달리 씨의 경계심을 대번에 풀게 만들었습니다.

나달리 씨는 친어머니가 결코 자신을 포기하지 않으려 했다는 사실에서 기쁨을 느꼈고, 그럼에도 불구하고 외할아버지와 외할머니가 뺏어서 몰래 고아원에 보냈다는 사실을 알고 분노를 느꼈습니다.

어머니와의 만남 이후 나달리 씨는 자신의 근원적인 외로움이 어느 정도 치유가 되었다는 것을 깨달을 수 있었습니다. 그리고 사랑하는 양부모와 함께 덴마크로 돌아갔습니다. 자신의 존재가 더 이상 한국의 어머니에게 짐이 되어서는 안 된다는 서글픈 자각과 함께.

하지만 그녀의 곁에는 그녀를 늘 자랑스러워하고, 그녀의 선택을 늘 존중해주는 멋진 양부모가 있어 결코 외로워 보이지 않았습니다.

스티븐 군(15세, 남, 가명)은 한국의 친가족들을 늘 찾고 싶어 했습니다. 그에게는 사랑하는 양부모가 계시지만 한국인이라는 끈을 잡고 있는 자신이 태어난 나라를 알고 싶다는 호기심을 억누를 수는 없었습니다. 그 누구도 자신의 뿌리를 잊어버릴 수는 없는 법입니다.

스티븐 군은 어머니가 왜 자신을 입양 보내야 했는지 알고 싶어 했고, 자신을 사랑하기는 했는지가 정말 궁금했습니다. 이런 스티븐 군의 생각을 양부모는 전적으로 동의해 주시고 지지해 주었습니다. 그들은 독립적인 성향의 스티븐 군을 무척 자랑스러워하던 사람들이었습니다. 물론 스티븐 군이 가끔씩 내비치는 혼란과 불안에 대한 해결

책이 결국 한국행밖에 없다고 결론 내리기까지는 양부모들도 많이 고민에 고민을 거듭했습니다.

처음 한국을 찾은 것은 스티븐 군이 10살이 되던 해였습니다. 한국으로의 첫 번째 여행은 양부모와 함께 했습니다.

2009년 4월 한국을 방문한 스티븐 군은 자신에게 할머니가 계시다는 걸 알게 되었고 스티븐 군을 매우 만나고 싶어 하신다는 것도 알았습니다. 알고 봤더니 스티븐 군에게는 형제가 두 명 더 있었습니다. 스티븐 군은 할머니와 형을 만나보고 싶어했습니다. 하지만 내심 걱정도 들었습니다. 자신들의 친형제들이 정작 그를 반겨주지 않으면 어떡하지라는 걱정에 잠도 못 이룰 정도였습니다.

스티븐 군은 정작 그토록 보고 싶었던 친어머니와는 만날 수 없었습니다. 어머니가 현재 어디에 있는지 가족들과도 연락이 두절된 상태였기 때문입니다.

스티븐 군은 난생 처음 자신이 태어난 진주로 향했고, 그곳에 있는 입양기관 사무실에서 할머니와 형제들을 기다렸습니다. 입이 바싹 마르고 초조해진 스티븐 군의 손을 양어머니가 꼭 잡아주었습니다.

'할머니는 안아주실까? 좋아해주실까? 나와 비슷한 얼굴일까?'

여러 생각으로 머리가 복잡했지만 스티븐 군은 할머니와 누나, 남동생을 보는 순간 더 이상 아무런 생각도 할 수 없었습니다. 말문도 막혔습니다. 스티븐 군이 어설프게 고개 숙여 인사하려는 찰나, 할머니가 스티븐 군을 보자마자 달려와 와락 껴안으셨습니다.

스티븐 군은 많은 감정을 느꼈습니다. 진짜 가족의 품에 안긴다는 것이 무엇인지 알 수 있었다고 나중에 제게 말해 주었습니다. 스티븐 군은 자신과 많이 닮은 동생의 얼굴을 보고 이상하면서도 뭉클한 기분을 느껴야 했습니다.

통역사의 도움으로 더듬더듬 한국의 가족들과 대화를 시작한 스티븐 군은 들고 간 사진으로 미국에서 자라온 다양한 자신의 모습을 보여드렸습니다. 역시 통역사의 도움을 받아 할머니가 한 명씩 소개해 주는 한국 가족들의 이름을 들을 수 있었습니다.

스티븐 군의 할머니는 입양된 곳에 한국인이 스티븐 군 혼자일까봐 매우 걱정하는 눈치였습니다. 그러면서 연신 누나와 남동생의 손을 가져와 스티븐 군의 손에 쥐여주면서 서로 붙든 채, '형제'라는 단어를 끊임없이 되뇌었습니다.

생각보다 담담했던 스티븐 군. 하지만 저녁을 먹고 헤어질 시간이 막상 다가오자 형제들과 서로 껴안고 눈물을 흘리기 시작했습니다. 이렇게 힘들게 찾았는데 다시 헤어져야 한다는 사실에 마음이 무척 아팠던 탓입니다.

호텔로 돌아오는 택시 안에서 스티븐 군은 자신을 묵묵히 지켜봐 준 양부모를 꼭 끌어안았습니다. 감사해하는 스티븐 군의 마음을 알아챈 양부모 역시 마주 안아주었습니다.

"제 마음의 빈자리가 거의 다 채워진 것 같아요."

그 이후 스티븐 군은 한인 친구의 도움을 받아 한 달에 한 번씩 할머니께 연락을 취하고 있다고 들었습니다. 할머니는 그런 그에게 항상 건강하고 열심히 공부하고 부모님 말씀 잘 들으라는 온정 어린 잔

소리를 하신다고 합니다.

2010년 7월, 스티븐 군은 한국에 또 다시 왔습니다. 동생과 함께 서울과 부산으로 여행을 다녔습니다. 그리고 고성에 있는 할머니 댁에 가서 할머니가 해 주신 남도 음식을 맛있게 먹었습니다.

언젠가는 친어머니를 만날 것을 고대하는 스티븐 군은 행복한 얼굴로 미국행 비행기에 올랐습니다.

당신은
버림받지 않았어요

• • •

너희가 무슨 일이든지 뉘게 용서하면 나도 그리하고
내가 만일 용서한 일이 있으면 용서한 그것은
너희를 위하여 그리스도 앞에서 한 것이니

[고린도후서 2:10]

• • •

1991년 故 최진실 주연의 '수잔·브링크의 아리랑Susan Brink's Arirang'이라는 영화를 기억하십니까? 한국에서 태어나 부모에게 버림받고 어릴 적 스웨덴으로 입양된 20대 여성이 한국 부모를 찾는 과정을 그린 영화였습니다.

그 이후 20년이 훌쩍 넘게 흐른 지금, 얼마나 많은 것이 어떻게 달라졌을까요? 2014년 보건복지부통계연보에 따르면 국내외 입양아동 수는 2011년 3,231명, 2012년 3,562명이었습니다. 2013년에는 3,899명인데 1,641명이 국내에 입양됐고 2,258명이 해외로 입양됐습니다.

해마다 입양 아동도, 해외 입양도 늘고 있는 현실, 어떻게 생각하십니까? 여전히 친부모를 찾기 위해 한국을 떠도는 수많은

'수잔 브링크'가 있다는 소리입니다. 생후 3개월 만에 네덜란드로 입양된 로라 씨(37세, 여, 가명)도 그중 하나입니다.

철도회사에 근무하는 양아버지와 주부인 양어머니 밑에서 평범하게 자란 로라 씨에게는 딱히 기억나는 행복한 추억이 별로 없습니다. 평소 과묵하지만 화가 나면 다혈질이 되는 양아버지와 점잖고 내성적인 양어머니는 사이가 좋지 않았습니다. 냉랭한 사이의 부부는 입양한 동양인 딸에게 그다지 잔정을 주지 않았습니다.

사춘기 때, 학교 친구나 동네 아이들이 그녀를 '칭크(Chink · 중국인을 비하하는 호칭)', '차이니즈 어글리(Chinese Ugly · 못생긴 중국인)'라며 놀려댔습니다. 어른들 중에는 아예 노골적으로 "너희 나라로 돌아가!"라고 소리 치는 사람들도 있었습니다. 그럴 때마다 로라 씨는 '나는 여기 사람이 아니구나!' 하고 느낄 수밖에 없었다고 합니다.

로라 씨는 마포구 신공덕동에 있는 한 조산소에서 1979년 2월 10일에 태어났습니다. 나중에 그녀가 한국에 들어와서 겨우 얻은 출생증명서에 적혀있는 어머니의 이름은 '김순자'였습니다. 21세의 여성이었습니다. 로라 씨의 출생을 증명하는 서류에 적힌 최초의 이름은 '김은영'이었습니다. 친아버지에 관해서는 친어머니가 말하지 않아서인지 기재된 내용이 하나도 없었습니다.

친어머니가 친아버지와 정식 결혼이나 약혼을 하지 않은 상태에서 자신을 낳지 않았나 하고 로라 씨는 추측하고 있습니다. 친부모는 로라 씨가 태어나기 6개월 전에 헤어진 걸로 돼 있었습니다. '특기사항'에는 "21세 미혼모가 사생아 분만 후 조산소에 두고 가면서 '좋은 가정 양자 보내 달라!'고 부탁한 뒤 퇴원해버려 조산소에 의해 맡겨졌다."고만 적혀 있었습니다. 아마도 '김은영'이라는 이름은 친어머니가 지어주지 않았을까, 막연히 로라 씨는 추측할 뿐입니다.

자신의 친어머니를 만나면 로라 씨는 제일 먼저 친어머니의 인생사를 가장 듣고 싶다고 말했습니다. 그동안 어떻게 살아왔는지, 나를 임신한 기간 동안 어떤 기분을 가졌는지, 지금 어떻게 살고 있는지, 엄마의 가족들에는 누가 누가 있는지…….

로라 씨는 '잃어버린 뿌리'를 평생 그리워하며 가슴에 안고 살아가는 것이 두렵다고 했습니다. 그녀가 갖고 있는 엄마에 대한 정보는 거의 없습니다. 사진 한 장도 없습니다. 구글과 페이스북에 친어머니 이름과 옛 주소를 쳐서 나오는 한국 중년 여성들의 사진을 유심히 쳐다보는 서글픈 습관까지 생겼습니다.

'혹시 이 여자가 우리 엄마가 아닐까? 아니면 저 여자일까?'

온갖 추측과 상상을 하다 보면 저절로 맥이 빠질 때가 있습니다. 그동안 백방으로 부모를 찾아 나섰지만 지금껏 흔적조차 찾지 못해 로라 씨는 애태우고 있습니다.

로라 씨는 네덜란드에 있을 때부터 인터넷을 통해서 자신의 입양기록을 찾아보았고, 대학 시절 방학 때 두 차례나 한국에 오는 등 열성적으로 자신의 뿌리를 찾았습니다. 해외 입양인의 뿌리 찾기를 도와준다는 기관에도 부탁하고, 심부름센터도 알아보다가 결국 기진맥

진해진 마음으로 저를 찾아왔던 로라 씨.

그렇게 오래도록 애쓰고 발품을 판 끝에 로라 씨가 손에 쥔 것은 출생증명서와 입양아동조서, 네덜란드로 출국하기 직전 입양기관에서 찍은 빛바랜 흑백사진 한 장이 전부였습니다.

2012년 8월부터 시행된 입양특례법에 따르면, 입양인이 중앙입양원 또는 입양기관이 보유한 본인 관련 입양 정보를 공개해달라고 청구할 경우 두 기관은 친생부모의 동의를 받아 공개해야 합니다. 친생부모가 동의하지 않으면 친생부모의 인적사항을 제외한 정보를 공개해야 합니다. 로라 씨를 비롯한 많은 입양인이 친부모의 이름조차 쉽게 알아낼 수 없는 이유가 바로 '친생부모의 동의' 때문입니다. 그녀와 같은 입양인들은 친부모의 사생활만 중요시 여기고 입양인의 권리를 보장해주지 않는 이 법을 매우 이상하게 여깁니다.

로라 씨는 자신이 태어난 조산소를 맨 먼저 찾아서 당장 친부모를 찾아 나서고 싶었지만 기록 어디에도 출산 당시 부모들의 주소는 적혀 있지 않았습니다. 조산소는 이미 오래 전 문을 닫았고, 일반 가정집으로 변해 있었습니다.

마포구 신공덕동 일대를 수소문하다가 동네에서 출산을 도와준 분(조산사)의 여동생이라 말하는 할머니를 만난 것은 그나마 행운이라고 할 수 있었습니다. 하지만 조산소의 기록이 어디로 이관되었는지는 전혀 모르고 있었습니다. 애타게 어머니를 찾는 로라 씨를 안타깝게 여긴 그 할머니가 그녀를 껴안아주었습니다. 그나마 로라 씨가 느낀 따뜻한 한국 여성의 첫 체온이었습니다. 낯선 이로부터 받은 온기에 그나마 마음을 달랠 수 있었습니다.

딸을 출산할 때 가장 먼저 떠올린 사람이 자신을 낳아준 '엄마'였다는 로라 씨. '엄마가 옆에 있으면 좋았을 텐데…' 하는 마음에 몹시 슬퍼했던 로라 씨에게는 출산바라지를 해 줄 양어머니마저 안 계셨습니다. 그녀가 열아홉 살 때 돌아가셨기 때문입니다.

로라 씨는 양어머니가 세상을 떠난 후 스스로 돈을 벌어 네덜란드에서 대학을 마쳤습니다. 졸업 후 한국에 오기 직전까지는 주駐 대만 네덜란드 대사관에서 일했던 그녀가 안정적인 직장까지 버리고 다시 이 땅을 찾게 한 것은 자신의 뿌리를 알고 싶은 '절실함'이었습니다.

'내가 받아들여지는 느낌'

자기 부모가 누구인지, 내가 어디서 왔는지 자신의 뿌리를 알고 싶어 하는 건 사람이라면 당연한 감정입니다. 일반인은 자연스럽게 탄생의 뿌리, 가족의 역사를 알게 되지만 입양인은 그렇지 못한 경우가 대부분입니다. 입양인들은 대다수가 친부모를 찾으면서 겪어야 하는 고통 때문에 지레 찾지 않기도 합니다.

기대치 않은 환대를 해 주는 친부모를 만나는 사람도 있지만 애써 힘들게 고국 땅을 찾아와 자신의 뿌리를 기억하고자 하는 자식들의 애절한 요청을 거부하는 부모들을 만나는 사람들도 있기 때문입니다. 또한 무수한 장벽과 한계 때문에 자신의 부모를 찾지 못하고 애만 태우는 입양인도 있습니다.

입양인들이 그런 부모들과 자신의 고국에 커다란 배신감을 갖고 돌아가는 경우도 많습니다. 어렵게 친부모와 연락이 닿아도 상당수가 입양인을 만나주지 않고, 비밀이 보장되는 공간에서 만나게 해주겠다고 간곡히 설득해도 완강하게 거절하는 경우가 많다고 했습니다. 배우자와 사별했거나 혼자 사는 친부모는 입양인을 만나려는 가능성이 높지만, 가정을 이루고 사는 친부모는 대부분 이제 와서 가정의 평화가 깨질까봐 선뜻 만나겠노라고 하는 경우가 적습니다.

친부모의 현재 가족이 배우자 또는 부모의 과거를 모를 경우에는 입양 사실이 알려져 문제가 생길 수 있습니다. 가장 답답할 때는 연락이 닿아도 회신이 없는 경우입니다. 입양인을 만날 의사가 있는지 없는지 아예 표현조차 안 하니 답답하기 짝이 없었습니다. 어떤 경우에도 입양인에게는 상황을 있는 그대로 전달하지만 중간에서 가슴이 아플 때가 많습니다.

그런 입장과 상황을 전해 듣는 순간 입양인들은 크게 좌절합니다. 왜냐하면 친부모로부터 두 번 버림받는 느낌을 갖게 되기 때문입니다. 태어나서 한 번, 어른이 돼서도 또 한 번. 그런 게 두려워서 친부모를 찾지 않는 입양인들도 많습니다.

로라 씨는 말합니다. 한국 사회는 탈북자나 다문화가정을 바라보는 시각처럼 입양인들을 바라본다고.

저는 해외 입양인들이 모국에 와서 자기 뿌리를 찾고 싶어 한다면 우리에겐 그들을 도와야 할 의무가 있다고 생각합니다. 하

지만 일선에서 입양인들의 가족을 찾아주면서 애로사항을 겪다
보면서 이런 의무감을 지닌 사람은 몇 되지 않는다는 것을 알게
되었습니다.

"내가 태어난 곳이라 나와 연결돼 있다."라고 말하는 그들에
게 그들의 부모가 만남을 거부한다던지, 더 절망적이게도 연락
이 되지 않는다는 현실을 고지하는 것은 저로서도 매우 힘든 일
입니다.

고태영(36세, 남, 가명)이라는 입양인이 기억납니다.

태영 씨는 세 살이 되던 1984년 다섯 살, 열 살 누나와 함께
미국 미시간의 한 가정에 입양되었습니다.

대학을 마칠 무렵 자신의 세 남매의 입양 절차에 큰 오류가 있
음을 알게 되었습니다. 친아버지가 친어머니와 이혼하면서 세
남매를 고아원에 맡겼던 것인데 친어머니에게는 입양 의사가
전혀 없었던 것입니다.

10년을 찾아 미국 입양 에이전시를 통해 태영 씨 양부모와 연
락을 취했습니다. 한국에 들어온 태영 씨와 누나들은 어머니와
외삼촌, 이모, 외사촌 등 한국에 사는 가족들을 만났습니다.

아래는 태영 씨의 편지입니다. 이 편지 속에는 태영 씨가 그동
안 겪었던 고통과 분노의 목소리가 고스란히 녹아 있었습니다.

혼히 잊는 것보다 용서하는 것이 더 쉽다고 말합니다. 하지만 전 그 말에 동의할 수 없습니다. 차라리 잊어버리는 것이 제게 가장 쉬운 일입니다.

새로운 가정으로 입양되자마자 저는 남겨진 모든 기억을 다 잊어야만 했습니다. 살아남기 위해서 어쩔 수 없는 선택이었습니다. 나의 가족, 모국어, 심지어 제 자신의 정체성까지 부정해야 했습니다. 성장할수록 저는 점점 삐뚤어졌습니다. 미국 사회에서, 학교에서 저는 겉과 속이 다른 바보처럼 느껴졌습니다.

10년 만에 연락을 해 온 친부모님의 소식도 누나들과 달리 저는 무시했습니다. 나의 정체성을 찾은 후에도 계속 전 삐뚤어져 있었던 겁니다. 그때에는 입양돼 저를 키웠던 가족들과 어릴 때 친구들도 모두 지워버리고 싶었습니다. 늘 공허했습니다. 뿌리를 갖지 못한 식물같았습니다. 언제든 훅 불면 날아가 버리는 홀씨와 같은 존재로 여기며 자조했습니다.

여자 친구, 새 차, 좋은 집이 있어도 만족하지 못했고 또 다른 무언가를 찾아 늘 끊임없이 방황했습니다. 전 항상 제 자신이 행복하지 않다고 생각했습니다. 양부모님이 더 좋은 직업을 갖지 못한 것이 싫었고 미국에서 자란 나를 예전 기억 속 한국 소년으로 대하는 친부모도 싫었습니다.

생각해 보면 행복은 항상 바로 제 옆에 있었지만 깨닫고 난 후 이미 모두 다 없어진 후였습니다. 제가 깨달은 것은 제가 행복하기 위해서는 용서하는 법을 배워야 한다는 것이었습니다.

제가 과거에 사로잡혀 분노만 하느라 제 소중한 시간을 다 잃어버렸던 것입니다.

이제 제 삶을 다시 찾고, 행복하기 위해 다 내려놓으려고 합니다. 아픔과 슬픔, 마음속 분노를 내려놓아야만 제가 자유로울 수 있다는 것을 알기 때문입니다.

입양인들은 '잃어버렸다'가 아니라 '버려졌다'라는 생각 때문에 가족을 찾겠다는 결심 자체를 고통스럽게 여기는 경우가 많습니다.

그럼에도 불구하고 부모형제를 찾는 입양인들은 매우 용기 있는 사람들입니다. 제가 만나본 수많은 입양인들은 자신의 부모를 찾아 꼭 붙어살면서 구속하고 싶어서, 혹은 '왜 그랬냐?'고 원망하려고 가족을 찾는 것이 절대 아니었습니다.

그들은 그냥 '보고 싶어서' 찾는 것입니다. 그들에게 "당신은 버림받지 않았어요!"라고 말해주는 것이 그들이 고국과 그들을 떠나보낸 가족들로부터 받을 수 있는 최고의 선물이 아닐까 싶습니다.

"미움은 말썽을 일으키고 사랑은 온갖 허물을 덮어 준다."

[잠언 10:12]

가족을 찾는 입양인들과의 만남

태영 씨의 사례에서 보듯 미움만큼 자신을 갉아먹는 것은 없
습니다. 전혀 통쾌하지도, 기쁘지도 않습니다. 어쩌면 가장 큰
복수는 미움조차 가지지 않는 것, 더 나아가 오히려 이해하고
사랑하는 것이 아닐까 싶습니다.

"무엇보다도 열심으로 서로 사랑할지니 사랑은 허다한 죄를 덮느니라."

[벧전 4:8]

'애증'이라는 말이 있습니다. 사랑하는 깊이가 더 클수록 미움
과 반목의 골은 더 깊을 수 있는 법입니다.

어쩌면 하나님과 인간의 관계 다음으로 가장 큰 믿음과 사랑

이 깃들어야 할 가정, 가족에게서 버림받았다고 생각하는 사람들은 사랑하는 만큼 더 큰 증오를 품고 있을 때가 많습니다.

분노가 용서로 바뀌는 것은 쉬운 일이 아닙니다. 특히 자신이 가족들로부터 버림받은 것이라고 생각하는 입양아들은 친가족들을 찾으면서도 종종 제게 화풀이하듯 분노에 찬 소망을 말하는 이들도 있었습니다.

한 입양인이 있었습니다. 아버지의 폭력을 피해 어머니가 여섯 살인 그를 두고 가출을 한 후 소식이 끊겼습니다. 그는 시설에서 자랄 수밖에 없었습니다.

하지만 남들보다 배로 노력하여 대학도 졸업하고 사회적으로 그럴듯한 직장도 가질 수 있었습니다. 좋은 배우자를 만나 성실하게 가정을 꾸려 생활도 했습니다. 그런 그가 어릴 때 헤어진 친어머니를 찾고자 했습니다.

아이의 아버지가 된 그로서는 자신의 뿌리를 찾고자 하는 열망도 있었지만 그 이면에는 어두운 욕망도 있었습니다. 어린 시절 집 나간 어머니 대신 어린 자식을 때렸고 결국 유기까지 한 친아버지를 향해 조소와 비난을 보내고 싶다는 생각, 또한 자신을 버린 친어머니를 향해 당신이 거두지 않아도 이렇게 잘 자랐다고 외치고 싶은 비뚤어진 오기와 반항이 섞인 마음도 있었습니다.

아버지는 오래 전 돌아가셔서 장성한 아들의 조소와 비난을 받을 수 없었지만 친어머니는 다시 만날 수 있었습니다. 그리고 소원처럼 자신의 옳지 않은 마음을 표현하고자 했습니다. 어머니를 대면했을 때, 다른 이별 가족들처럼 선뜻 다가가지도 않고 포옹하지도 않은 채 물끄러미 어머니를 바라보기만 하던 그 남자의 모습이 아직 잊히지 않습니다.

그가 걱정스러웠던 저는 제 걱정이 기우라는 것을 깨달았습니다. 막상 가까이에서 지켜본 그 남자의 눈에는 오기와 반항보다는 늙은 어머니에 대한 애잔한 연민과 애정이 더 가득 담겨 있었습니다.

"분노가 미련한 자를 죽이고 시기가 어리석은 자를 멸하느니라."

[욥기 5:2]

저도 사람인지라 누군가를 향한 미움과 불신, 경계를 단 한 번도 가지지 않았다고 거짓말하고 싶지는 않습니다. 하지만 그런 마음을 가지면 제 속이 후련하고 시원할까요? 아닙니다. 남을 미워할수록, 곁을 내주지 않고 멀리 할수록 자괴감만 한가득 느껴야 했습니다.

저는 하나님께 기도했습니다. 그러면 반드시 하나님은 가슴속 미움, 불신, 경계라는 찌꺼기가 둥둥 떠다니는 메마른 우물 위에 시원하고 달디 단 사랑을 자꾸만 채워주셨습니다.

제가 남들보다 더 잘나지도, 도량이 크지도 않음에도 불구하고 그렇게 하나님에 의해 채워진 하나님에 대한 사람, 타인에 대한 사랑 그리고 나 자신에 대한 사랑들이 나쁜 감정의 찌꺼기들을 잘 흘려버릴 수 있게 해 주었습니다.

"하나님은 사랑이시라 사랑 안에 거하는 자는 하나님 안에 거하고
하나님도 그의 안에 거하시느니라."

[요한일서 4:16]

뉴질랜드로 입양이 된 여성이 있었습니다.

그녀는 자신의 모국인 대한민국을 자신을 다른 나라로 보낸 무책임한 나라로 인식하고 있었습니다. 자라는 동안 학교에서 친구들로부터 "너는 우리와 다르다. 너의 나라로 가라!"는 조롱 섞인 외침을 들을 때마다 자신을 낯선 땅에 보낸 누군가를 증오하며 소중한 시간을 허비했습니다.

사는 동안 그 여성은 늘 자신이 불행하다고 생각했습니다. 하지만 처음 친어머니와 통화하는 순간 서로 아무 말 없이 울기만 할 수밖에 없었습니다. 말이 통하지 않아 그저 한마디 나누지 않고 울기만 했지만 수화기 너머 들려오는 어머니 통곡 소리에 그녀는 번쩍 깨닫고 말았습니다.

'친어머니라는 사람은 처음부터, 그리고 지금까지도 나를 사랑하는구나!'

사랑하지 않아서 자신을 버렸다는 어리석은 생각이 틀렸다는

것을 알게 돼 행복하다고 그녀는 제게 말했습니다.

어쩌면 어머니를 찾지 못했으면 죽을 때까지 이 어리석은 오해로 더 괴로운 삶을 살며 제 자신을 학대했을 거라며 이렇게 친어머니와 조우한 것을 자신의 일생 중 가장 잘한 일로 꼽았습니다.

코피노&라이따이한의
'헬로, 대디!'

우리나라 역사 속에서 수많은 전란이 있었고 여성들이 피해자
가 되는 경우가 많았습니다. 그 와중에 단일국가라고 자부하는
우리나라 사람들의 자존심을 어쩌면 무너뜨릴 수 있는 현실이
있습니다.

'혼혈아'

임진왜란, 병자호란뿐만 아니라 근세에는 청일 전쟁이나 러일
전쟁 같은 격동의 세월 속에서 많은 여성들이 유린당하고, 원치
않는 이방인의 아이를 낳아야 했습니다. 가까이에는 위안부 피
해 여성들 같은 잔혹한 역사적 사실도 있습니다.

현대사에도 비슷한 경우가 있습니다. 저를 통해 자식을 찾는
여성들 중에는 기지촌 여성들도 간혹 있었습니다. 이제는 구부

정한 허리를 가진 노파가 된 오산이나 평택, 의정부 기지촌 여성들 중에는 자식과 헤어진 분들이 유독 많았습니다. 가난한 집안의 딸로서 국가도 그녀들의 아픔을 선뜻 인정하기에는 역사적으로도, 정치적으로도 껄끄러운 존재들인 기지촌 여성들은 철저히 우리 사회의 소외와 무관심 속에서 살아야 했습니다.

피부색이 다른 아이를 낳은 이 여성들에 대한 오해와 편견은 그녀들이 낳은 아이들이 그녀들의 손에서 크지 못하는 현실을 낳았습니다. 눈물을 머금고 한국에서 살면 분명 '틔기'로 조롱당할 혼혈의 자식들을 아버지 나라로 보낼 수밖에 없었습니다.

우리나라 사람들이 가지고 있는 '순혈주의' '혈통주의' 중심의 사고방식에 피해를 보는 계층이 또 있습니다. 바로 다문화 이주민 가정과 그 구성원들입니다. 결혼이주여성들이 사회적인 편견이나 차별을 겪고 있는 것에서 더 나아가 그 2세들 역시 따돌림과 배척의 대상이 되는 안타까운 일이 벌어지고 있습니다. 하지만 이런 피해자의 입장에서 이뤄진 이별만 있는 것은 아닙니다.

한국이라는 나라가, 한국 남성이라는 주체가 가해자가 되어 다른 나라에서 무책임하게 자신의 자식들을 방임하는 현실 역시 다른 한 구석에서 이뤄지고 있습니다.

'코피노'나 '라이따이한'이라는 용어를 한 번쯤 들어본 적 있으신가요? 또 '라이한꿕'이라는 생소한 용어는 들어보셨나요?

'코피노'는 필리핀 여성과 한국 남성 사이에서 태어난 아이들을 가리키는 말이고, '라이따이한'은 베트남 여성과 한국 남성

사이에서 태어나는 아이들을 가리키는 말입니다.

대략 1만~3만 명 사이로 추산되는 코피노는 1990년대부터 성매매를 목적으로 하는 관광과 사업, 유학 등으로 필리핀에 장기 체류하는 한국 남성들과 현지 여성 사이에서 태어난 아이들입니다. '어글리 코리안'의 전형적인 단면을 드러내는 존재들이 바로 '코피노'로 불리는 이 아이들입니다. 이 아이들은 가난한 생모 밑에서 교육의 기회를 박탈당한 채 비참하게 살아가는 경우가 대부분입니다.

미국, 일본에서는 경제적인 책임이라도 지려는 것에 비해 한국 남성들은 그것조차도 하지 않는 실정입니다.

베트남전 당시 파월 한국군 혹은 한국인 노무자와 현지인들 사이에서 태어난 라이따이한을 제1세대로 분류한다면 한국과 베트남의 수교가 정상화된 후 한국기업의 베트남 진출이 활발해지면서 등장한 신新 라이따이한을 2세대로 분류합니다. 현재 新 라이따이한이 베트남 현지에 얼마나 있는지 숫자조차 파악하지 못하는 실정입니다.

'라이한꿕'은 베트남에서 시집 온 이주여성들이 가난, 남편과의 불화 등의 이유로 친정으로 보낸 한국계 자식들을 가리키는 말입니다. 엄밀히 말하자면 '한국인 사생아'로 자라는 라이한꿕은 정규 교육 같은 기본적인 혜택도 못 받는다고 합니다.

서아프리카 라이베리아에도 한국인 사생아가 있습니다. 한국기업들이 라이베리아 몬로비아 도시 기반 공사를 위해 아프리

카로 진출한 1984년 이후 태어난 아이들입니다. 무책임과 몰염치, 추악함은 세계 곳곳에 그 잔재를 남기고 있는 셈입니다.

얼마 전에 MBC 다큐멘터리 프로그램 '휴먼다큐 사랑'에서 '민재'라는 이름을 가진 코피노 아이의 한국행과 한국에서의 아빠 찾기를 다루는 것을 본 적이 있습니다. 이 다큐멘터리는 큰 반향과 반성을 불러 일으켰습니다.

민재의 아빠는 8년 전 세부에서 어학연수를 하던 중에 필리핀 여성인 민재의 엄마를 만났고, 3개월 동안 동거를 하다가 민재를 갖게 되었습니다. 하지만 학생 신분이었던 민재의 아빠는 임신 7개월째인 민재 엄마를 두고 한국으로 도피를 하듯 되돌아가버렸습니다. 그리고 민재가 태어난 것을 안 뒤로 연락을 아예 끊어 버렸습니다.

민재는 한국에 와서도 결국 아빠를 만나지 못했습니다. 다만 8년 동안 민재의 성장기록이 담긴 사진을 소중히 간직하고 있던 친할아버지와 귀한 만남을 이루었습니다. 민재의 할아버지는 안타까운 얼굴로 민재의 얼굴을 보다가 민재 아빠의 사진을 선물했습니다. 끝끝내 아빠를 만나지 못한 민재는 결국 필리핀으로 되돌아갔습니다.

저는 이런 식의 이별에 절대 개인도, 나라도 무책임해서는 안 된다고 생각합니다. 언젠가는 수많은 코피노나 라이따이한, 라이한궉들의 이별 사연을 접수하고, 수사를 해야 하는 상황이 도래할지 모를 일입니다.

최근 국내 법원에서 친자 확인이 된 코피노 자식에게 양육비를 지급하라는 판결을 내리면서 핏줄에 대한 책임을 강조하기 시작한 사례는 매우 고무적인 현상이라고 생각합니다.

일본은 약 20년 전부터 일본인 남성과 필리핀 여성 사이에서 태어난 '자피노'에 대한 대책을 마련해왔습니다. 일본인 아버지들은 본국에 가족이 있어도 최소한 생활비를 지원해 주고 가끔씩 중요한 기념일에 자녀들을 방문해 혈연의 끈을 놓지 않으려고 노력하고 있습니다. 열여덟 살이 되면 국적취득자격을 주기도 합니다.

우리 정부는 2006년 라이따이한 및 코피노 등이 한국 국적 취득을 원할 경우, 한국인 아버지가 친자관계 확인을 거부하더라도 사진 등 객관적으로 입증할 자료가 있으면 국적을 부여하는 방안을 검토하기로 했습니다. 하지만 늘 그렇듯 아직 이뤄진 것은 하나도 없습니다.

한국인의 얼굴을 한 아이들이 구걸을 하고, 성매매에 내몰린다고 생각하면 가슴이 정말 너무 아픕니다. 충분히 경제적 능력이 있는 그 아이들 '아버지'의 작은 보살핌만으로도 그 아이들은 교육받을 수 있고, 가난을 극복하는 자활의 길을 걸을 수 있습니다.

비록 이 땅에 살지 않아도 우리가 인정하고 책임져야 하는 우리의 핏줄입니다. 그들을 책임지지 않는다면 우리나라의 미래는 오점을 안을 수밖에 없습니다.

가난한 환경 속에서 차별받는 아이들이 이 땅을 찾아와 아버지를 찾고자 할 때 적극적으로 나서줘야 할 필요가 있습니다.

"가난한 자를 보살피는 자에게 복이 있음이여
재앙의 날에 여호와께서 그를 건지시리로다"

[시편 41:1]

하나님의 사랑을 전하여 그 아이들이 부끄러움이 아닌 자부심을 갖고 상처와 아픔 속에서 더욱 단단하게 단련되기를 바랍니다. 그래서 귀한 쓰임을 받는 하나님의 종으로 자신들보다 더 아프고 가난한 이들을 돕기를 바랍니다. 그러기 위해서는 우리들은 책임을 지는 사람과 나라가 되어야 합니다.

아버지의
가방

'세계 실종아동의 날'을 아마도 많은 사람들은 잘 모르실 것입니다. 1979년 5월 25일 미국 뉴욕의 여섯 살짜리 남자 아이 에단etan patz이 유괴 후 끔찍하게 살해된 날을 기억하기 위해 지정된 날입니다.

우리나라는 실종 문제에 대한 관심 유도와 실종 유괴 예방의 중요성을 알리기 위해 2007년부터 매년 행사를 실시하고 있습니다.

코드아담Code Adam제도는 1981년 미국의 한 백화점에서 '아담'이라는 소년이 실종 후 살해되어 발견된 사건에서 발단이 되었습니다. 대형마트나 백화점 등 사람들이 많이 모이는 시설에서 아동실종 발생 초기단계에 자체적인 모든 역량을 동원해 조속히 발견하도록 의무화하는 제도입니다. 또 10분이 지나도 실종 아동을 찾지 못하면 경찰에 신고하도록 의무화했습니다.

'실종아동'이란 약취 유인, 유기 사고 또는 가출하거나 길을 잃는 등의 사유로 인해 보호자로부터 이탈된 실종 당시 18세 미만 아동, 장애인복지법 제2조의 장애인 중 지적, 자폐성, 정신장애인 치매관리법 제2조 제2호의 치매환자를 뜻합니다.

실종되는 가장 큰 이유 중 하나는 취학 전 아동일 경우 길을 잃는 경우가 대부분이고 초등학교 고학년부터는 가출이나 미귀가가 원인인 경우가 대부분입니다. 이밖에도 다양한 원인, 예를 들면 놀이공원에 아이와 동행했다가 사람들 틈에서 잃어버리는 경우도 있습니다. 사람이 많이 모이는 장소에서는 특히 더 아동 보호를 위해 조심하셔야 합니다.

아직도 우리나라에서는 매년 2만 명이 넘는 아동들이 실종신고되고 있습니다. 가출 아동을 제외해도 매년 수천 명에 이릅니다. 다행히 최근 실종신고된 아동의 90%가 한 달 이내에 가정의 품으로 돌아가는 것으로 추산하고 있습니다.

제가 만난 한 아버지가 있습니다. 그에게는 40년 전 실종된 아들이 있습니다. 그는 아이를 찾다가 가정이 무너질 위기에 처한 뒤 아내와 함께 캐나다로 이민을 가서 살았습니다. 그들의 가정에서 아이를 빼앗아 간 이 상처의 나라에서 더 이상 살기가 힘들었기 때문입니다.

　1974년 9월 4일, 서울시 동대문구 이문동에서 살던 이희철 씨(67세. 남. 가명)의 아들 종찬 군이 갑자기 실종되었습니다. 겨우 다섯 살밖에 되지 않았던 종찬 군의 행적은 감쪽같이 사라져버렸습니다.

　당시 희철 씨는 학교에서 근무 중이었고, 아내는 잠시 외출 중이었습니다. 집에는 아이 둘과 장모, 셋이 있었습니다. 당시 일흔이 넘었던 장모가 남자 아이 둘을 돌보는 게 쉽지 않았을 것입니다. 아이들이 밖에서 훌라후프를 하겠다고 해서 희철 씨의 장모가 승낙을 했다고 합니다. 대략 오전 11시 정도의 일이었고, 세 살배기였던 둘째 아이가 혼자 12시에 돌아왔습니다.

　실종이 일어난 후 주변을 조사하던 희철 씨는 당시 종찬 군을 유독 예뻐하던 의문의 여성을 그제야 의심하기 시작했습니다. 처음에는 내 아이를 예쁘게 생각해주니까 고맙고, 또 한편으론 뿌듯하기도 했는데 유별나게 예뻐해 주는 게 3개월가량 지속되다 보니 한편으론 좀 불안하기도 했던 희철 씨는 가족 아닌 사람은 절대 따라가서는 안된다고 교육시켰습니다. 그런데 이상한 게 아이가 실종된 다음부턴 이 여자를 더 이상 만날 수 없었습니다.

　종찬 군을 잃고 나서 그와 가족들의 삶은 180도로 바뀌었습니다. 단순히 아이를 잃어버린 데서 끝난 것이 아니라, 두 차례 협박 편지를 받은 희철 씨 부부는 아이를 돌려받기 위해 공개수사까지 진행해야 했습니다. 하지만 별다른 성과가 없었습니다.

희철 씨의 장모는 돌아가실 때까지 죄책감으로 가슴 아파했고, 외손자의 이름을 부르면서 눈을 감으셨습니다. 그와 그의 아내도 좌절감에 자살까지도 생각했습니다. 한국 땅에서 이렇게 살다간 또 다른 아이까지 잃게 되는 것은 아닐까라는 생각에 결국 캐나다 이민을 선택하게 되었습니다.

희철 씨는 무게가 상당한 가방을 항상 메고 다닙니다. 그는 이 가방을 자기 아들로 지칭했습니다. 가방 안에는 빼곡히 쓰인 수십 권의 수첩들이 담겨져 있었습니다. 경찰조차도 혀를 내두르는 사건일지와 탐문 기록들이었습니다. 정말 자신의 아들을 껴안듯 앞쪽으로 가방을 메고 다니는 아버지의 모습에 저는 괜히 마음이 짠해 왔습니다.

아이가 사라지는 것은 순간이지만 부모와 그 가족이 받는 고통은 영원합니다. 부모와 형제 등 가족들 삶은 실종이 이뤄진 그 순간부터 평범하기는 매우 힘들어집니다.

평범한 직장인이던 김영명 씨(42세, 남, 가명)의 남편은 당시 네 살인 외동아들이 실종된 후 일도 안 나가고 술에 의지했습니다. 영명 씨는 '아이를 또 낳으면 남편이 달라질 것'이라고 생각해 아이 둘을 더 낳았지만 그대로였습니다.

결국 별거 끝에 영명 씨 부부는 이혼했습니다. 경제적 타격도 만만 치 않았습니다. 아들을 찾으러 전국을 돌아다니는 데 비용이 많이 들어 개인파산 신청을 해야만 했습니다.

실종 당시 하교 시간이 달라 여동생과 함께 집에 오지 못한 오빠의 정신적 충격과 상처는 10여 년이 흘렀지만 그대로 남았습니다. 어머니 변정혜 씨(48세, 여, 가명)는 지푸라기라도 잡는 심정으로 아들을 위해 굿을 7번이나 했고 방방곡곡을 헤매며 수천만 원을 썼습니다.

김성현 씨(59세, 남, 가명)는 놀이터에서 사라진 네 살배기 손자를 찾기 위해 전단 170만 장을 뿌리며 거리를 누볐습니다. 18년간 근무하던 회사도 그만두고 퇴직금과 집을 저당 잡힌 돈으로 전국을 4바퀴나 돌아다녔습니다.

실종아동 가족들은 아이를 잃어버린 죄책감과 책임감으로 정신적, 육체적 고통을 받습니다. 생계를 제치고 아이 찾기에 전력을 하다 보니 경제적 어려움으로 악순환이 반복됩니다. 결국 남은 자녀에 대한 무관심과 부부 사이의 불화 등으로 가족이 해체되기도 합니다. 또한 그들은 아이에 대한 그리움과 염려, 근심, 걱정 등으로 심한 정서적 불안감을 갖고 있습니다. 자신의 실수로 실종됐다는 죄의식에 숨막혀 하는 등 정신적인 고통을 겪다가 불행한 선택을 하기도 합니다.

실종자 가족들의 고통은 일회성으로 끝나지 않고 지속적으로 이어집니다. 그러다가 이웃 등 주변 사람들뿐 아니라 배우자까지 믿지 않게 됩니다.

실종아동 부모들은 자녀를 찾기 위한 과정을 진행하거나 자녀를 잃은 후 의욕을 상실하여 직장생활에 소홀해지기도 했습니다. 한 연구기관 발표에 의하면 장기실종아동 1명이 발생하면 약 5억 7천만 원의 사회적 비용이 발생되는 것으로 추정하고 있습니다. 사회와 국가의 배려가 이들에게 집중적으로 쏟아져야 하는 이유입니다.

실종을 예방하는 7가지 TIP

Q〉 실종이 발생했을 때에도 골든타임이 있나요?

A〉 일반적으로 실종 뒤 12시간 이내에 아동을 찾을 확률은 98%, 12시간이 지나 찾은 경우는 전체 건수의 1.2%에 불과하기 때문에 실종 후 12시간을 골든타임으로 봅니다. 이 시간 안에 빠른 대처가 필요합니다.

Q〉 아동 실종이 일어났을 때 가장 먼저 가족들이 해야 할 행동수칙에는 어떤 것이 있을까요?

A〉 아이를 잃어버렸을 때는 제일 먼저 아이와 함께 걸었던 길을 되

돌아가 보고, 즉시 안내데스크나 미아보호소를 찾아가 아이 이름과 인상착의 등 자세한 정보를 전달해 안내 방송을 부탁해야 합니다. 그래도 찾지 못하면 오래 기다리지 말고 국번 없이 112번 또는 182번, 경찰청 182실종아동찾기센터로 전화를 걸어 신고해야 합니다. 그리고 평소 아이한테 길을 잃었을 때 대처하는 방법을 교육해야 합니다.

Q〉 어린 자녀뿐만 아니라 다른 가족구성원이 실종되는 상황도 있을 텐데요, 이런 때를 대비해 시민들이 미리 준비해놓을 수 있는 지침들이 있을까요?

A〉 아이의 등하교 길을 점검하고 어둡고 사람이 잘 다니지 않는 환경을 조정해 놓아야 합니다. 그리고 위급한 상황에 '어린이 지킴이 집'이라는 것이 있습니다. 그곳에 신고하도록 아이를 교육하는 것이 좋습니다. 아니면 주변에 도움을 요청하는 것을 알려야 합니다. 평소 가족들, 지인들의 연락처를 알아놓고, 가족들의 일상 스케줄도 수시로 파악해야 합니다. 가족구성원의 사진을 주기적으로 찍거나 서로 스마트폰 어플 등을 이용해 위치 정보를 공유하는 것도 유용합니다.

Q〉 집에서 가출을 한다든가 집에 있다가 유괴를 당하거나 외출을 했는데 돌아오지 않는 경우가 있을 수 있겠습니다. 이런 때에는 어떻게 하면 좋을까요?

A〉 앞서 말씀드린 사전 지침들을 따라서 실종가족구성원의 지인들에게 연락을 돌려보고 그래도 파악이 안 될 때에는 빠르게 신고를 합니다. 이때 주의할 점이 아이 또는 실종가족의 소지품 등을 만지지 말고 잘 유지해 주세요. 중요한 증거품이 되기도 합니다.

Q〉 사전 등록제, 실종을 미리 예방하는 가장 좋은 방법이라고 들었는데요. 구체적으로 언제 어디에 어떻게 등록하는 건가요?
A〉 파출소 지구대에 아이의 인적사항을 등록합니다. 아이의 사진과 인적사항, 지문, 보호자 인적사항도 포함됩니다.

Q〉 사전 지문 등록은 몇 살부터 하면 좋을까요?
A〉 3세 이상 18세 미만은 지문을 등록하고 3세 미만은 지문을 제외한 인적사항을 등록하면 됩니다.

Q〉 실종자를 발견했는데 직접 데려올 수 없는 상황이라면 어떻게 해야 할까요?
A〉 맞습니다. 본인이 해결하려고 하면 늦고, 납치 등의 경우에는 위험하기도 합니다. 실종 사실을 알거나, 실종자로 보이는 분을 발견하게 되면 바로 112번이나 182번으로 신고해서 경찰의 도움을 받는 것이 좋습니다.

63년 만의
가족사진

● ● ●

여호와의 말씀이니라 너희를 향한 나의 생각을 내가 아나니
평안이요 재앙이 아니니라 너희에게 미래와 희망을 주는 것이니라

[렘 29:11]

● ● ●

장기 실종자는 실종 후 48시간을 가리키는 말이지만 40년, 60년, 66년이라는 어마어마한 세월의 강을 뛰어넘어서도 혈육을 찾는 노력을 포기하지 않았던 사연들도 유독 많았습니다.

이미 어린 시절의 얼굴은 하나도 남아 있지 않은 쭈글쭈글한 아들의 얼굴에서 노모는 여전히 돌쟁이 때의 젖살을 떠올리는 것을 신기하게 여긴 적이 있습니다.

길거리에서 스쳐 지나가면 알아차리지 못할 만큼 '남'이 돼버린 형제자매지만 간만에 모여서 어린 시절 함께했던 떡 감기, 딱지 치기, 쥐불놀이에 대한 추억을 함께 나누다 보면 금세 마음의 장벽을 허무는 모습도 많이 보았습니다.

자신만큼 나이가 든 누이에게서 아들이 돌아오기만을 바라며

늘 부뚜막 곁에 매끼마다 밥 한 공기를 퍼 담았던 어머니의 행적을 전해 듣는 아들은 차오르는 오열을 감추기 힘들어 했습니다. 70대의 근엄한 노신사도 '어머니'라는 단어 한 마디에 금세 입술을 삐죽거리는 어린 아들이 되었습니다.

40년 만에 언니와 오빠들을 만난 50대 여성의 사연입니다.

어릴 적 길을 잃어 가족과 헤어진 박해정 씨(53세. 여. 가명)는 여덟 살 때 아버지를 따라 서울에 있는 고모 집을 방문했습니다. 그날 저녁 무렵 해정 씨는 혼자 집을 나섰다가 길을 잃고 고아원을 거쳐 어느 가정집으로 입양돼 그 집의 성을 따서 '이해정'으로 40년을 넘게 살아왔습니다.

해정 씨는 가족을 찾기 위해 관공서 등을 숱하게 찾아다녔으나 "찾을 수 없다."는 답변만 들었습니다. 절망에 빠진 해정 씨에게 한 지인이 저에게 찾아가 볼 것을 권유했고 해정 씨는 마지막으로 지푸라기라도 잡는 심경으로 제게 자신의 사연을 담은 편지를 보내왔습니다.

해정 씨는 편지에서 "그 당시 성을 바꾸는 바람에 가족을 찾기가 더 힘들어진 것은 아닌지 모르겠습니다."라고 썼습니다. 그리고 "평생 하루도 잊지 못하고 가족을 그려왔는데 죽기 전에 꼭 한 번만이라도 만나고 싶습니다."라는 말도 적었습니다.

해정 씨의 사연을 접수한 저는 먼저 프로파일링 시스템 검색과 보호시설 가족 찾기 명단 등을 통해 3,200명을 확보, 해정 씨가 기억하는 가족의 이름과 대조 작업을 벌였습니다. 그러나 일치하는 사람을 발견하지 못했습니다.

멈추지 않고 2차로 성장배경, 보호시설기록, 신체특징, 목격자 등을 종합적으로 추적·분석하고 현장방문 및 편지 발송 등의 방법을 동원했습니다. 지리한 추적 끝에 가족으로 추정되는 사람을 찾아냈지만 이들이 가족임을 확증할 만한 특정 자료를 찾을 수 없었습니다.

최후의 수단으로 유전자 검사를 실시했고, 최종적으로 '언니와 여동생이 맞다'는 결과를 얻었습니다. 찾고 보니 해정 씨의 가족들은 언니 세 분에 오빠 두 분이나 계시는 등 다복했습니다.

해정 씨는 고아원에서 나온 이후 남의 집에서 지내던 중 그동안 많은 상처를 가지고 있었습니다. 청소 등 집안일을 안 하고 쉬는 꼴을 보지 못하고, 계속해서 종처럼 부려먹고 상처 주는 말을 하는 사람들로 인해서입니다. 결혼 이후에도 이분들에게서 전화가 오면 벌벌 떨면서 달려가 일을 해야 했습니다.

가족을 만나기 전까지 겪어야 했던 해정 씨의 트라우마는 상당히 심각한 수준으로 보였습니다. 그러나 가족, 형제를 찾은 이후로 해정 씨는 매우 달라졌습니다. "친오빠와 언니처럼 나를 위해주는 진짜 내 편이 있는데 뭐가 무서워요?"라며 자랑스럽게 말하기도 했습니다.

나중에 오빠와 언니들이 해정 씨를 마구 부려먹은 집을 떼지어 찾아가서 친가족이니까 해정이를 그만 괴롭히라는 말을 한 이후, 함부로 전화하고 욕설하던 것이 해결되었다고 합니다.

박해정 씨 가족상봉

53년 만에 형제자매를 만난 60대 여성의 사연입니다.

"아버지 이 방송을 보시면 꼭 연락 좀 주세요." TV 방송에까지 출연해 애타게 가족을 찾았던 이판순 씨(68세, 여, 가명)는 8살 때 잠시 맡겨졌던 집에서 심부름을 나갔다가 길을 잃어 가족과 생이별했습니다.

백방으로 가족을 찾았지만 헛수고였고 정말 마지막이란 심정으로 아들의 조언에 따라 저를 찾아왔습니다. 그리고 네 달 만에 가족들을 찾을 수 있었습니다.

가족들은 세월의 벽을 넘어 이내 서로를 알아보고 부둥켜안았습니다. 현장에서 형제들을 만난 판순 씨가 울면서 한 첫마디는 "너무해. 왜 안 찾았어?"였습니다.

하지만 판순 씨의 가족들이 그녀를 찾지 않은 것은 아니었습니다. 판순 씨의 어머니는 잃어버린 딸을 찾기 위해 20년 동안 보따리 장사를 하며 돌아다니다 병에 걸렸다고 합니다. 더 기가 막힌 것은 판순 씨의 어머니는 판순 씨와 똑같은 화상 자국이 있는 다른 여성을 친딸로 알고 지내다가 결국 돌아가셨다는 사실입니다. 이 얘기를 들은 판순 씨는 목을 놓아 울었습니다.

"제가 죄송합니다. 빨리 안 나타나서……. 너무 죄송해요."

판순 씨는 어머니의 무덤에 큰절을 올리며 사죄를 올렸습니다. 비록 부모님은 안 계시지만, 53년 만에 7남매가 한자리에 모여 설 명절을 보낸 판순 씨는 외삼촌과 이모들로부터 용돈을 받으며 행복하게 보냈다고 합니다.

이판순 씨 가족상봉

212

수원에 거주하는 70대 할아버지가 60년 만에 가족과 상봉한 사연입니다.

황대식 씨(70세, 남, 가명)는 일곱 살 때인 지난 1951년, 집 근처에서 놀다가 기차를 타는 바람에 가족과 헤어졌습니다. 당시 책보 같은 것을 메고 있었는데 책보 안에 '황대식'이라고 적힌 책이 있어 다행히 그 이름대로 살아왔습니다.

당시 대식 씨가 기차에서 내린 곳은 대구역이었습니다. 거기서 만난 어떤 할아버지가 집으로 데리고 오는 바람에 경찰이나 시설 등 어디에도 대식 씨의 실종 기록은 어디에도 남아있지 않은 상태였습니다. 이후 대식 씨는 그 할아버지의 가족으로 60년 넘게 살아왔습니다.

가족을 그리워하는 대식 씨 대신 그의 며느리 박소윤 씨(33세, 가명)가 시아버지의 가족을 찾기 위해 수년 동안 관공서 등 여러 곳을 수소문하고 다녔습니다. 하지만 잃어버린 가족 찾기는 쉽지 않았습니다. 대식 씨에게 남은 기억은 어머니와 이미 결혼을 한 누나(진식), 군복을 입고 다니던 형(진국)이 있었고 통나무를 운반하는 기차가 지나는 곳에서 살았다는 게 전부였기 때문입니다.

사연을 접수한 저는 프로파일링 시스템 검색과 보호시설 가족 찾기 명단 등을 통해 2,700여 명을 확보해 대식 씨 가족의 이름과 대조작업을 벌였습니다. 그러나 일치하는 사람을 발견하지는 못했습니다.

이어 성장 배경, 보호시설 기록, 신체 특징, 목격자 등을 종합적으로 추적하고 분석한 끝에 가족으로 추정되는 사람을 찾아냈습니다.

그리고 유전자검사를 거쳐 가족 관계를 최종 확정했습니다.

대식 씨는 63년 만에 누나 둘과 여동생 둘 등 가족들과 재회했습니다. 부모님과 형님은 오래 전에 돌아가셨다는 소식을 듣고 대식 씨는 울음을 참을 수 없었습니다.

여동생 선진 씨(64세, 가명)는 돌아가신 어머니가 생전에 "언제 오빠가 돌아올지 모른다."며 밥을 항상 이불 속에 묻어놓고 부뚜막에 놓았다며 눈물을 훔쳤습니다.

혈육을 만난 대식 씨는 63년 만에 가족사진을 찍었습니다. 대문짝만하게 인화한 그 가족사진은 지금 대식 씨네 집 거실 벽 한복판에 걸려 있습니다.

황대식 씨 가족상봉

86세의 늙은 어머니가 68세 아들과 66년 만에 만났던 사연입니다.

미국에 거주하는 김현숙 씨(86세, 가명)가 "생사를 알 수 없는 아들을 찾아 주세요!"라며 사연을 미국 주재 한국 대사관에 접수했습니다. 이 사연은 주미 대사관에서 저에게 통보하면서 생사도 모른 채 66년간 생이별을 한 모자의 상봉을 추진하게 되었습니다.

현숙 씨는 지난 1942년 결혼하여 1943년에 아들 박인환 씨(68세, 가명)를 낳았습니다. 하지만 인환 씨가 세 살 되던 해인 1945년 남편이 병으로 사망하자 당시 시부모가 "아들은 우리가 키울 테니 친정으로 가라!"고 했고, 아들을 시댁에 남겨둔 채 친정으로 돌아와야만 했습니다.

이후 인환 씨의 생사를 모른 채 66년간 긴 이별을 한 현숙 씨는 "죽기 전에 아들 얼굴이라도 한번 보는 것이 소원입니다."라며 사연을 신청했습니다.

그동안 현숙 씨가 아들을 찾기 위한 노력을 전혀 안 한 것은 아니었습니다. 아들과 헤어진 후 10년이 지나 아들이 걱정돼 시댁에 편지를 보냈으나 1948년 시부모, 시동생 등 시집 식구들이 모두 멀리 떠나 소식을 알 수 없다는 연락만 받았습니다.

인환 씨의 인생 역정도 평탄하지만은 않았습니다. 여섯 살 되던 1948년, 인환 씨는 가족들과 함께 이사를 한 뒤 조부모와 함께 살던 중 1951년 조부모가 돌아가시면서 초등학교 졸업 후 홀로 생활을 해야 했습니다.

베트남 전쟁에 참여했고, 돈을 벌기 위해 사우디아라비아에도 다녀왔습니다. 그동안 인환 씨는 아버지 제삿날에 어머니가 돌아가셨다고 생각해서 현숙 씨의 제사를 함께 모셔왔습니다.

민원을 접수한 저는 박인환 씨의 이름으로 특정 조회해 전국에 있는 아홉 명 중 여덟 명이 사망한 것으로 파악했고, 나머지 한 명의 신원을 확인했습니다. 하지만 안타깝게도 그 한 명도 현숙 씨가 찾던 아들이 아니었습니다.

저는 인환 씨의 숙부(사망) 이름으로 조회해 관할 경찰서 지구대를 통해 가족 거주 여부를 두 차례에 걸쳐 확인했으나 이 역시 '빈집'으로 파악되었습니다. 나중에 알고 봤더니 인환 씨의 이름이 조회되지 않았던 이유는 인환 씨의 조부모가 이사를 한 뒤 호적에 재등재하면서 인환 씨의 이름이 다르게 등록됐기 때문이었습니다.

답보 상태에 머물러 있던 찰나, 인환 씨 숙부의 아들이자 인환 씨의 사촌동생을 찾는 데 성공했습니다.

어머니를 찾았다는 소식을 전해들은 인환 씨는 "세상에 이런 반가운 일이 내게 찾아왔다니 꿈만 같습니다."며 감격스러워했습니다.

울지 마라,
오빠가 왔다!

•••

이것을 너희에게 이름은 너희로 내 안에서 평안을 누리게 하려함이라.
세상에서는 너희가 환란을 당하나 담대하라 내가 세상을 이기었노라

[요한복음 16:33]

•••

죽음을 담담히 받아들일 수 있는 사람은 그리 흔치 않습니다. 게다가 이생에 사랑하는 가족, 만약 그 가족이 평생을 그리워하면서도 어쩔 수 없는 사정으로 인해 오랜 세월 만날 수 없었던 가족이라면 목전에 다가온 죽음을 달가워할 리 없을 겁니다.

제가 가족을 찾아준 의뢰자 중 한 명은 암투병을 하시는 분이었습니다. 그의 간절한 소망은 죽기 전에 마지막으로 헤어진 피붙이의 얼굴을 보고, 만진 후 죽음을 맞이하는 것이었습니다.

그리고 평생을 찾았던 가족을 만난 그 의뢰인은 석화처럼 쌓인 그리움을 안고 살아왔던 그 가족이 보는 평온한 분위기에서 임종했습니다.

"죽으면 죽으리이라"

[에스더 4:16]

바사(페르시아)의 왕 크세르크세스의 부하 하만이 제국 전역에 있는 유대인을 죽이려는 음모를 꾸며 교묘히 왕의 허락도 받습니다. 이를 전해들은 유대인 출신 왕비 에스더가 슬픔에 겨워 3일 금식 후 죽음을 무릅쓰고 왕에게 유대인의 목숨을 구해줄 것을 청하기 전 한 말입니다.

이 말은 죽음 앞에 체념한 나약한 인간의 모습이 아닙니다. 죽음 이후 세계에 대한 확신을 갖고 있는 사람의 말입니다. 죽음을 이처럼 담대하게 말할 수 있는 것은 하나님이 약속하신 날에 이루어질 구원을 확실히 믿기 때문일 것입니다.

46년 전 어려운 가정형편 등으로 오빠들과 헤어진 김명진 씨(54세, 가명)의 극적인 남매 상봉은 잊을 수가 없습니다.

저를 찾아온 명진 씨의 안색은 아주 나빴습니다. 들어보니 그녀의 사연은 정말 딱하기 짝이 없었습니다. 대장암 말기 판정을 받고 투병 생활 중이었습니다. 이미 암세포가 전신에 퍼진 상태였습니다.

남편과 아들 둘과 나름 행복했지만 늘 헤어진 세 오빠를 그리워하며 살았던 명진 씨. 죽기 전에 어릴 때 헤어진 오빠들과 만나는 것이 마지막 소망이라는 그녀의 목소리에는 힘이 하나도 없었습니다.

그녀가 떠올린 기억은 단편적이었지만 다른 사람들보다는 구체적이고 정확해서 다행이라는 생각이 절로 들었습니다.

1966년 6월, 남의 집에서 살았고, 오빠가 세 명 있었는데 한 명이 '홍일'이라는 이름을 지녔다고 했습니다. 외가가 서울 구로동이었고, 아버지는 집에 잘 들어오지 않았으며, 거주지는 봉천동이었던 것으로 기억하고 있었습니다.

명진 씨의 어머니는 친구 문상을 다녀와서는 갑작스럽게 돌아가시고 말았습니다. 자상하고 자녀들에게 헌신적이었던 어머니가 돌아가신 후, 아버지는 오랜 시간 집에 안 계시다가 새어머니와 함께 들어왔습니다. 새어머니는 그다지 명진 씨의 남매에게 살갑지 않았습니다. 그로 인해서 아버지는 종종 홍일이 오빠를 혼을 내곤 했습니다. 화가 난 오빠가 집을 나갔고, 그 이후 명진 씨는 남의 집에 가정부로 보내졌습니다. 새어머니에게는 딸이 하나 있었고, 당시 임신 중이라 명진 씨를 버리는 것이라는 말을 아프게 기억하고 있었습니다.

이 집 저 집을 돌아다니면서 가정부로 일했던 명진 씨와 생활고에 장사를 하게 된 오빠들은 세월이 지나면서 연락이 두절됐습니다. 명진 씨는 결혼을 하고 남부럽지 않은 가정을 꾸렸지만 헤어진 오빠들을 영 잊을 수가 없었습니다.

그러던 중 명진 씨는 병원에서 대장암 말기 판정을 받았습니다. 하지만 그녀는 자신의 생을 쉽게 접을 수 없었습니다. 한평생을 그리워한 가족들을 만나고 싶다는 바람 때문이었습니다.

홍일과 홍만이라는 남자 이름은 너무 흔해서 찾는 것이 어려웠습니다. 1,600명 명단을 확인하는 동시에 봉천동 일대 관공서, 초등학교 등 여러 곳을 다녔지만 흔적을 찾을 수가 없었습니다.

환경조사에 들어가 성장배경, 주변 환경, 혼인관계, 친척관계, 장애, 신체 특징 등 다각적으로 압축 조사한 결과 경기도 양주에 거주하는 김홍만 씨(58세, 가명)를 찾을 수 있었습니다. 바로 현장 방문하여 홍만 씨를 만나본 바, 여동생이 한 명 있었고, 형제들의 이름이 김홍일, 김홍만, 김홍철로 과거 기록이 모두 '일치'한다는 결과를 받을 수 있었습니다.

오빠 홍만 씨는 "그동안 동생을 찾기 위해 많은 고생을 했습니다. 믿을 수가 없습니다. 당장 182실종아동찾기센터로 달려가겠습니다. 홍일이 형이 죽기 전까지 여동생을 찾아 전국을 돌아다녔습니다."라며 오열했습니다.

"명진아! 울지 마라, 오빠가 왔다!"

파리한 안색에 복수로 인해 부어오른 배를 한 여동생을 본 홍만 씨는 주저앉아 아이처럼 울었습니다. 가장 막내에 유일한 여자 형제였던 여동생을 한평생 찾아다녔던 오빠는 뒤늦은 만남도 얼마 안 있으면 영원히 끝난다는 사실에 기막혀 했습니다. 저 역시 눈물을 흘렸습니다.

하지만 명진 씨는 행복해 했습니다. 그토록 보고 싶었던 혈육이 자신의 마지막을 지켜봐준다는 사실에 그저 기뻐하기만 했습니다. 가족이라는 것이 무엇인지, 천륜이라는 것이 무엇인지 절실히 느낄 수 있었습니다. 죽음 앞에서도 그것은 전혀 빛바랜 것이 될 수 없는 가장 생생한 가치였습니다.

어머니의
밥상

어머니가 차린 밥상엔 가족을 위한 마음이 고스란히 남아있습
니다. 수십 년이 지나도 변하지 않는 어머니의 손맛, 한결같은
손맛으로 차린 어머니의 밥상을 유독 그리워하는 이들이 있습
니다. 바로 가족을 잃은 사람들입니다.

그중에서도 특히 어머니와 헤어진 사람들은 다른 사람들이 자
신의 어머니가 차려주는 밥상을 맛있게 먹는 모습을 볼 때 특히
그 상실감에 몸부림을 쳤다고 했습니다. 아버지와 어머니, 그
리고 가족들과 함께 마주했던 밥상. 그 밥상에는 추억과 사랑이
녹아 있습니다. 어머니를 다시 만나 어머니가 해준 밥상을 받고
눈물을 흘린 사람들의 이야기가 있습니다.

이름, 거주지, 나이, 주변 환경 등 모든 것에서 아무런 실마리

를 갖고 있지 않아 수사가 아주 많이 힘들었던 20대 초반의 한 남성에게 결국 공개방송을 제안한 적이 있었습니다. 결국 아들을 알아본 어머니가 조심스럽게 연락을 취해와 드디어 모자 상봉이 이뤄졌습니다.

그 남성은 발끝에 낙엽 차이는 계절이 되면 늘 몸살 감기를 지독하게 앓았다고 어머니에게 투정을 부렸습니다. 이유를 묻는 어머니에게 명절이 끼어 있는 그 계절이 너무 쓸쓸하여 절로 아팠다고 했습니다.

어머니와 함께여서 그런지 하루하루가 풍성하게 느껴진다는 그 남성의 감사 전화를 어두운 거리를 헤매다가 받은 저는 괜스레 가슴이 울컥거렸습니다.

"어머니가 처음 끓여주신 미역국과 만두국을 먹으면서 어린애처럼 울었어요. 어머니와 같이 살 큰 집을 알아보고 있어요. 팀장님 정말 고맙습니다."

다른 친구들은 명절에 부모님 선물 사고 가족들과 나누는데 늘 제 자취방에서 홀로 외로워 울었다는 그 청년은 이제는 명절을 손꼽아 기다리고 있다고 말했습니다.

부모와 헤어졌던 자식들의 소망은 그처럼 소박했습니다. 그들이 낯선 환경에서 힘들게 자라면서 거창한 것을 원할 법도 한데 그들이 정작 원했던 것은 정성이 가득한 어머니의 소박한 밥상이나 힘든 일을 마친 후 귀가하신 아버지의 손에 들린 따뜻한 주전부리였던 겁니다.

44년 만에 아흔의 노모와 60이 넘은 아들의 상봉 사연입니다.

어머니 김금희 씨(90세, 가명)는 허석주 씨(64세, 가명)가 한 살 되던 48년 집을 나갔습니다. 젖먹이였던 석주 씨는 새어머니 손에 길러졌습니다.

친어머니의 존재를 까맣게 몰랐던 석주 씨는 초등학교 6학년 무렵 주변 어른들에게 너의 친어머니는 집을 나갔다는 말을 처음 듣곤 친어머니의 얼굴을 단 한번이라도 보고 싶다는 마음에 집을 나가 친어머니를 찾기 위해 돌아다녔습니다.

친어머니를 만나면 다시는 안 본다는 아버지의 만류와 말다툼 끝에 스무 살이 되던 1967년 보성군 벌교에 살던 어머니의 집주소를 알아냈습니다. 초가집에서라도 어머니와 같이 살 수 있다면 소원이 없겠다 생각했습니다. 어머니를 만나는 게 그의 삶의 유일한 희망이었습니다.

하지만 어머니는 이미 재혼한 상태였고 슬하에 자식도 여럿 두고 있었습니다. 어머니의 현재 생활을 흔들어 놓는 일은 불효라 생각했던 석주 씨는 돌아왔습니다. 자신이 탄 버스가 사라질 때까지 바라보며 하염없이 눈물을 흘리던 어머니의 모습을 떠올리며 설움의 눈물을 쏟아냈습니다. 그 후에도 어머니에 대한 원망에 비례해 그리움은 더욱 깊어졌습니다.

석주 씨의 삶은 고행의 연속이었습니다. 수년간 일용노동으로 모은 돈으로 건설 하청 사업에 도전했지만 IMF 등 여러 번의 위기를 겪으며 네 번이나 사업에 실패했습니다.

그러나 성실근면히 일해서 2005년 재기에 성공하고 그해 결혼도 하고 평범하지만 가족의 울타리를 느끼며 행복한 삶을 살았습니다. 하지만 한편에 늘 저린 마음이 있었습니다. 한 번 더 용기를 내어 어머니를 찾기로 했던 석주 씨가 저를 찾아왔습니다.

죽기 전에 어머니를 만나고 싶다는 간절한 염원을 보이는 석주 씨는 오랜 세월이 지난 터라 어머니의 이름조차 확실하게 기억하지 못했습니다. 단지 아는 것은 어머니를 처음 만날 때 들었던 이복동생의 이름뿐이었습니다. 한 마디로 '서울에서 김서방 찾기'였습니다.

이복동생의 이름을 간추려 개개인에게 확인 편지를 띄운 결과, 설을 앞두고 금희 씨를 찾을 수 있었습니다. 원체 고령인지라 설마 아직까지 살아계실까 노심초사하던 석주 씨는 다시 한 번 어머니와 상봉한 것이 그저 기적처럼 느껴졌습니다. 금희 씨는 아들 석주 씨의 얼굴을 어루만지며 그때 차마 전하지 못했던 미안하다는 말만 되풀이했습니다. 아들과 눈을 차마 마주치지 못한 채 눈물만 쏟아냈습니다.

석주 씨는 그날 태어나 처음 어머니가 차려준 밥을 먹었습니다. 목이 자꾸 메고 숟가락을 든 손이 하염없이 떨렸어도 석주 씨는 어머니가 차려 준 밥상 위의 찬과 밥을 모두 다 먹었습니다.

60이 넘었지만 어머니 앞에서는 소년과 같았던 석주 씨는 어머니의 건강한 모습을 보고 나니 여한이 없습니다. 금희 씨 역시 희끗희끗해진 머리카락을 쓸어 넘기는 아들과 그 곁에 선 손주들을 얼싸안으면 소녀처럼 두 뺨이 상기되었습니다.

해지된 대포폰이 실마리가 되어 28년 전 잃어버린 아들과 상봉한 어머니의 사연도 있었습니다.

1983년 당시 여섯 살이던 아들 박민혁 씨(38세, 가명)를 잃어버린 어머니 서미화 씨(59세, 가명)는 실의에 젖어 살다가 2005년 2월 시민단체 홈페이지에 아들을 찾는 사연을 올렸습니다. 하지만 6년이 지나도 아무런 제보가 없어서 포기를 한 미화 씨는 온양온천초등학교 주변에서 포장마차를 하며 힘겹게 살아가고 있었습니다.

민혁 씨는 보호시설에서 성장하고, 고학으로 공부를 하여 모 방송국 시설관리부에 근무하는 성실한 가장이 되었습니다. 2011년 우연히 자신을 찾는 듯한 여성의 글을 우연찮게 읽은 민혁 씨는 어머니를 찾아달라고 센터의 문을 두드려왔습니다.

당시 미화 씨의 휴대폰은 해지 상태인 대포폰으로 추적되었습니다. 포기하지 않고 12일간 추적한 끝에 명의자를 확인했고, 명의자로부터 당시 미화 씨가 온양온천초등학교 주변에서 포장마차를 했던 것 같다는 증언을 받아냈습니다. 그리고 그 주변의 포장마차촌을 샅샅이 탐문하여 미화 씨로 추정되는 여성을 발견했습니다.

미화 씨로부터 아들의 손목 부위에 반점이 있는 점, 실종 당시 정황을 들은 우리는 그녀가 민혁 씨의 어머니라는 것을 확신하고 상봉을 추진했습니다.

나중에 아들을 만난 미화 씨는 오열을 하며 평생을 다른 이를 위해 음식을 만들었던 자신이 아들이 좋아하는 음식을 만들어 줄 수 있다며 아주 행복해 했습니다.

　반백이 된 나이까지 어머니를 찾아 헤매다가 결국 상봉할 수 있었던 허인수 씨(63세, 남, 가명)의 애잔한 사연은 아직도 기억이 납니다.

　인수 씨는 어릴 때 헤어진 어머니를 평생 그리워한 분이었습니다. 같은 하늘 아래 어딘가에서 살아계실 어머니에 대한 깊은 그리움과 그에 반비례하여 늘어가는 가정을 갖는다는 것에 대한 거부감으로 평생을 독신으로 살았던 남자였습니다.

　저를 찾아와 어머니를 찾아달라고 말하는 인수 씨를 처음 봤을 때 언뜻 의아함을 느꼈던 기억이 납니다. 어머니를 찾을 요량이었으면 더 일찍 찾을 것이지 왜 이런 반백의 나이가 되어서야 찾는 것일까 하고 의문스러웠습니다.

　또한 아들의 머리가 이렇게 성성한데 그 어머니라는 분은 얼마나 연로하셨을까, 살아는 계시는 걸까 하는 안타까움도 강하게 다가왔습니다. 하지만 저는 절절하게 젖은 그분의 눈을 보고 깨달았습니다. 가족이라는 울타리가 주는 행복을 찾고자 하는 것은 인간의 당연한 욕망이었음을. 의문을 품었던 제 자신이 다 부끄러웠습니다.

　어머니를 찾는 일은 녹록지 않았습니다. 우선 당장 어머니에 대한 아무런 단서가 남아 있지 않았던 터였습니다. 겨우겨우 찾은 것은 풍문 한 자락이었습니다. 재혼했던 집에 아들이 한 명 있다는 것 외에는 전혀 없었습니다.

저는 그 실낱같은 단서를 더 이어붙이기 위해 탐문 수사를 했습니다. 나이든 동네 사람들 중심으로 끊임없이 묻고 다닌 결과 구순을 넘긴 인수 씨의 어머니가 여전히 살아 계시다는 것을 알았습니다.

드디어 상봉하는 날, 예순 넘은 인수 씨는 자신이 너무 쭈글쭈글 나이 들어 보여 더 늙은 어머니가 가슴 아파하실까 봐 때때옷 같은 새 옷에 이발까지 새로 한 매무새로 나타나셨습니다. 구순이 된 어머니를 보자마자 끌어안고 어린아이처럼 우는 인수 씨의 곁에서 저도 많이 울었습니다.

어린 시절 몇 번 끓여주어서 먹었다는, 그래서 평생 펄펄 끓는 기억 속에 간직한 어머니가 손수 끓여준 흰죽을 인수 씨는 연신 눈물을 흘리며 맛나게 드셨습니다.

눈부신 희망

PART 3

부르심으로 돌아온
사람, 사랑

목숨보다 귀한
사명

하나님은 한 인간이 가야 할 길을 가장 잘 알고 계시는 존재입니다. 그런데 가끔은 걸어가야 할 그 한 길이 나약한 인간이 감내하기에는 너무도 힘든 고통의 시간이 될 때도 있습니다. 하지만 그 시간 동안 끊임없이 단련된 사람들은 용광로에서 나온 정금(순금)처럼 순수하고 흠 없이 하나님 앞에 설 수 있습니다. 단단하면서 빛나는 인재는 쉽게 상처받지 않을 수 있습니다.

한 사람이 '가야 할 길'을 우리는 흔히 '사명'으로 치환합니다. 그리고 그 '사명'을 제대로 완수하려면 거기에 걸맞은 '달란트(재능)'를 갖고 있어야 합니다.

그 재능을 갈고닦는 것 또한 쉽지 않습니다. '10만 시간의 법칙'처럼 한 분야의 독보적인 전문가가 되기 위해서는 매일매일

정해진 시간을 꾸준히 행하는 인내가 필요합니다. 그 수련의 시간은 고통스럽습니다.

힘들다고 포기하거나 아니면 주어진 조건에 맞춰 소극적으로 살아가는 사람들이 있습니다. 하지만 이는 성경 말씀을 위배하는 것입니다. 성경에서는 소극적으로 사는 것을 금기합니다. 악하고 게을러서 자신의 달란트를 땅에 감춘 자의 달란트를 빼앗아 열 달란트를 가진 자에게 주는 내용이 성경에 나옵니다.

하나님은 자신이 가진 재능을 한껏 발휘하지 않는 행위를 죄악으로 보십니다. 안정적인 것을 누리려는 이유 때문에 시간에 대서 정해진 만큼만 일하고 나머지 시간을 즐기자며 나태하게 생활할 수 있기 때문입니다.

자신의 달란트(재능)는 하나님에게 받은 선물입니다. 공부를 잘하는 것, 사업을 잘해 돈을 잘 버는 것, 글을 잘 쓰는 것, 심지어 잘생기고 예쁜 것도 하나의 선물입니다.

우리에게 주어진 결정적 문제는 자신이 서 있어야 하는 자리에서 자신의 달란트를 최고로 발휘하도록 노력해야 함에도 불구하고 그러지 않는다는 것입니다.

'사명mission'의 어원은 라틴어 'missio'입니다. '보내지다'라는 의미를 갖고 있습니다. 내가 이 땅에서 하도록 되어 있는 것, 내가 하기 위해 보내진 것을 찾아서 그것을 아주 잘하기 위해 노력하는 것이 우리들이 이 세상에 태어난 이유이고, 하나님의 자녀들로서 존재하는 이유입니다.

제가 받은 선물은 '가족 찾기'의 재능입니다. 그래서 이 길은 반드시 제가 가야 하는 길입니다. 동시에 남들보다 더 뛰어나다는 소리를 들을 수 있도록 더 노력해야 하는 길입니다. 이 길을 부지런히 걷다 보면 홀로 고난의 길을 가셨던 하나님을 조금이나마 본받을 수 있다고 늘 믿습니다.

모든 율법 중에 가장 중요한 율법은 '하나님을 온 마음과 힘을 다해 사랑하고 내 이웃을 내 몸과 같이 사랑하라!'는 것입니다. 이웃을 섬기는 것은 그들을 사랑하고, 그들이 원하는 일을 하는 것에서 시작합니다.

'실종 가족 찾기'는 과분한 상찬을 바라고 한 일이 아니었습니다. 그럼에도 불구하고 사람들은 저를 종종 오해하곤 했습니다. 양치질할 시간조차 제대로 없이 바쁘게 일하면서 많은 자기희생을 감수해 왔던 저에게 명예욕이나 승진욕 때문이 아닌데 왜 굳이 이 일을 사명으로 삼았는지 여쭤보곤 하십니다.

경찰관의 사명도 있었지만 그전에 하나님이 주신 사명으로 알고 일했기 때문에 포기할 수 없다는 저의 소명의식을 제대로 이해해 주는 사람들은 처음에는 그닥 많지 않았습니다. 하지만 이제는 제 자신이 세속의 사람들에게 이해를 구하기 위해 안달복달하지 않습니다. 오직 하나님과 제 내면에만 이해를 구하면 된다는 것을 깨달았기 때문입니다.

저 역시 왜 내가 이 어렵고 고독한 길을 가야 하는지를 자문한 적이 있었습니다. 사람들에게 고소고발을 당하고, 팔뼈가 뒤틀리면서까지 이 일을 해야 하는지 깊은 회의가 밀려오던 때였습니다. 그러다가 간절한 기도 끝에 답을 얻었습니다. 이 일은 하나님께서 제게 주신 사명이었기 때문이었습니다.

"내게 능력 주시는 자 안에서 내가 모든 것을 할 수 있느니라!"

[빌립보 4:13]

'내가 택하심을 받았는지 알려면 나 자신부터 하나님을 나의 하나님으로 택했는가를 알아보라!'는 말이 있습니다. 진짜로 제가 하나님을 제대로 영접했고, 올곧은 믿음을 드렸기에 제가 능력을 받고, 사명을 가진 이로 택해졌다고 저는 확신합니다.

"인자가 온 것은 섬김을 받으려 함이 아니라 도리어 섬기려하고
자기 목숨을 많은 사람의 대속물로 주려 함이니라!"

[마태복음 20:28]

'하나님의 쓰임을 받는 자'는 '성령의 감동을 입은 자'라 했습니다.

홀로 고난의 길을 가셨던 주님, 모든 물과 피를 흘리면서 그 길을 가진 주님, 우리를 너무도 사랑하셨기에 외롭고 소외된 길이라는 것을 알고도 묵묵히 걸어가신 그분의 발자취를 따라 걷는 것이 제가 주님을 기억하는 유일한 사랑법입니다.

폭풍우 치고, 돌팔매가 난무하는 험난한 난의 길을 선뜻 걸으려고 하는 사람은 많지 않습니다. 기꺼이 '아버지 저를 보내주옵소서!'라고 고백할 용기를 가진 이가 이 세상에 얼마나 될까요?

저 역시 처음에는 많이 두려웠습니다. 저는 나 자신을 잘 포장하는 사람이 아닙니다. 무서운데 다른 이들의 눈치를 보느라, 용감한 척 하느라 거짓으로 괜찮다고 말할 수는 없었습니다. 하나님께 기도를 하면서 물었습니다. '저는 두렵습니다. 제가 잘할 수 있는지 의문스럽습니다. 이런 저라도 나아가도 될까요?'

제가 하나님께 솔직하게 나아갔을 때면 하나님은 늘 답을 주셨습니다. 그래서 더더욱 하나님 앞에는 모든 것을 내려놓고, 발가벗고 다가갈 수 있었습니다.

2004년도 어느 날, 실종자 가족 찾기 일이 너무 버거워 다른 부서로 옮기는 것을 고민하던 때였습니다.

"나에게는 평온도 없고 안일도 없고 휴식도 없고 다만 불안만이 있구나."

[욥기 3:26]

불안이 영혼을 잠식할 때가 있습니다. 앞이 보이지 않는 미래에 두려워할 때는 누구나 있으실 것입니다. 예상대로 삶이 돌아가지 않으면 불안합니다. 극심한 어려움에 처하면 비탄에 빠지기 쉽습니다.

성경의 '욥기'에 보면 고통 속에서 낙담하는 욥의 모습이 생생히 그려져 있습니다. 의인이던 욥이 그의 소유물과 자녀, 부인을 잃고 심지어 자기 자신까지도 자기를 버린 듯한 한계 상황에 처해 한탄을 거듭하고 있습니다. 그래서 의인 욥은 자신의 생일을 저주하기도 하고 낳아준 부모도 원망하며 심지어 죽은 자를 부러워하기도 합니다. "왜 태에서 죽어 나오지 아니하고, 자신의 어미가 자신을 낳을 때 자기가 죽지 않았던가?"라며 통탄하고 울부짖습니다.

> "내 영혼아 네가 어찌하여 낙심하며 어찌하여 내 속에서 불안해하는가.
> 너는 하나님께 소망을 두라.
> 그가 나타나 도우심으로 말미암아 내가 여전히 찬송하리로다."
>
> [시편 42:5]

욥의 피난처이자 요새는 하나님뿐이셨습니다. 하나님 품에서 상처받은 몸과 마음을 추스릅니다. 그리고 하나님의 의지와 뜻을 거스르는 자들에 대해 방어하고 믿음의 공격을 준비합니다.

> "여호와는 나의 빛이요, 나의 구원이시니 내가 누구를 두려워하리오.
> 여호와는 내 생명의 능력이시니 내가 누구를 무서워하리오
> 여호와께서 환난 날에 나를 그의 초막 속에 비밀히 지키시고
> 그의 장막 은밀한 곳에 나를 숨기시며 높은 바위 위에 두시리로다."
>
> [시편 27:1-5]

저 역시 마음속에서 갈등과 번민으로 괴로워하던 그날, 방에 엎드려서 '제 삶을 하나님께 드리겠습니다. 저를 원하시는 바대로 사용해 주세요!'라고 기도 드렸습니다. 몇 시간 동안 기도를 하는데 갑자기 '거룩하게 서 있으라!'는 답을 주셨습니다. 제가 있는 자리에서 거룩하게 서 있는 것이 저의 사명이라는 것을 깨달은 겁니다.

불현듯 대여섯 살 때에 가족과 헤어져 고아원 같은 낯선 건물, 낯선 외모의 이방인 가족들을 만났을 때의 충격과 공포를 고스란히 간직한 채, 평생 마음속 상처를 껴안으며 부모님을 찾겠다는 평생소원을 내게 내보이는 그 애잔한 눈빛들이 뇌리에서 파노라마처럼 스쳐갔습니다. 그 눈빛들을 영원히 외면할 수 있을까? 결국 저는 제가 그러지 못한다는 것을 깨달았습니다.

그들이 가족과 상봉해서 흘리는 기쁨의 눈물을 보면서 당장 일신이 고되다고 더 편한 부서로 옮겼다가는 제 자신이 훨씬 더 힘들고 괴로운 마음을 가질 것이라는 걸 알았습니다.

하나님은 지금까지 저를 '잘' 사용하시고 계십니다. 제 모든 인생의 삶이 하나님의 계획 안에 있는 것이라면 그 주어진 길이 무엇이든지 열심히 하리라 다짐하며 살아가고 있습니다.

제가 실종자를 찾고, 가족들과 그들을 다시 재회시키는 벅찬 일을 하게 된 것도 다 하나님의 계획 안에 있기 때문이라고 생각합니다. 그래서 저는 잘난 척을 할 필요도, 남들이 제게 고마워할 필요도 없다고 생각합니다. 누군가의 계획이 계획대로 이뤄지는 것에 굳이 우쭐대거나 잘난 척한다는 것은 얼마나 우스운 일이겠습니까?

삶의 궁극적인 목표는 진정으로 하나님의 영광을 드러내는 일에 도구로 쓰여 저를 통해 더 많은 사람이 하나님을 만나게 되기를 바라는 것이었습니다. 그것이 바로, 제가 받은 사랑을 되돌려줄 수 있고, 하나님의 사랑 덕분에 제가 느끼는 이 기쁨을 모두가 느낄 수 있게 되는 길이라고 생각합니다.

저를 이끄시는 대로 하나님 뜻에 순종하며 살면 행복하다는 것을 저는 알고 있습니다. 왜냐하면 하나님께서는 우리가 행복하기를 세상에서 가장 간절히 원하는 분이시기 때문입니다.

제가 하나님의 사랑을 알게 되고 그 은혜를 받는 것이 정말 자랑스러워 어떨 때는 남들보다 더 가졌다는 우월감이 들기도 합니다. 그래서 제가 그것을 과시하고 자랑하게 될까 봐 두렵기도 하고, 저의 부족한 모습 때문에 하나님의 이름을 욕되게 할까봐 혼자서만 조용히 하나님 사랑을 맛보고 즐거워했습니다.

그런데 요즘 드는 생각은 믿지 않는 자들에게 복음을 전해야 하는 당연한 의무를 제가 너무 잊고 산 것은 아닌가 하는 것입니다. 처음에는 종교나 믿음 같은 문제는 누가 말로써 설득할 수 있는 문제가 아니라고 생각했습니다. 하지만 우리가 정말 하나님을 사랑한다면 모르는 사람에게 그분을 알게 해주고 싶어지는 게 당연한 게 아닌가 하는 생각이 들었습니다. 정말 사랑한다면 좋은 것을 서로 나누고 싶어지는 것처럼 말입니다.

가족 찾기 일을 하면서 늘 뜨겁게 성령님이 임하시는 것을 느꼈고, 여러 가지 기사이적도 경험했습니다. 그 기적을 하나님을 몰라서 평온을 얻지 못하는 가련한 이웃들과 더 나누고 싶다는 생각을 하게 되었습니다. 이제는 하나님의 통로 되어 그분의 빛을 기꺼이 세상에 선보이는 일에 앞장서는 일을 하고 있다고 자부합니다.

사명은 목숨보다 귀하다고 하나님은 말씀하셨습니다. 사명을 그저 그런 인간의 직분과 인간의 마음으로 행하려고 했다면 아마 벌써 그만두었을 것입니다. 그러나 제 마음 중심에는 하나님이 계십니다.

'사람 찾기의 명수'의 노하우를 묻는 분들에게도 저는 말합니다. 노하우라는 것이 별게 아니라 바로 '사명'이라고 대답합니다. 그리고 '사랑'이라 말합니다.

저의 일을 사명과 사랑으로 생각해 가장 득을 본 사람은 누구일까요? 바로 저 자신입니다. 사랑하는 사람들에게 우리가 행동하는 모습을 기억해 보세요. 가장 강하면서도 효과적으로 방법, 노력, 열정 등을 모조리 투입하지 않습니까?

저도 그랬습니다. 그래서 다른 사람들보다는 빨리, 쉽게 실종자 가족을 찾아나갈 수 있었으니 바로 제가 가장 큰 득을 봤다는 소리는 그냥 나온 말이 아닙니다.

길 잃은
어린 양 찾기

• • •

나 비록 음산한 죽음의 골짜기를 지날지라도
내 곁에 주님 계시오니 무서울 것 없어라
막대기와 지팡이로 인도하시니 걱정할 것 없어라

[시편 23:4]

• • •

"형통한 날에는 기뻐하고 곤고한 날에는 되돌아보아라!

이 두 가지를 하나님이 병행하게 하사

사람이 그의 장래 일을 능히 헤아려 알지 못하게 하셨느니라."

[전도서 7:14]

인생은 좋은 날과 고단한 날들이 씨줄과 날줄로 짜인 옷입니
다. 까닭도 없이 곤고한 날이 펼쳐질 때 하나님이 주신 어떤 특
별한 의미가 있지는 않을까 생각해 볼 필요가 있습니다. 정말
그런 때가 하나님을 바라보아야 할 때이기 때문입니다.

가족을 잃어버린 사람들은 고단한 시간 한 가운데에서 시간이
멈춰져 있는 사람들입니다.

'살아생전에 다시 만날 수만 있다면 여한이 없을 텐데…….'

대부분 가슴 아픈 사연으로 헤어진 가족들을 찾는 사람들의 한결같은 심정입니다.

길을 가다가 사람을 찾는다는 현수막이 내걸린 것을 보신 적 있으실 것입니다. 길거리에서 한번쯤은 전단지를 돌리는 초췌한 가족들을 만난 적이 있으실지도 모르겠습니다. 어떤 이는 한번 스윽 볼 수도 있고, 제대로 꼼꼼히 읽어보시는 분들도 계실 것입니다. 하지만 대부분의 사람들은 무심한 표정으로 그 앞을 지나치기 십상입니다.

하지만 그 현수막을 걸거나 전단지를 돌리는 가족의 마음은 하염없이 애절합니다. 까맣게 타다 못해 허연 재만 풀썩일 정도로 마음은 불안과 걱정으로 쩍쩍 갈라집니다.

일찍 아버지가 돌아가시는 바람에 여섯 살 때 광명시에서 고모와 단둘이 살던 황성규 소년이 있었습니다. 카네이션을 사러 가기 위해 길을 나섰다가 길을 잃고 울던 소년은 신고를 받고 출동한 경찰에 의해 서울 응암동 소년의 집으로 보내졌습니다.

가족들과 떨어져서 외로움과 고단함으로 살아가던 소년은 어느새 어른이 되었고, 가족들을 찾기 위해 저를 찾아 왔습니다. 결국 가족들과의 만남이 성공했지만 그동안 서로의 삶은 너무도 많이 힘들었습니다.

어느 날 갑자기 일어난 소년의 실종으로 소년과 가족들의 삶은 이전과는 한없이 달라질 수밖에 없었습니다. 고모는 그동안 혼자 남은 조카를 잃어버린 후 죄책감에 괴로워하다가 결혼도 하지 않고 홀로 살아왔습니다. 자신이 가정을 꾸리고 예쁜 아이를 낳는다면 길을 잃고 어딘가를 떠돌고 다닐 생떼같은 조카를 잊어버릴까 봐 스스로를 벌주듯 그렇게 괴롭게 살아왔던 것입니다.

28년 만에 상봉하는 자리에서 황성규 씨는 가슴속에서 조심스레 카네이션을 꺼내 고모의 가슴에 카네이션을 달아드리면서 "더 일찍 달아드리지 못해서 죄송합니다."라며 눈물을 쏟았습니다.

카네이션을 사러 갔다가 실종된 황성규 씨

삶의 고통을 정면에서 직면하는 것이 힘든 사람들은 때때로 고통을 회피하거나 혹은 그 상황에서 도망칩니다. 그도저도 아니면 아무런 생각없이 체념한 채 순응해 버립니다.

하지만 자신의 외로운 삶을 회피하고 순응하는 대신 가족을 찾는 것에 도전한 남자는 새로운 미래를 얻을 수 있었습니다.

저 역시 가족 찾기를 하면서 가족들의 다양한 감정들을 그대로 이어받아 힘들 때가 많았습니다. 수사는 진척되지 않는데 수사를 의뢰한 사람들이 제풀에 포기하거나 잃어버린 가족들을 그리워하다가 돌아가실 때 엄청난 고통을 저 역시 느껴야 했습니다.

사람은 연약한 존재니까 사람의 눈으로 봤을 때 현재의 상황이 위기인 것처럼 보일 때가 많습니다. 그래서 겁도 나고, 달아나고 싶은 마음도 생기는 것입니다.

저 역시 이 일을 하면서 고소고발도 여러 차례 당했습니다. 제가 아무리 경찰이어도, 제가 하는 일이 아무리 정당한 업무의 연장 선상이었다 하더라도 막상 이런 상황이 닥치면 포커페이스를 유지하기란 쉬운 것이 아닙니다. 저도 사람인지라 살 떨리게 억울하고, 알아주지 않는 이들을 향해 분노하는 마음이 생기곤 합니다.

그럴 때마다 제가 외우는 성경 구절이 있습니다.

"현재의 고난은 장차 우리에게 나타날 영광과 비교할 수 없도다."

[로마서 8:18]

하나님의 눈으로 보면 현재의 위기는 더 큰 영광을 위한 준비일 수도 있습니다. 저도 그랬습니다. 결국 진실은 드러나는 법이고, 진심은 통하는 법입니다.

하나님이 항상 나와 함께하신다는 것을 안 순간부터 담대해질 수 있었습니다. 내가 어디로 가든지 그분이 함께할 것을 알고 있기 때문입니다. 하나님은 제게 두 손으로 가린다고 그 온기와 존재를 지울 수 없는 절대존재이시기 때문입니다.

"너희 중에 어떤 사람이 양 백 마리가 있는데 그중의 하나를 잃으면

아흔아홉 마리를 들에 두고

그 잃은 것을 찾아내기까지 찾아다니지 아니하겠느냐"

[눅 15:4]

하나님은 잃어버린 자를 찾는 마음을 나타내는 일에 우리를 동역자로 부르시는 것 같습니다. 한 마리 길 잃은 어린 양을 찾는 심정으로 실종자들을 찾아나가면서 이 성경구절을 늘 마음에 새겼습니다.

길을 잃고 어두운 곳에서 헤매는 사람들이 멀리서라도 저를 보고 찾아올 수 있도록 제 안에 빛을 가득 담은 사람이 되고 싶었습니다.

"예수께서 대답하시되 낮이 열두 시간이 아니냐,

사람이 낮에 다니면 이 세상의 빛을 보므로 실족하지 아니하고

밤에 다니면 빛이 그 사람 안에 없는 고로 실족하느니라."

[요한복음 11:9-10]

'자신 안에 빛이 있는 사람'은 언제 어디서나 하나님의 길에 따라 살아가는 사람입니다. 불의와 타협하지 않고 눈앞의 이익이나 쾌락 때문에 부정부패에 손을 담그지도 않습니다.

"그의 마음에는 하나님의 법이 있으니 그의 걸음은 실족함이 없으리로다."

[시편 37:31]

사람들은 살아가면서 선택하는 여러 길이 있습니다. 그 수많은 길 중에서 어떤 길이 옳은지는 모르겠습니다. 자기 딴에는 올바르다고 생각한 기준에 의해서 선택했음에도 불구하고 결국 '불행한 결말'로 맞이하는 사람들도 많이 봤습니다.

제 선택의 기준은 딱 하나입니다. 저는 하나님께 모든 것을 맡깁니다. 선택지들을 앞에 두고 하는 흔한 방황이나 아쉬움 따위가 제게는 절대 남아있지 않습니다.

"너희 염려를 다 주께 맡기라. 이는 그가 너희를 돌보심이라."

[베드로전서 5:7]

"잘못된 곳으로 가는 길은 많다. 하지만 진리에 이르는 길은 단 하나다."

루소의 말처럼 참되고 의로운 길을 걷는 사람이 바로 '의인'이라고 생각합니다.

성경에서 말하는 '빛과 소금' 같은 사람이 되기 위해서는 하나님께 '전심을 다해 섬기고 하나님께 모든 것을 맡겨야' 합니다. 그리고 하나님을 통해 '느끼고, 실행하기'만 하면 됩니다.

길 잃은 어린 양은 멀리서도 그 빛을 보고 찾아왔고, 제 손에 이끌려 집으로 돌아갔습니다. 아직도 어딘가에서 울고 있을 양을 느끼기 위해 저는 오늘도 이 골짜기, 저 골짜기 뛰어다닙니다. 간절한 만남이 기적처럼 이뤄지는 그날까지…….

믿음으로 사는
의인처럼

• • •

그는 영원히 흔들리지 아니함이여

의인은 영원히 기억되리로다

[시편 112:6]

• • •

"하나님이 우리를 부르심은 부정하게 하심이 아니요 거룩하심이니

그러므로 저버리는 자는 사람을 저버림이 아니요

너희에게 그의 성령을 주신 하나님을 저버림이니라."

[데살로니가전서 4:7-8]

하나님이 왜 우리를 만드셨을까요?

성경에서는 하나님의 영광을 위해 만드셨다고 나와 있습니다.

우리는 세상보다 귀하게 만들어졌습니다. 천하보다 귀한 우리
는 돈으로, 물질로, 이성으로 우리의 마음을 채우려 하지만 허
전함을 채울 수 없습니다. 허전한 마음을 채울 수 있는 것은 하
나님밖에 없습니다.

때론 이 세상은 공의公義가 없고, 더럽고, 불공평하다는 생각이 들기도 합니다. 하지만 하나님이 말씀하시길 "의인은 믿음으로 산다."고 했습니다. 불공평한 이 한세상, 믿음으로 부지런히 살아나가는 것입니다.

고린도후서에 '부족함 없이 너희를 채워주는 건 너희로 선한 일을 하게 함이라'라는 구절이 있습니다. 저는 지금 제게 주신 것들도 너무 과하다고 생각합니다.

하나님께 간구할 때 아프고 힘든 사람들에게 무한한 축복과 은혜를 줬으면 좋겠다고 기도합니다.

제 자신을 하나님의 영광을 드러내는 일에 쓰이는 도구라고 생각하면서도 더 도와주지 못해 무기력함에 빠져서 흔들리는 때가 제게도 있습니다. 그럴 때마다 거짓 영광이나 유혹이나 두려움에 제가 흔들리지 않도록 늘 성경 구절을 암송하려고 노력합니다.

솔직히 일에 치여 사는 제가 그렇게 하는 것이 쉬울까 싶기도 하겠지만 저는 초분을 세는 일선에서도 성경일독을 여러 번 해내었습니다. 매일매일 조금씩이라도 성경을 읽습니다. 제가 잘나서도, 끈질겨서도, 남들 이목이 두려워서도 아닙니다.

"저 사람 성도라면서도 성경구절을 몰라?", "성경 한번을 읽는 모습을 못 봐?"라는 주변 사람들의 비아냥거림이 무서워서라면 한두 번 빼먹을 수도 있겠지만 제가 진정으로 무서워하는 것은 그런 것이 아닙니다.

성경을 읽지 않으면 제가 기력이 빠지고, 슬럼프에 빠지는 기이한 체험을 몇 번을 겪은 후부터는 저 자신이 살아 숨쉬기 위해서 읽게 되었습니다. 정말이지 성경말씀은 살아 숨 쉬면서 제게 비타민, 활력산소, 무기질이 되어 주었습니다. 성경을 어쩌다가 소홀히 하는 날은 배가 고프면 허기에 기운이 꺾이듯이 몸의 기운이 사그라들어 아무것도 할 수 없었습니다.

"하나님의 말씀은 살았고 운동력이 있어
좌우에 날 선 어떤 검보다도 예리하여
혼과 영과 및 관절과 골수를 찔러 쪼개기까지 하며
또 마음의 생각과 뜻을 감찰하나니."

[히브리서 4:12]

교회에 발만 들여놓으면 하나님의 사랑이 확 느껴지곤 합니다. 제가 회복되는 것을 완연하게 느끼곤 했습니다. 제가 섬기지 않은 교회에도 하나님은 계셨습니다. 성전에 들어가기만 해도 저를 만나 주셨고, 찬양만 들어도 하나님을 느끼게 해 주셨습니다.

밥은 굶고 잠은 못 자도 꼭 기도와 예배는 하고자 노력하고 있습니다. 늘 진실한 믿음을 품기 위해 노력했습니다. 믿음을 활용하지 않는 자는 하나님의 축복을 받을 수 없다고 생각하기 때문입니다.

제가 그동안 지치지 않고 실종된 가족을 찾을 수 있는 능력과 힘의 비결은 매주일 섬기는 영안교회에 '갈보리성가대' 찬양단 원으로서 활동입니다. 마음껏 찬양하고 기도하는 성가대를 통해 능력과 새 힘을 받고 있는 것입니다. 최근에는 '영안기타찬양단'을 조직하여 기타찬양을 통해 여호와 하나님께 영광을 돌리고 많은 은혜를 받고 있습니다.

영안교회기타찬양단 단장으로 봉사

그저 성경구절을 줄줄 외우거나, 예수 그리스도에 관하여 믿고 아는 것만으로는 충분하지 않습니다. 우리는 그리스도를 참으로, 온전히 믿어야 합니다. 믿음은 하나의 의견이 아닙니다. 절대로 반론을 제기할 수 없는 진리입니다.

하나님을 맹목적으로 믿으라는 소리가 아닙니다. 하나님도 잘 알아야 합니다. 의심하라는 소리는 아닙니다. 알면서도 믿지 못하면 안 됩니다. 이제 믿으신다면 그의 말씀을 온전히 따르는 것이 행해져야 합니다. 하나님을 믿는다는 것은 지성과 감정과 의지 모두를 쏟아 붓는 행위라고 누군가는 말했습니다.

이러한 믿음들이 가족의 상봉과 회복과 치유까지 이뤄낼 수 있었던 원동력이라 생각합니다.

보육시설에 맡겨진 김선화 씨(41세. 여. 가명)가 40년 만에 아버지와 만나게 되었습니다. 어린 선화 씨를 떼어놓을 당시 그녀의 부모는 모두 시각장애를 앓고 있었습니다. 도저히 자식을 키우기 어려운 상태였습니다. 사람이 앞을 볼 수 없다는 것은 너무나 두렵고 무서운 일이었을까요?

돌아가신 저희 어머님이 어린 시절 저에게 하신 말씀이 기억이 납니다.

"세상에서 가장 불쌍한 사람은 앞을 볼 수 없는 사람이란다."

그렇게 힘들게 살아야 하는 시각장애인 부모들은 딸 선화 씨를 보육시설에 맡길 수밖에 없었습니다. 이후 사정이 나아져서 선화 씨의 아버지가 딸을 되찾고자 보육시설을 방문했지만 이미 딸은 실종된 상태였다고 합니다. 하지만 선화 씨의 아버지는 단 한 번도 딸을 포기하자고 생각해본 적이 없었습니다.

아버지의 신고를 접수하고 나서 프로파일링 시스템 자료를 분석하고 컴퓨터로 조회하여 부산 지역에서 선화 씨와 유사한 실종 사례와 동명인 추적에 나섰습니다.

이러한 노력 끝에 마침내 한 여성을 찾았습니다. 비록 보육원

자료에 기록된 아버지의 이름은 달랐으나 사연 내용 중 많은 부분이 일치했습니다. 그래서 유전자를 채취해 국과수에 분석을 의뢰했습니다. 그 결과 99.99% 친자관계로 확인된다는 검사결과를 받았습니다.

그런데 어째서 선화 씨 아버지의 이름이 다르게 기재돼 있었던 걸까요? 나중에 안 사실이지만 선화 씨의 아버지가 딸을 보육원에 맡기면서 이름을 잘못 쓴 탓이었습니다.

아버지를 만나게 된 선화 씨는 아버지를 다시 만난다는 생각에 정성스럽게 아버지의 속옷까지 준비하는 착한 딸로 커 있었습니다. 처음에 그녀도 자신을 버린 부모를 많이 원망했지만 아버지가 시각장애가 있다는 말을 듣고 모든 것을 용서하고 이해하게 됐다며 눈물을 흘렸습니다.

사람이란 존재는 무엇인가를 믿게 되면, 그것은 의식하고 있건 없건 간에 마음속에서 크게 자라는 법입니다. 그리고 반드시 그렇게, 그 비슷하게라도 이뤄지는 법입니다.

그래서 이왕이면 선한 것을, 완전무결한 것을 믿을 필요가 있습니다. 세속의 세상에서는 그런 것이 존재할 수가 없습니다. 이브가 뱀의 농락에 넘어가 선악과를 따먹고 에덴동산에서 추방된 이후부터 그런 순정한 것은 이 세상사에 있을 수가 없는지도 모를 일입니다. 하지만 하나님의 음성과 마음은 순도 100% 깨끗하고 무결합니다.

하나님에 대한 변함이 없는 믿음을 가지고 사는 사람에게는 안정이 생길 수밖에 없습니다. 영원한 인생과 확실한 구원을 생각하며 사는 사람에게는 미욱한 불안과 속된 유혹과 잡스러운 두려움이 생길 여력 따위는 없으니까요.

가끔은 하나님에 대한 믿음이 아무리 강해도 가끔은 자신이 짊어진 짐이 너무 버거울 때가 있습니다. 하지만 그 짐까지도 여호와께 맡길 줄 알아야 합니다. 그 짐으로 인해 의인이 요동치는 것을 하나님은 절대 원하지 않으십니다.

"너희 염려를 다 주께 맡겨 버리라. 이는 저가 너희를 권고하심이니라"

[벧전 5:7]

하나님의 자녀가 되는 것은 혈통으로나 육정으로나 사람의 뜻에 의해 되는 게 아니라 오직 그분의 은혜와 간섭에 의해 결정되는 것입니다.

저는 저를 하나님의 리모컨으로 생각합니다. 저의 모든 것을 관장하시고 저를 행동하게 만드시기 때문입니다. 행동이 없는 믿음을 가진 자는 의인이 될 수 없습니다.

믿는다는 것이 이 세상에서 제일 큰 힘이 될 수 있다는 것은 하나님을 알게 되면서 깨닫게 된 가장 큰 자산이었습니다. 믿음은 우리의 삶 가운데 비범한 능력을 발휘하도록 하는 촉매제가 됩니다. 하나님에 대한 견고한 믿음을 가지고 행동하는 사람의 삶은 남다를 수밖에 없습니다.

이런 재산을 잃지 않으려면 어설프게 하나님을 믿어서는 안 됩니다. 어떤 사람도 비웃지 못할 만큼 강렬한 믿음의 순종을 드리는 것이 하나님의 음성에 내보이는 제 응답이었습니다.

인간이라면 행복한 삶을 넘어 거룩한 삶을 살아갈 의무가 있습니다. 왜냐하면 하나님의 형상으로 만들어진 우리이기에 행복해야 하고, 동시에 그분의 손길을 받은 존재로서 하나님께 순종한 채, 빛나고 아름다운 삶을 가꿀 책임이 우리 인간에게는 있기 때문입니다.

"하나님이 허락하지 않으면 참새 한 마리도 땅에 떨어지지 않는다."

[마태복음 10:29]

세상에 존재하는 그 모든 것들은 우리에게 진정한 사랑이 무엇인가를 가르쳐 주기 위해 하늘이 보내 온 소중한 메시지라는 것을 믿어야 합니다!

그리하여 그 모든 것들을 다만 있는 그대로 받아들일 때 하나님에 대한 지극한 믿음이 탄생한다는 것을 믿어야 합니다!

그 진실과 비밀을 몰라 끊임없이 그것을 거부하고 저항하고 외면하면 힘이 든다는 것을 믿어야 합니다!

그래서 저는 완전무결하게 하나님을 믿습니다!

"아멘!"

선한 사마리아인의
세상

● ● ●

내가 어려서부터 늙기까지 의인이 버림을 당하거나

그 자손이 걸식함을 보지 못하였도다

[시편37:25]

● ● ●

사람은 하나님이 당신의 형상을 본떠서 창조하신 존재입니다. 그런 사람을 만든 후에 하나님은 얼마나 흡족하셨으면 "보시기에 심히 좋았더라!"라는 말씀을 남기셨을까요? 이렇게까지 표현이 된 사람이란 얼마나 귀한 존재입니까?

그런 의미에서 하나님이 만드신 피조물인 사람은 스스로를, 그리고 타인을 매우 소중히 여겨야 합니다. 그럼에도 불구하고 이 세상에는 타인을 해치는 사람들이 너무도 많습니다.

제가 경찰에 투신한 이후 여기저기에서 본 많은 범죄 현장에서 마주친 사람들은 그런 하나님의 깊은 뜻을 위반하는 어리석은 자들이었습니다. 남을 속이고, 때리고, 해치고, 그들의 재산과 사람을 탐내는 어리석은 사람들 중 으뜸은 그것이 엄청난 죄인 줄도 모르거나 제대로 깨닫지 못하는 이들이었습니다.

다른 사람을 해치는 사람들 못지않게 자신의 가족들에게 상처를 주는 사람들을 많이 보았습니다. 특히 이 실종자 가족들을 찾는 과정에서 만난 사람들 중에서는 차마 가족들에게 하지 말아야 할 죄를 저지르는 사람들도 많이 보았습니다.

대부분 이별의 원인을 제공하는 사람들은 어머니보다는 아버지인 경우가 많았습니다. 물론 어쩔 수 없는 이유로 사랑하는 자녀들과 헤어진 아버지 역시 많습니다.

남편에게 반복적인 학대를 당하다가 견디지 못하고 집을 나간 아내. 하지만 이것이 그 가정이 가진 결말이 아니었습니다. 알코올 중독자인 아버지는 남은 자녀들을 학대하거나 방임하고, 심지어 의도적으로 갖다 버리기도 했습니다.

예수님은 십자가를 지시기 수 시간 전에 제자들의 발을 씻기신 후에 말씀하셨습니다.

"나는 세상을 이겼노라!"

몇 시간 후에 십자가를 지실 거라는 사실을 아시면서 "내가 세상을 이겼노라. 너희는 담대하라. 내가 세상을 이겼노라!"라고 말씀하셨습니다. 그 말인즉슨 자신의 마음속에 존재한 걱정과 불안을 예수님께서는 이기셨던 것입니다.

저는 늘 이런 예수님의 모습을 따르고자 노력했습니다. 제가 오는 고난 앞에서도 담대하기로 결심했습니다. 걱정만 하고, 불안해하기만 한다고 이 세상의 모든 것이 달라지지는 않습니다.

이런 예수님의 담대함을 따르려는 이들이 있습니다. 세상은 그들을 가리켜 '의인' 또는 '선한 사마리아인'이라고 말합니다. 성경에 강도를 만나 상처를 입고 길에 버려진 사람을 다른 사람들은 외면했으나 사마리아인만이 구해주었다는 이야기가 있습니다.

프랑스, 독일, 포르투갈, 스위스, 네덜란드 등 많은 국가들의 형법에는 '선한 사마리아인 조항'이라는 것을 갖고 있습니다. 위험에 처한 사람을 자기가 위험에 빠지지 않음에도 불구하고 외면한 사람을 징역이나 벌금에 처하는 법입니다.

"내가 주와 또는 선생이 되어 너희 발을 씻었으니

너희도 서로 발을 씻어주는 것이 옳으니라

내가 너희에게 행한 것 같이 너희도 행하게 하려 하여 본을 보였노라"

[요 13:14-15]

"사람이 친구를 위하여 자기 목숨을 버리면 이에서 더 큰 사랑이 없나니"

[요 15:13]

예수님이 우리를 섬기셨듯이 우리 인간들도 서로 섬겨야 한다고 말씀하셨습니다.

이웃들 중에서도 가난하고 아픈 이웃들의 상황에 공감하는 사람들이 많아지는 세상이 평화로운 세상입니다. 창녀나 과부나

고아나 귀머거리와 벙어리에게 사랑을 베풀어주신 예수님은 최고의 사랑과 배려의 아이콘입니다.

그분의 말씀처럼 이웃을 위해 위험을 무릅쓰고 달려들어 생명과 재산을 구하거나, 불의를 대신 응징하는 '선한 사마리아인'이 더 많아져야 합니다. 하지만 현실 속에서 이 사마리아인은 점점 줄어들고 있습니다.

대한민국에서 의인으로 살아가는 것은 쉬운 일이 아닙니다. 위험해질까 봐, 귀찮아질까 봐 침묵하는 사람들이 점점 늘고 있습니다. 실제로 의인에 대한 합리적인 보상이 제대로 되지 않거나 오히려 시비에 휘말려 손해를 보는 일도 종종 생겼습니다. 함께 살아가는 이웃에 대한 배려가 각박하게 메마르고 있습니다. 다른 사람의 고통에는 둔감하면서도 내 손에 박힌 가시를 대못으로 여기는 사람이 많아지는 세상은 얼마나 각박할까요? 가뜩이나 행복 빈곤국인 우리나라에 의인마저 멸종이 된다면 이보다 심각한 일은 없을 텐데 말입니다.

의인, 선한 사마리아인들이 집단 거주하는 나라로 만들기 위해 제도적, 법적, 문화적 기반을 만들 필요가 있습니다. 그나마 응급사항에 처한 환자를 도울 목적으로 행한 응급처치 등이 본의 아니게 재산상의 피해를 입혔거나 사상에 이르게 할 경우 고의 또는 중대한 과실이 없는 한 형사상의 책임을 감면해 주는 법률상의 면책제도인 선한 사마리안 법이 2008년부터 시행되고 있다는 것은 뒤늦었지만 매우 다행스런 일입니다.

· "우리가 알거니와 하나님을 사랑하는 자
곧 그 뜻대로 부르심을 입은 자들에게는
모든 것이 합력하여 선을 이루느니라."

[롬 8:28]

많은 이들이 공동체 의식을 갖고 서로를 배려를 하며 살아가는 화평한 나라를 만들라는 것은 하나님의 뜻입니다.

세속의 법에서는 통용되지 않아도 하나님의 나라에서 통용되는 법이 있습니다. 하나님의 원칙대로 살면 하나님께서 책임져주는 것입니다. 이른바 '하나님의 면책 특권'입니다. 어차피 세상만사는 하나님 손 안에 있습니다. 하나님은 공평하신 분인데 하나님을 믿는 우리들이 공평하게 나누지 않았기 때문에 이 세상이 불공평해진 것입니다.

선한 사마리아인이 그랬던 것처럼 하나님을 믿지 않는 사람들도 이웃이 어려움에 처했을 때 도움의 손길을 펼쳐야 합니다. 소유의 많고 적음을 떠나 내가 가지고 있는 것을 나누고 사랑을 나누는 착한 사람들이 우리 대한민국에 가득하면 좋겠습니다.

저는 하나님께서 우리 각자에게 허락하신 사랑이 이미 충분하다고 믿습니다. 우리는 하나님으로부터 그리고 또 이 세상으로부터 받았던 사랑을 나누어줄 고귀한 의무가 있습니다.

특히 어린 시절 가족과 헤어져 머나먼 나라에 입양되었던 자녀들이 평생 소원인 부모, 형제를 만나기 위해 많이 방문합니다.

우리는 입양인들이 내민 손을 반갑게 잡아줄 의무가 있습니다.

어릴 적 미국으로 입양된 조영훈 씨(41세, 남, 가명)가 35년 만에 가족을 만난 사연이 기억납니다. 영훈 씨는 여섯 살이던 지난 1980년 세 살 위인 형과 함께 서울의 한 식당에서 일하는 어머니가 보고 싶어 찾아 나섰다가 길을 잃어버렸습니다.

형제는 영등포 일대를 헤매고 돌아다녔으나 어머니를 찾기는 커녕 오히려 붐비는 인파 때문에 서로의 손을 놓쳐 헤어지게 됐습니다. 그리고 각각 보육시설로 보내졌습니다.

아이들이 없어진 사실을 안 어머니는 경찰에 신고하고 백방으로 수소문했습니다. 결국 3년 만에 어머니는 영훈 씨의 형은 찾았지만 끝내 영훈 씨는 찾을 수가 없었습니다. 왜냐하면 영훈 씨는 이듬해 미국으로 입양되었기 때문입니다.

영훈 씨의 사연을 접수한 추적팀은 그가 기억하고 있는 어머니의 이름을 단서로 추적을 시작했습니다. 신고 내용과 가족관계, 실종 원인 등을 파악하고 영훈 씨가 보내온 사진과 인상착의 등을 하나하나 분석했습니다. 드디어 그의 진술과 가족의 신고 내용이 대부분 일치하는 것을 발견했습니다. 저 자신조차도 믿을 수 없을 만큼 놀랐고 기뻤습니다.

가족을 찾았다는 연락을 받은 영훈 씨는 가족을 만나기 위해 곧장 서울행 비행기에 몸을 실었고 인천공항에서 어머니, 형과 감격의 상봉을 할 수 있었습니다.

어머니를 만난 영훈 씨는 열심히 연습한 한국말을 어머니에게

건넸고, 그의 말을 들은 어머니는 뜨거운 눈물을 흘렸습니다.

"미안합니다. 어머니 잘못이 아닙니다."

자신을 잃어버린 회한으로 한평생 슬픔을 껴안고 살았을 어머니를 위로한 것이었습니다. 그 모습을 본 저도 한없이 눈물을 흘렸습니다. 영훈 씨는 35년 만에 처음으로 어머니의 가슴에 카네이션을 달아드렸습니다.

"또 다른 세계의 문을 열고 들어간 기분입니다."

어머니와 형을 상봉했을 때 영훈 씨가 제게 해 준 말이 기억납니다.

가장 소중한 존재들과 떨어져야 하는 사람들에게 행복과 기쁨의 세계가 기다리는 문으로 인도해주는 선한 사마리아인들이 우리나라에 가득해지면 좋겠습니다.

조영훈 씨 가족상봉

이제 다시
희망이다

•••

내게 능력주시는 자 안에서
내가 모든 것을 할 수 있느니라

[빌립보서 4:13]

•••

어떤 신학자가 성경에 두려워 말라는 구절을 찾아보니 365번 나왔다고 합니다. 이는 그만큼 두려움이 인간에게는 일상적인 것이고, 인간을 괴롭히는 것이라는 걸 의미하는 것이 아닐까요? 하지만 혹자는 말합니다. 하나님이 1년 365일 매일매일 두려워만 하지 말고 하나님만 믿으라는 메시지의 다른 말이라고요.

사람들이 두려워하는 이유는 자신의 앞날이 어떻게 펼쳐질지를 잘 모르기 때문입니다. 잘 모르면 두렵고, 떨리고, 암담하고, 암울하고, 염려스러울 수밖에 없습니다. 하지만 믿음이 강하면 담대하고 기쁘고 즐겁고 행복할 수 있습니다.

살아가면서 모든 사람들이 평지의 인생길을 걷는 것은 아닙니다. 천 길 낭떠러지에서 떨어지기도 하고, 허방을 밟기도 하고,

마른자리를 밟고자 해도 진자리에 신발이 흙투성이가 될 때도 있습니다. 인생이라는 항로에서 커다란 풍랑을 만나기도 합니다. 노를 부러뜨리고 선체를 파손시킬 수도 있습니다. 돛을 찢어버리고 방향타를 고장내기도 합니다.

한순간의 방심이나 실수로 목숨을 포함해 모든 것을 잃어버릴 수 있습니다. 살아가는 것은 참 아슬아슬하게 위태위태한 일입니다. 특히 혈육을 잃어버렸을 때 이 세상에 쌓아놓은 견고한 것이 무엇이 있을지 생각하게 됩니다.

삶이 늘 평탄할 수만은 없습니다. 예고도 없이 불행이 슬며시 다가올 때가 있습니다. 누구도 바라지 않지만 불행이 닥치게 되었을 때 우리는 당황하고 낙담합니다.

사람을 혼란에 빠뜨리는 심각한 불행 앞에 사람들은 패닉에 빠지거나 좌절하고 맙니다. 그럴 때 사람들이 두려움과 낙심에 빠져 가장 손쉽게 하는 것이 포기입니다. 그리고 자신에 대한 불신입니다.

'난 원래 그랬어.'

'그래 내가 뭘 더 할 수 있을까?'

'내까짓게 할 수 있다는 게 말이 돼?'

하나님은 준비된 자에게 직접 찾아오시는 법입니다. 그 준비된 자란 과연 누구를 가리키는 것일까요? 성령으로 충만하고, 하나님에게 간구하는 모든 것에 대한 온전한 대답을 받고 있는 자일까요, 아니면 외로이 인생의 두려운 밤을 만나 가련히 떨고 있는 자일까요?

환경적으로 어려우면 사람들은 불신앙에 빠지기 쉽습니다. 궁핍과 외로움, 분노는 불신앙이 자라기 좋은 환경입니다. 궁핍은 우리에게 커다란 고통을 가져다줍니다. 인간의 기본적인 자존심을 박탈해 버리고 절망과 참담함을 맛보게 합니다.

궁핍 속에서 올곧게 신앙을 지키며 살아가는 것은 말처럼 쉬운 일이 아닙니다. 궁핍의 시간에 마귀의 시험에 들기 쉽습니다. 시험에 들면 악에 빠지기 쉽습니다.

타인이 손수건을 내밀거나, 직접 그의 눈물을 닦아주어도 절실하게 치유가 되지 않는 상처들도 있습니다. 왜 그럴까요? 자기가 자기 자신한테 건네는 위로가 진정 행해지지 못했기 때문입니다.

분노나 슬픔의 불길을 꺼주는 타인의 손길도 필요합니다. 하지만 자기 자신 안에 언제든 더 큰 불로 활활 타오를 수 있는 분노와 슬픔의 불씨를 제대로 꺼트리지 않은 사람에게는 전혀 소용없는 일일지도 모릅니다.

실종자 가족들 중에는 애정결핍으로 인해 마음의 상처를 가진 사람들이 많습니다. 문제는 그 상처가 자신에게 머물지 않고 가족이나 지인, 사회를 향할 때가 있습니다. 이는 엄청나게 불행하고 위험한 일입니다.

쉽게 불행의 씨앗을 틔웠다고 생각하는 가족들 중 그 대상자에게 분노를 쏟게 됩니다. 하지만 여전히 가슴 속에 씨앗을 품고 있는 것은 바로 자기 자신입니다. 아무리 밖으로 터뜨려도 그 분노는 일년생이 아니라 다년생의 거목이 될 뿐입니다.

"찬송하리로다.

그는 우리 주 예수 그리스도의 하나님이시오. 자비의 아버지시오.

모든 위로의 하나님이시며 우리의 모든 환난 중에서 우리를 위로하사

우리로 하여금 하나님께 받는 위로로써

모든 환난 중에 있는 자들을 능히 위로하게 하시는 이시로다."

[고린도후서 1:3-4]

하지만 이 궁핍과 외로움, 분노의 순간이 우리가 오히려 하나님을 만날 수 있는 최적의 시기이기도 합니다.

가난한 마음이란 어떤 도움이든 기꺼이 받아들일 수밖에 없는 마음입니다. 하나님이 기뻐하시는 마음이 바로 이처럼 가난한 마음입니다. 인생의 위기를 보내 우리의 마음을 낮추곤 하십니다.

외로움이란 의존할 수 있는 모든 것에서 떨어진 채 자신이 홀로 존재하고 있음을 느끼는 정서입니다. 하나님은 준비된 사람의 마음에만 찾아오십니다.

하나님을 만날 수 있도록 준비된 마음은 가난한 마음입니다. 그래서 우리는 이 세상에서 즐겁고 흥겨울 때보다는 이 세상에서 버림받고 외로울 때 하나님을 만나는 경우가 더 많습니다.

인생이 형통할 때는 홀로 있어도 혼자라는 생각이 들지 않습니다. 만사가 술술 풀릴 때는 어디를 가나 따르는 사람이 나타나고 사랑해 주는 사람도 많습니다. 그러나 인생의 두려운 밤을 지날 때는 옆에 사람이 있어도 외롭습니다. 내 마음을 알아주는 사람도 없고 내 편이 되어줄 사람도 없다는 절망감이 엄습합니다. 별빛조차 없는 밤바다에 홀로 떠다니는 작은 배 한 척처럼 막막하고 쓸쓸하기만 한 것입니다.

비록 끔찍한 환난을 겪었지만 그 속에서 너무나 중요한 것을 깨달았기에 오히려 감사하다는 사람들이 많습니다. 인생의 두려운 밤, 신앙이 없는 사람은 두려움에 떨다 지쳐 가지만 신앙이 있는 사람은 신앙의 도움을 받아 그 밤을 불꽃처럼 지냅니다.

하나님은 가난한 마음, 외로운 마음, 하나님 한분만을 앙망仰望하지 않을 수 없는 간절한 마음을 가진 사람들에게 나타나시는 분이기 때문입니다.

신앙을 가진 사람에게도 두려움은 있습니다. 신앙을 가진 사람과 신앙을 갖지 않은 사람의 중요한 차이는 두려움이 있느냐 두려움이 없느냐가 아닙니다. 신앙을 가진 사람도 두려운 것은 두려운 법입니다. 그 두려움을 어떻게 이겨내는가 하는 것에서 차이가 날 뿐입니다. 우리는 절망해서는 안 됩니다. "절망적이야!"라는 말은 나약한 인간을 시험하려는 마귀의 속삭임입니다. 잘 이겨내야 하고 견뎌야 합니다.

"나는 네 방패요 너의 지극히 큰 상급이라."

[창세기 15:1]

터널 끝에서 만나는 햇빛은 유난히 더 눈부십니다. 빛은 언제나 그 빛이지만, 긴 시간을 어두움 속에 있다 나온 사람에게는 특별히 더 밝게 느껴질 것입니다. 이제 우리가 그 빛을 만날 때입니다. 인생의 두려운 밤을 끝내고 하나님께서 예비하신 상급을 누릴 때입니다.

실종자 가족들에게 저는 어디에 가든지 하나님은 저를 사랑하시고 제가 어떤 어려움에 처하든지 저를 지키실 것이며 제게 주신 말씀을 이루실 것이라는 담대한 확신을 전달하기에 여념이 없습니다.

정말 괴로운 인생의 밤은 궁핍에 처하거나 배신을 당하거나 두려움에 사로잡힐 때가 아닙니다. 환난이 많고 고난이 극심해도 하나님이 함께하며 위로해 주신다면 오히려 가장 은혜가 많고 희망이 넘치는 순간입니다.

하나님을 믿으며 하나님으로 인해 또 다른 희망을 찾은 사람들은 절대로 달려도 지치지 않고, 걸어도 피곤하지 않는 능력자가 될 수밖에 없습니다. 왜냐하면 사람들은 막연하게 잘 모르는 목적을 향해서 가면 쉽게 지치고 빨리 절망하기 마련이지만 명확하게 어딘가에 갈 것인지 목적지를 뚜렷이 알면 지치다가도 힘을 낼 수 있기 때문입니다.

구약의 선지자 엘리야는 위대한 승리자였습니다. 그는 갈멜산에서 바알의 선지자들과 대결하였는데 수많은 거짓 선지자들이 그들의 신에게 빌 때 엘리야는 홀로 하나님께 제단을 쌓고 기도했습니다. 바알의 선지자들이 아무리 기도를 하고 몸을 상하게 하며 피를 흘려도 불의 응답이 없었으나 엘리야는 기도하자마자 즉시 불이 내려와 제물을 태우고 나무를 태우고 돌과 흙과 물까지 다 태워 버렸습니다.

이 소식을 들은 이세벨은 화가 머리끝까지 나서 엘리야에게 소식을 전하기를 내일 내 선지자를 죽인 것 같이 죽이겠다고 위협을 했습니다. 이 위협의 소식을 듣고 엘리야는 순간의 두려움을 헤어나오지 못하고 하나님이 지금까지 함께하셔서 승리하고 지켜 주셨다는 사실을 그만 망각해 버리고 맙니다. 브엘세바라는 곳으로 도망을 간 엘리야는 기진맥진해서 두려운 가운데 로뎀 나무 밑에 앉았습니다. 하나님의 말씀보다는 이세벨의 위협과 공갈의 말을 더 깊이 믿어버린 것이 엘리야의 실수였습니다.

우리들도 낙심과 절망의 나무 아래 주저앉을 때가 있습니다. 지금까지 하나님의 살아 계심을 체험하고 하나님이 돌보아 주시고 해결해 주시고 축복해 주신 것도 잊어버립니다. 과거에 어려운 문제를 해결해 주시고 죽을 고비에서 살려주신 것도 다 잊어버리고 낙심하고 절망할 때가 있습니다.

하나님을 쳐다보는 대신에 문제만을 더 크게 바라보는 우리의 마음을 더 큰 믿음으로 채우지 못했기 때문에 생기는 행동입니다. 믿음의 눈을 들어 전능하신 하나님의 얼굴을 바라보아야 하는데 자신을 당장 겁박하는 사람이나 상황을 먼저 보고 의기소침해져버리면 결코 그 문제는 해결할 수 없습니다.

"너희의 인내로 너희 영혼을 얻으리라."

[누가복음 21:19]

믿음의 어원인 히브리어 '에무나'는 '인내'의 어원입니다. 하나님은 더 큰 그릇으로 쓰기 위해 믿는 자의 부족함을 채워서 더 완전함을 향할 수 있도록 하기 위해 환난을 통과하도록 요구할 때가 자주 있습니다.

우리 인생이 늘 탄탄대로일 수밖에 없습니다. 큰 위기가 닥쳤을 때 하나님만이 우리를 도와줄 수 있습니다.

"우리가 이 보배를 질그릇에 가졌으니 이는 심히 큰 능력은 하나님께 있고

우리에게 있지 아니함을 알게 하려 함이라.

우리가 사방으로 욱여 싸이더라도 싸이지 아니하며

답답한 일을 당하여도 낙심하지 아니하며

박해를 받아도 버린 바 되지 아니하며

거꾸러뜨림을 당하여도 망하지 아니하고."

[고린도후서 4:7-9]

인내하면 절망이 희망을 잉태하고 있음을 알 수 있습니다.

살아가면서 문득문득 우리 안에서 예기치 않게 올라와 우리를 힘들게 하고 지치게 하는 그 모든 것들이 사실은 우리 안에 있는 모든 상처를 치유하고 온갖 억압들을 풀어 놓아 우리의 영혼을 진정으로 자유롭게 해주기 위해서 지금 이 순간 찾아온 선물이요, 축복이라 역설적으로 이해하게 됩니다. 희망은 더 큰 생명을 얻게 합니다. 그리고 그 희망은 기적을 낳습니다.

"너희는 이전 일을 기억하지 말며 옛날 일을 생각하지 마라.

보라 내가 새 일을 행하리니 이제 나타낼 것이라.

너희가 그것을 알지 못하겠느냐. 반드시 내가 광야에 길을, 사막에 길을 내리니."

[이사야 43:18-19]

저는 어머니를 많이 그리워하고 혼자 "어머니. 사랑합니다."라고 중얼거리기도 합니다.

"어머니 사랑합니다 편지"

저는 어머니 앞에 늘 아기였습니다. 매일 화상통화 한 통이 효도인 줄 알았습니다.

안 먹고 못 입고, 추운 겨울 기름값 아껴서 고기, 문어를 사서 보내

시기 바쁜 어머니.

동네 어르신이 자식들 키워봤자 아무 소용없다고 하시면, 그런소

리 마라며 자식만 바라보며 희생하시던 어머니. 사랑합니다.

자기 몸이 아파서 창자가 썩어가는 고통 속에서 자식걱정한다며

아픈 표정내지 않고 병마를 숨기시던 어머니.

"너희들만 건강하면 나는 괜찮아"라며 말씀하시던 어머니.

어머니는 바보세요. 그런 어머니를 땅에 묻고 왔습니다.

어머니 보고 싶습니다. 사랑합니다.

– 아들 이건수 올림

병환 중이시던 어머니와 함께 찍은 사진

끔찍하고 고통스러운 과거에 매여 살면 그 사람은 영원히 그 난파된 배를 벗어날 수 없습니다. 타는 목마름과 창자를 쥐어짜는 배고픔, 언제 죽을지 모르는 두려움으로 주어진 삶보다 더 일찍 생명이 다할지 모릅니다.

사람이란 늘 뒤를 보게 마련입니다. 어떤 상황에 대해 혹은 사람에 대해 후회하거나 원망할 수 있습니다. 하지만 하나님은 말씀을 통해 이미 지나가버린 것에 대해 애석해 하거나 후회하지 말라고 권합니다.

광야에 길을, 사막에 강을 선사하시겠다는 하나님의 놀라운 약속도 이미 후회하고 원망하고 절망하는 사람들에게 아무 소용이 없을지 모릅니다. 왜냐하면 그들에게는 그 약속을 지킬 힘이 없기 때문입니다.

하지만 희망을 가진 채 앞을 보면서 나아가는 사람에게는 하나님의 약속은 단단하기 그지없는 맹약이 됩니다. 그들 앞에는 탄탄한 길과 달콤한 강이 놓일 것입니다.

인생의 풍랑을
만날 때

●●●

두려워하지 말라 내가 너와 함께 함이라

놀라지 말라 나는 네 하나님이 됨이라

내가 너를 굳세게 하리라

참으로 너를 도와주리라

참으로 나의 의로운 오른손으로 너를 붙들리라

[이사야 41:10]

●●●

예수님을 모시고 갈릴리 바다를 건너가던 제자들은 큰 광풍을 만나서 속수무책의 상황에 이르렀습니다. 제자들은 갈릴리에서 반평생을 생활했고 고기잡이와 배 타는 일로 뼈가 굵은 사람들입니다. 그러나 그들에게도 이 상황은 어찌 할 수 없었습니다.

이런 상황에서 자기들 힘으로 이것저것 다 해보다 결국 배의 고물(뒷부분)에서 주무시는 예수님을 깨움으로써 문제가 해결되고 평온함을 회복하게 됩니다. 예수님은 제자들을 향하여 책망하십니다.

"어찌하여 이렇게 무서워하느냐 너희가 어찌 믿음이 없느냐"

[마가복음 4: 35-41]

성경 속 이야기를 보면서 깨달을 수 있는 것은 세 가지입니다.

첫째, 누구에게나 풍랑은 찾아올 수 있다는 것입니다. 우리의 인생에도 예고 없는 풍랑이 들이닥칠 수 있습니다. 맞을 준비가 안 돼 있었다면 그 고통은 더욱 클 것입니다. 인생의 풍랑은 자신이 자처한 경우도 있고 전혀 원인을 알 수 없는 풍랑일 때도 있습니다.

예수님이 그 배에 타고 계셨음에도 풍랑이 왔다는 사실을 주목해야 합니다. 즉 우리가 믿음을 가진 사람이어도 능히 풍랑을 맞을 수 있다는 것입니다. 풍랑을 맞았다는 사실 자체만으로 우리의 믿음을 쉬이 부정해서는 안 된다는 말씀을 드리고 싶습니다.

둘째, 풍랑을 만났을 때 두려워해서는 안 됩니다. 당황하면 일을 그르치고 실수할 수 있기 때문입니다. 겁에 질린 제자들은 당황하고 두려워했지만 예수님은 평온하셨습니다. 우리도 풍랑 속에서 주님의 평온함을 배워야 합니다.

셋째, 풍랑을 해결하기 위해서는 주님을 찾아야 합니다. 결국 주무시는 예수님을 깨워서 사정을 말씀드리자 예수님은 바다와 풍랑을 꾸짖어 잔잔케 하십니다. 연약한 인간은 바다를 지으시고 다스리시는 주님께 우리 인생의 문제를 가지고 나아가 기도해야 합니다.

주님께 아뢰십시오. 그러면 풍랑을 잔잔케 하실 것입니다. 이제 우리는 어떤 인생의 풍랑 속에서도 두려워하지 말고 바다를 다스리는 권세를 가지신 주님을 믿고 신뢰해야 할 것입니다.

제가 만난 분들은 대부분 인생을 안온하게 살아온 분들보다는 힘들고 지치게 살아온 분들이 더 많습니다. 그런 그들 대부분은 포기하고 절망하는 것을 주저하지 않았습니다.

용기 내어 도전하고 그래도 뭔가를 희망하는 것에는 인색했습니다. 어차피 한번 살 인생인데 말입니다. 더 이상 더 떨어질 것도 없는 밑바닥이라 바닥 한번 치고 반등하는 것만 남은 인생인데 말입니다.

하지만 그 와중에도 저는 두렵지만 그 두려움을 등지지 않고 맞서며 싸우는 사람들도 많이 만날 수 있었습니다. 그들의 용기가 제게는 더 큰 용기를 심어주었습니다.

그 어떤 불행이라도 "여호와는 나의 피난처이시라." 하고 굳게 믿는 사람을 굴복시킬 수는 없습니다. 믿는 자가 가는 길을 지키도록 만들기 때문입니다.

갓난아기 시절 해외로 입양해 좋은 양부모를 만나 무탈하게 잘 자란 해외 입양인 중에 이렇게 용기 있는 사람들을 많이 보았습니다. 몇 십 년에 걸쳐 자신의 잃어버린 형제와 부모를 찾아내는 사람들을 보았습니다.

별빛도 사라진 고난의 밤바다라도 하나님이 함께하며 위로해 주신다면 오히려 가장 은혜가 많고 희망이 넘치는 순간이 될 수 있습니다.

하나님은 결코 우리를 버리시지 않는 분임을 기억하십시오! 잠시 우리를 침체 가운데 내버려두시는 것도, 사실은 그 고통스러운 침체의 시간을 발판 삼아 하나님을 찾게 하시려는 애끓는 부르심입니다.

믿음이 모든 두려움을 물리치는 것이 사실이지만 우리가 항상 믿음으로 충만하지는 않습니다. 인간의 마음에는 언제나 믿음과 의심이 공존하기 때문입니다. 놀라운 은혜를 누리며 그 어느 때보다 강한 확신에 차 있다가도 커다란 위기에 맞닥뜨리면 한순간에 머릿속이 하얘지는 존재가 인간입니다.

그러므로 하나님을 믿지 않는 사람과 하나님을 믿는 사람의 차이는 단순하게 두려움이 있느냐 없느냐가 아닙니다.

신앙을 가진 사람에게도 두려운 것은 두려운 법입니다. 다만 그 두려움을 어떻게 이겨 내는가 하는 것에서 차이가 날 뿐입니다. 인생의 두려운 밤, 신앙이 없는 사람은 두려움에 떨다 지쳐 가지만 신앙이 있는 사람은 신앙의 도움을 받아 그 밤을 불꽃처럼 지나갑니다.

좋은 날도 어려운 날도 마냥 계속 되지는 않습니다. 어떤 이는 자신이 큰 고난을 겪지 않고서도 자신이 누리는 평화가 결코 당연하지 않다는 것을 깨닫는 사람들이 있습니다. 하나님의 축복이 있는 사람들입니다. 고난 없이도 스스로 하나님을 알겠다고 찾아가는 사람들입니다

우정이나 사랑도 변하듯 세상 모든 것은 변하지만 유일하게 변하지 않는 것은 하나님이 우리와 함께하신다는 사실입니다. 누구에게나 뼈에 사무치는 외로움이 밀려올 때가 있습니다. 언제 어디서나 변함없이 외로움을 느끼지 않고 살아가는 유일한 방법은 여호와 하나님과 함께하는 것입니다.

> "내가 너와 함께 있어 네가 어디로 가든지 너를 지키며
>
> 너를 이끌어 이 땅으로 돌아오게 할지라
>
> 내가 네게 허락한 것을 다 이루기까지 너를 떠나지 아니하리라."
>
> [창 28:15]

늘 하나님과 우리는 함께합니다. 제가 그렇습니다. 저는 제 곁에 늘 그분이 계시다는 것을 알고 있습니다.

하지만 가끔은 제가 그토록 믿고 의지하는 하나님과 종종 씨름하기도 했습니다. 불복종의 문제가 아니었습니다. 저 역시 하나님을 믿고 따르면서도 왠지 선뜻 내키지 않은 일들이 곧잘 펼쳐지곤 했습니다. 제가 결국 그분을 따를 것이라는 것을 알면서도 가끔은 갈데까지 버티곤 합니다.

가끔은 '정말 이것이 하나님이 내게 주신 응답이 맞으실까?'라고 의심도 하면서 말입니다. 대부분 그런 일들은 제게 두려움과 머뭇거림을 줄 만큼 엄청난 일이거나 괴로운 일들이었습니다. 사실 그런 일은 제게 많이 일어나지는 않았지만 아예 없지는 않

았습니다.

　예를 들면 내가 찾은 실종자 가족들이 생각보다 별로 좋지 않은 사람들이라는 사실에 그 가족을 찾은 사람에게 말해주어야 할 때라든지, 힘들게 찾은 헤어진 가족이 보고 싶어 하지 않다는 사실을 통보해야 할 때, 제일로 최악의 경우는 힘들게 찾은 가족과 상봉하면서 그 가족을 향해 엄청난 증오와 분노를 쏟아내는 의뢰자를 볼 때였습니다.

"내가 네게 명령한 것이 아니냐

강하고 담대하라 두려워하지 말며 놀라지 말라

네가 어디로 가든지 네 하나님 여호와가 너와 함께하느니라 하시니라."

[수 1:9]

　겨우 겨우 찾았던 가족이라는 사람들이 가난이나 범죄로 인해 아주 안 좋은 상황에 놓여있는 경우, 솔직히 그런 가족들이라도 찾고자 했던 의뢰자에게는 아무런 의미가 없을지라도 저는 의뢰자가 가족을 만나 실망하고 낙심할까 두려워 찾아주고 싶지 않을 때가 있었습니다.

　오래도록 찾은 생모가 이미 다른 가정을 갖고 아버지가 다른 이복동생들과 행복하게 살고 있기에 만남을 거부한다는 말을 들었을 때, 그 사실을 의뢰자에게 알려주어야 했을 때도 괴로웠습니다.

"내 이름으로 일컫는 내 백성이 그들의 악한 길에서 떠나

스스로 낮추고 기도하여 내 얼굴을 찾으면

내가 하늘에서 듣고 그들의 죄를 사하고 그들의 땅을 고칠지라."

[대하 7:14]

다행히도 제가 불복종에 빠지기 일보 직전에 꼭 하나님은 응답을 주셨습니다.

"영원부터 영원까지 하나님의 이름을 찬송할 것은

지혜와 능력이 그에게 있음이로다.

그는 때와 계절을 바꾸시며 왕들을 폐하시고 왕들을 세우시며

지혜자에게 지혜를 주시고 총명한 자에게 지식을 주시는 도다

그는 깊고 은밀한 일을 나타내시고 어두운 데에 있는 것을 아시며

또 빛이 그와 함께 있도다"

[단 2:20–22]

설혹 현실적인 부분과 상반되는 것일지라도 하나님의 의지를 받들어 행한 내 현세적 사명이 틀리지는 않다고 하는 것이었습니다. 하지만 이런 응답을 그저 저 혼자만 갖고 있지 않았습니다. 저는 이런 혼란스러운 만남과 뒤틀린 상황으로 좌절하거나 절망한 사람들에게 하나님의 뜻을 간곡히 전해 그들에게 평온을 주고 싶었습니다.

하나님이 저를 크게 쓰시기 위해 이런 시련과 힘듦을 주셨다고 생각합니다.

이 일을 하면서 비로소 저는 하나님을 제대로, 온전히 만났다는 느낌을 받았습니다. 한 영혼을 구하겠다는 열정으로 뛰어다니면서 비로소 내가 살아있다는 느낌을 강하게 받을 수 있었습니다.

처음에는 그리스도인으로서 하나님의 향기를 품어내는 사람이 되고, 하나님의 영향력을 끼치는 사람이 되려고 했는데 막상 그게 안 됐습니다.

'뭘 하든지 주님께 하듯 예배자로서 그 안에 있어야겠다.'

이런 마음을 가지고 계속 기도하니 전보다 마음이 편했습니다. 하나님을 믿으면서도 깨닫지 못한 내 안에 있는 진리들이 바로 서는 시간들은 정말 신기하기 짝이 없습니다.

포기하지 않는
예수님

● ● ●

내가 너와 함께 있어 네가 어디로 가든지 너를 지키며

너를 이끌어 이 땅으로 돌아오게 할지라

내가 네게 허락한 것을 다 이루기까지

너를 떠나지 아니하리라

[창 28:15]

● ● ●

하나님을 따르는 제 소망은 성령이 이끄시는 삶을 충실히 사는 것입니다. 세속의 욕망이나 이기적인 탐욕, 남들의 이목이나 사회적인 체면 따위에 충실하는 것이 제가 원하는 삶은 아닙니다.

"인생의 바다는 거칠다. 그러나 그 거친 파도 이면에는 평화롭고 변하지 않는 피난처, 하나님 안의 거처, 그분과의 비밀스러운 만남의 장소가 놓여있다. 성령은 우리를 그 곳으로 안전하게 인도하신다. 맡겨라. 나의 자아를 온전히 내려놓고 모든 것을 성령이 이끄시는 은혜의 손길에 전적으로 의존하라. 그리하면 하나님의 깊은 은혜를 누리는 성령 충만한 삶을 살게 될 것이다.”

켈린 밀러 목사의 『성령이 이끄시게 하라』는 책에 나오는 구절입니다.

하지만 대부분의 사람들은 정말로 가깝고, 영속적인 피난처를 번연히 앞에 두고도 제대로 찾지 못하는 경우가 많습니다. 심지어는 그 피난처의 존재를 너무도 뚜렷하게 인식하고 있음에도 불구하고 그 안에서 제대로 보호받지 못할 거라 믿지 못하기도 합니다.

그렇게 의심많고 약한 인간을 비난하는 말이 아닙니다. 왜냐하면 저 역시 제가 늘 가지고 다닌 상비 휴대용 피난처를 바로바로 떠올리지 못할 때가 있기 때문입니다.

게다가 저는 경찰입니다. 무슨 말이냐 하면 저는 '법', '윤리', '도덕' 등 인간이 만들어 놓은 관념을 먼저 떠올려야 하는 직업을 가졌습니다. 어쩌면 남들보다 '하나님'이라는 피난처를 추상적이고 막연하고 상징적인 것으로 생각하기 쉬운 직업일 수도 있습니다.

힘들고 어려울 때 저의 가장 큰 안식처, '하나님'을 떠올리지 못한 대가는 컸습니다. 제게 돌아온 것은 쓰라린 고통과 제 자신에 대한 큰 실망이었습니다. 인간의 그 모든 것 앞에 서 계신 하나님의 법과 말씀을 저버린 다음에 한 번도 뒤끝 좋았던 적이 없습니다.

하나님은 저의 힘, 저의 안식처, 어려운 고비마다 항상 구해주시는 만능 해결사셨습니다.

"여호와는 나의 목자시니 내가 부족함이 없으리로다

그가 나를 푸른 초장에 뉘이시며 쉴만한 물가로 인도하시는 도다

내 영혼을 소생시키시고 자기 이름을 위하여 의의 길로 인도하시는 도다."

[시편 23:1-3]

저는 이 시편 23편 중에서 특히 3절을 참 좋아합니다. '내 영혼을 소생시키시고 자기 이름을 위하여 의로 인도하신다.'는 말씀은 특히 제게 특별한 구절입니다.

저의 부족한 부분은 채워주시고 약한 부분은 강하게 해 주시고 동행자가 있었기에 미성숙하고, 불완전한 제가 이만큼이나 성장할 수 있었다고 확신합니다.

'하나님이 나를 보시면 어떤 기분이실까? 온전히 하나님의 마음에 쏙 드는 그런 자녀이고 싶은데, 진짜 내가 그런 사람이 될 수 있을까?'

처신을 잘못하여 하나님의 이름에 먹칠해서는 절대 안 된다는 생각을 늘 갖고 있었기에 저는 남들이 겪는 유혹이나 방탕에 빠지지 않을 수 있었다고 생각합니다.

성경이 우리에게 들려주고자 하는 말씀은 오직 하나입니다. '인간의 구원'입니다.

'어떻게 하면 인간들이 있는 그대로의 진실을 알고 진리를 깨

달아 자신들의 본질인 사랑에 눈뜨게 할 수 있을까?'

'본래 모습을 되찾아 영원히 행복하게 사랑하며 살아가게 할 수 있을까?'

하나님의 말씀이 담긴 성경이 지향하는 목표 지점입니다. 하나님은 우리의 피난처시요 힘이십니다. 환난 중에 만날 큰 은인은 하나님밖에 없습니다. 그분에게 향하는 인간의 사랑은 허약하기 짝이 없을지는 몰라도 인간에 대한 하나님의 사랑은 환난, 곤고, 박해, 기근, 위험, 칼, 독충 등으로도 뒤흔들 수 없는 것입니다.

하나님께서는 자기에게 진실하게 간구하는 모든 자에게 가까이 하시는 분이라는 것을 비로소 알게 되었습니다. 우리가 부르짖는 기도에 늘 응답하시고, 시야가 좁은 우리는 알지 못하는 크고 은밀한 일들을 계속 하셨습니다. 하나님께서는 무엇이든지 하시고자 하면 그것을 하실 힘을 능히 간직한 분입니다.

하지만 인간들은 종종 이런 하나님을 배반할 때가 있습니다. 환난을 당할 때 절망한 그들은 "여호와께서 나를 버리셨다.", "나를 잊으셨다."고 불평하고 원망합니다. 그런 부족한 인간들에게도 하나님은 포기하지 않고 사랑을 표현하시는 줄도 모르고 말입니다.

인간을 향한 무조건적인 하나님의 사랑이 무엇과 닮은 것 같습니까? 그것은 아마도 자식을 향한 맹목적인 부모의 사랑과 꼭 닮았습니다. 결코 부모는 잃어버린 자식을 포기하지 않듯 하나님 역시 인간에 대한 마음을 접지 않으십니다.

저 역시 가끔 돌아가신 어머님이 생각납니다. 어머님의 따뜻한 말과 미소, 마음, 손길을 여전히 그리워하는 어린 아이가 제 속에 숨어있다는 것을 잘 알고 있습니다. 가족들을 잃어버린 사람들이 가장 그리워하는 것은 그런 가족들의 다정한 손길과 체온일 것입니다.

실종 가족을 찾기 위해서는 끈질긴 노력이 필요합니다. 태어난 지역, 살았던 주변 환경, 동명인 조사 등을 통해 가족일 확률이 있다고 생각되는 이들을 뽑아 추적에 추적을 거듭합니다.

우리가 찾는 사람에 대해 알고 있을 법한 모든 사람들에게 연락을 취하고, 개인의 관련 정보를 얻어내기 힘들거나 후보 압축이 도저히 어려울 경우에는 제가 직접 동명인들에게 일일이 편지를 써서 도움을 구하기도 합니다. 이렇게 보내는 편지만 해도 무려 일주일에 평균 600~800통입니다. 제게는 정시퇴근도 주말도 없습니다. 마치 성경말씀에 인간을 하나님의 손바닥에 새겼다는 구절처럼 제 마음에는 실종 가족들이 맺히고 맺혀 있습니다.

"내가 너를 내 손바닥에 새겼고 너의 성벽이 항상 내 앞에 있나니"

[사 49:16]

손바닥에 새겨 놓았다는 것은 항상 지켜보고 영원토록 잊지 않는다는 말씀입니다.

인간들은 다양한 방법으로 약속하고 맹세를 합니다. 손가락을 다정히 걸고, 문서에 도장을 찍고, 반지나 칼을 나누고, 검을 땅바닥에 푹 꽂아 마음을 나타내기도 합니다. 하지만 그 맹세가 손바닥에 우리 이름을 새겨놓고 항상 들여다보며 잊지 않고 기억하는 하나님의 약속보다 굳건하지는 못합니다.

하나님은 일희일비하는 사람의 변덕스러운 기분에 따라 움직이지 않습니다. 인간은 태어나서 자신이 좋아하는 것과 싫어하는 것을 알기까지 평생 걸리고, 그걸 다 알지 못하고 죽는다고 합니다.

저는 제가 진짜로 뭘 싫어하는지 혹은 좋아하는지가 영 애매할 때면 즉각 기도를 합니다.

'하나님, 제가 좋아하는 것, 저에게 어울리는 것, 저에게 맞는 것을 골라 주세요!'

대가를 바라지 않는 사랑이야말로 완전한 사랑으로 친다면 그런 사랑은 하나님이 베푸시는 사랑밖에 없습니다. 사람과 사람 사이에 내가 준 만큼 상대방도 해 주기를 원하는 욕망 때문에 갈등과 슬픔이 생기는 것과는 정반대입니다.

"그는 우리 각 사람에게서 멀리 떠나 계시지 아니하도다.

우리가 그를 힘입어 살며 기동하며 존재하느니라."

[사도행전 17:27-28]

하나님은 언제나 매 순간의 '지금' 속에 계십니다.

하나님은 웃고, 울고, 밥 먹고, 자고, 생각하고, 걷고, 앉고, 서고, 편안하고, 불안하고, 강하고, 약하고, 얻고, 잃는 우리 삶의 모든 순간순간마다 제대로 눈을 돌려 간절하게 대면한다면 분명히 만날 수 있는 존재이십니다.

길 위의 동행자,
주님

두려워 말며 놀라지 말라 네가 어디로 가든지
네 하나님 여호와가 너와 함께하느니라

[여호수아 1:9]

'내가 너를 복중에 짓기 전에 너를 알았고
네가 태에서 나오기 전에 너를 구별하였느니라.'

[렘 1:5]

모태신앙을 가졌다고 해서 모든 사람들이 진정으로 하나님을
만났고, 하나님의 말씀을 제대로 이해한다고는 생각하지 않습
니다. 신앙을 가졌지만 하는 행동이나 내보이는 말들이 하나님
의 종으로서 전혀 걸맞지 않은 사람들도 많이 보았습니다.

그런 기독교인들은 일견 하나님께 열심히 다가가는 사람으로
보이기도 합니다. 하지만 이는 금방 들통날 착시효과일 뿐입니
다. 믿음이 얕은 사람들이 밤으로, 새벽으로, 무릎으로 열심히

찾는 하나님은 성경에도 근거가 없는 '채움과 높음을 복으로 주시는 하나님'일 뿐입니다. 만약 그들을 물질적으로 채워주지 못하거나 그들의 지위를 높여주지 않는다면 곧바로 변심을 할 수 있는 경박한 마음일 뿐입니다.

반면 비록 신앙인이 아니지만 삶 전반을 전부 다 훑어보았을 때 이미 하나님의 말씀을 행하는, 하나님의 종으로서 손색없는 사람들도 많이 만났습니다. 그는 단지 자신의 양심이나 선의로 그 일을 했다고 착각합니다.

하지만 그런 사람이 만약 언젠가 주님을 영접하는 순간을 만나게 된다면 자신이 그저 그런 양심과 선의로 행한 그 모든 일들이 하나님이 계속 주시하셨던 역사役事였고, 하나님께서 동행했기에 가능한 기적이라는 것을 비로소 깨닫게 됩니다.

저 역시 그랬습니다. 제가 두려움과 외로움에 떨 때마다 주님을 불렀었고, 그때마다 제 기도를 들어주셨던 것을 이제는 잘 압니다.

정말 힘들었던 때 하나님은 저도 모르게 지었던 죄들, 저도 모르게 받았던 상처들을 다 끄집어내어 씻겨주셨습니다. 내내 부끄러움과 미안함에 고개 떨구던 저를 위로하셨고, 포옹하셨습니다. 그제야 나는 하나님도 저와 함께 고난의 길을 함께 걸으셨다는 것을 깨닫고 감사의 눈물을 흘릴 수밖에 없었습니다.

단 한 사람도 놓치지 않으시는 그 큰 사랑에 어찌 고마워하지 않을 수 있을까요?

하나님만 바라보고, 하나님의 힘센 손을 꼭 잡고 가는 것이 제 인생에 있어서 가장 큰 행복이고 든든한 '빽'이라는 것을 지금이라도 깨닫지 못했다면 제 삶은 어떻게 되었을까요?

"그가 친히 말씀하시기를 내가 결코 너희를 버리지 아니하고
너희를 떠나지 아니하리라 하셨느니라. 그러므로 우리가 담대히 말하되
주는 나를 돕는 이시니 내가 무서워하지 아니하겠노라."

[히브리서 13:5-6]

믿음을 가진 자는 주의 도우심에 의지할 수 있기 때문에 두려움이 없습니다. 하나님은 결코 믿는 자를 버리지 않으십니다. 믿는 이의 곁을 떠나지도 않을 것임을 늘 약속하십니다.

그렇게 믿는 자는 악의를 가진 사람들로부터 둘러싸여 있어도 두려움을 느끼거나 낙담하지 않습니다. 세상에 이만큼 센 '빽'이 어디 있을까요? 연약한 인간이기에 어찌 무섭지 않을까요? 여전히 두렵지만 그 두려움을 등지고 비겁하게 도망치지 않을 수가 있습니다. 기꺼이 두려움에 직면하는 용기를 주시는 분이 계시기 때문입니다.

경찰은 많은 두려움의 순간과 만날 수밖에 없는 직업입니다. 잔혹한 범행 현장을 보기도 하고, 거칠고 험한 죄인들과 격투를 벌일 수도 있습니다. 사람이라면 외면하고 싶은 냉정하고 비열한 현실과 직면할 때도 많습니다.

하지만 그곳에는 늘 하나님께서 함께해 주셨습니다. 사람들이 난투극을 벌이는 현장에 갈 때는 함께 긴장해 주셨고, 술 취한 사람에게 욕을 먹을 때도 그곳에서 함께 행패를 당하셨고, 불행한 주검이나 부상자를 보며 가슴 아파할 때도 함께 아파해 주셨던 분! 하나님!

잃어버린 아이를 찾아 기뻐할 때도 하나님은 함께 기뻐해 주셨고, 오랫동안 찾았던 가족이 만남을 거부하거나 사망하여 신청자가 낙심했을 때도 하나님은 함께 슬퍼해 주셨습니다. 세상의 어두운 이면을 보며 한숨을 지을 때, 척박하고 긴장감이 감도는 무수한 현장에도 늘 함께해 주시는 하나님 덕분에 제 방황을 빨리 끝낼 수 있었습니다.

"경험보다는 믿음이 진리를 더 빨리 파악한다."는 칼릴 지브란의 말이 있습니다. 또한 "믿음이란 마음속의 앎이요, 증거의 테두리를 넘어서는 앎이다."라는 말도 있습니다.

인간의 짧은 인생에서 이룩한 경험들이 얼마나 얕고 빈약한 것인지를 모르고 그것만을 증거 삼고, 신뢰하는 어리석은 사람들도 많습니다. 그러니까 이 세상에 '신이 있다', '신은 없다'라는 무의미한 논쟁을 벌이는 것입니다.

통계나 데이터를 더 신뢰하는 사람들조차도 언젠가는 믿음의 순간에 직면할 수밖에 없습니다. 그 믿음은 인간의 경험과 삶의 증거와 번지르르한 논리들보다도 앞에 있습니다.

하나님을 믿는 자들에게는 능히 못할 일은 없습니다. 설혹 그 믿음이 겨자씨만큼만 있어도 바오밥 나무 같은 만족스러운 결과가 나올 때가 많았습니다.

하지만 하나님도 잘 믿어야 합니다. 우리는 모든 불행을 자초하는 하나님에 대한 그릇된 믿음과 진실한 믿음을 구별하는 눈을 갖춰야 합니다. 진실하고 올바른 믿음을 전파해야 세상은 살기 좋아집니다.

믿음을 제대로 가지기 위해서는 인내가 필요합니다. 믿음이란 온 힘을 다해 노력해야 얻는 것입니다. 하나님에 대한 믿음을 제대로 가지면 이 세상을 위해 봉사할 수 있는 힘을 얻을 수 있습니다.

진실하게 믿으면 삶의 의미를 제대로 깨달을 수 있습니다. 그리고 하나님께서는 세속의 삶이든 부여한 의무와 책임을 잘 받아들이게 합니다. 그래서 진실한 믿음이 있다면 모든 것은 가능해집니다. 믿기만 하면 그때부터는 제대로 볼 수 있게 됩니다.

"믿음이 있는 한 사람은 오직 관심만 가진 29명의 사람의 힘과 같다."

이 말은 진리입니다. 저는 제가 찾아내고자 하는 실종자 가족이 있다면 믿음을 장착한 채, 오만 곳을 마구 뛰어다녔습니다. 겉핥기식의 관심만 가진 사람들이 만약 실종수사를 맡았다면 대충 관련 서류만 몇 번 보고, 전화 몇 번만 걸고 끝났을 일이었을 겁니다.

16년 전 정신질환(우울증 등)으로 집을 나간 이후 한 번도 집에 연락이 온 적이 없고 이로 인해 모친은 건강이 악화되어 하루빨리 동생 최상경(48세, 남)을 찾아야 한다는 간절한 누나 최윤정 씨의 요청이 있었습니다. 각종 자료를 확인해 보았으나 핸드폰을 사용한다든지, 의료치료를 받은 기록 등 자료를 발견할 수 없어서 현장방문 탐문조사를 하기로 마음을 먹었습니다. 파주 탄현면에서 거주한 사실을 통해 일일이 탐문조사를 하던 한 달째, 비슷한 사람을 보았다는 목격자를 만나게 되었습니다. 혹시 가족들에게 미안해 도망을 치지 않을까 노심초사하며 조심스레 가본 결과 식당에서 장작패기를 하며 힘겹게 살고 있는 동생을 만났습니다. 현장에서 동생을 만난 누나의 기쁜 표정은 아직도 제 심장을 울립니다.

　　바로 누나를 따라 그리운 어머니를 만나러 가는 뒷모습을 한없이 바라보고 서 있는 저는 너무나 행복했습니다.

지적장애인 가족상봉

객관적인 분석 자료로는 도저히 해결할 수 없는 일들도 여러 번 있었습니다. 하지만 서류로는 파악되지 않는 그 단서들이 '육감'을 가장한 하나님의 지혜로 파악된 적은 수도 없었습니다.

실종 수사를 하면서 많이 외로워하는 나의 가장 든든한 친구도 하나님이셨습니다. 아무도 곁에 없고 홀로 있을 때 느끼는, 혈육이나 친구에게조차 표현할 수 없는 나의 연약한 면을 대면해 주시는 존재가 하나님입니다.

나보다 더 나를 잘 아는 하나님에게는 다 말할 수 있었습니다. 못나고 연약한 부분까지도 탓하지 않고 사랑해주실 것을 알고 있기 때문이었습니다.

아무것도 아닌 나라는 존재가 뭔가 담을 수 있는 '그릇'으로 빚은 이 세상 하나뿐인 장인匠人이 바로 하나님이십니다.

행복의 지경을 넓혀라!

· · ·

이 모든 것이 하나님께로서 났으며
그가 그리스도로 말미암아 우리를 자기와 화목하게 하시고
또 우리에게 화목하게 하는 직분을 주셨으니

[고린도후서 5:18]

· · ·

"또 여기 있다 저기 있다고도 못하리니 하나님의 나라는 너희 안에 있느니라."

[누가복음 17:21]

4남 2녀의 막내였던 임동헌 씨(45세, 남, 가명)는 일곱 살 되던 해 어머니를 따라 서울을 방문했다가 길을 잃었습니다.

어머니를 찾기 위해 울면서 돌아다니던 동헌 씨는 그를 발견한 행인을 따라 보호시설에 맡겨졌습니다. 어머니를 찾지 못한 채 보호시설에서 성장한 동헌 씨는 이후에도 계속 관청이나 보호시설 등을 방문하여 가족들을 찾아보았지만 가족과 관련한 실마리가 별로 없어 행방을 찾는 것이 어려웠고 그때마다 절망을 맛봐야 했습니다.

하지만 그는 끝끝내 자신의 가족을 찾을 수 있다는 믿음을 포기하지 않았습니다. 그리고 그 믿음은 반드시 보답 받았습니다.

182실종아동찾기센터를 찾아온 동헌 씨의 환경조사분석을 거친 저는 한 달 동안 그의 기억들을 추적하고 분석했습니다. 그 결과 마침내 동헌 씨가 기억하는 그의 형과 유사한 사연을 진술한 한 남성을 이웃 동네에서 발견할 수 있었습니다.

조마조마한 마음으로 그 남성과 동헌 씨의 유전자를 채취하여 검사를 의뢰했습니다. 그동안 얼마나 잃어버린 동생을 애타게 찾아다녔는지 바로 알 만큼 그 남성과 남성의 가족들은 유전자 검사 결과가 나오기 직전까지도 제게 동헌 씨의 근황을 묻기 바빴습니다.

유전자 채취

마침내 유전자가 일치한다는 결과를 받은 날, 정작 그들은 아무 말도 하지 못한 채 숨죽여 울기만 했습니다. 그리고 며칠 후, 동헌 씨의 6남매는 35년 만에 감격적인 재회를 했습니다.

그동안 외롭게 자라면서 사람들 속에서 섞여 살면서 활발하게 소통하는 삶을 살지 못했던 동헌 씨는 결혼에 실패한 후, 자녀 두 명을 시설에 보낸 사연을 갖고 있었습니다. 동헌 씨의 형제들은 조카들을 수소문해 데리고 와서 동헌 씨와 함께 살도록 도와주었습니다.

저는 한 사람의 가족을 찾아주는 일이 이렇게 어마어마한 파급효과가 있다는 것을 느낄 때마다 전율을 느낍니다. 한 가족의 오랜 행복을 되찾아주는 것에서 끝나지 않고, 꼬리가 맞물려있는 그 가족의 불행의 고리를 끊을 수 있을 수 있다는 것은 아무나 맛보지 못할 기쁨이라는 것을 깨달았습니다.

생각해 보면 아찔합니다. 아버지가 있음에도 불구하고 고아원에서 자라야 하는 두 아이의 인생을. 외롭고 가난한 마음을 가진 채 자라난 두 아이가 제대로 인간관계를 맺고, 다른 이를 사랑할 수 있을지를 생각해 보시기 바랍니다. 얼마나 다행스러운 일인가요? 이것이야말로 성경에서 말하는 '행복의 지경'을 제대로 넓히는 일이라는 것을 다시 한 번 깨닫습니다.

성경 말씀처럼 하나님의 나라, 곧 모든 고통과 괴로움과 영혼의 목마름이 끝이 나고 영원한 자유와 진리와 행복이 가득한 '그 나라'는 바로 지금 이 순간 우리가 타인들에게 행하는 그 모든 것들 속에 있다는 것을 알아야 합니다.

인생은 험한 광야입니다. 인생이란 험준하고 앞날을 내다볼 수 없는 불확실한 것입니다.

제가 실종 수사를 하면서 만난 가족들은 그 광야의 한복판을 한 번쯤 지나왔던, 혹은 현재도 건너고 있는 존재들이었습니다.

극심한 가난으로 인해, 미혼모라는 이유 등으로 아이를 보육원에 맡기거나 버린 가족들, 동생이나 언니, 오빠를 잃어버린 형제들, 한순간의 방심이나 범죄로 인해 금쪽같은 자식을 잃어버린 부모들은 지금 험난한 광야에서 길을 잃고 우두커니 서있는 외로운 존재들입니다.

그들은 지금 폭풍이나 폭우, 돌까지 녹일 만한 열사의 빛 등 예측할 수 없는 변화무쌍한 날씨로 인해 고초를 겪을지도 모릅니다. 모래 늪이나 독사 같은 무시무시한 위험 지대나 생명을 위협하는 동물에 의해 위협받고 있는지도 모릅니다.

하지만 하나 알아두어야 할 진실은 그런 광야에도 분명 그 길을 사람들이 지나다닐 수 있는 길이 있다는 사실입니다. 물론 모래바람이 불거나 폭우가 쏟아져 멀쩡히 나 있던 길을 또 한 번 없애버릴 수도 있습니다. 하지만 고난을 겪고도 여전히 절망만 하지 않는 사람들은 스스로 힘을 내어 다시 새길을 만들어 나갈 수 있을 거라 저는 굳게 믿습니다.

이 광야를 지날 때 가장 중요한 것은 '믿음'입니다. 믿음이 없으면 이 광야 생활은 고통스럽습니다. 하지만 믿는다면 이 광야는 고통과 고난의 시간이 아니라 새로운 기쁨과 희망의 시간이 될 수 있습니다.

만약 가족과 헤어져 오랜 시간 홀로 살아온 동헌 씨가 가족들을 잊어버리고, 혹은 찾을 수 없을 것이라 믿었다면 다시 재회하는 기쁨과 형제들의 도움으로 인해 고아원에 맡겨진 자식을 되찾아 같이 살 수 있는 희망을 얻을 수 없었을 것입니다.

믿으십시오. 그 믿음의 끝은 항상 하나님의 은총이었습니다. 제 광야의 동행자로서 하나님은 늘 저와 함께 해 주셨습니다. 제게 있어서 하나님은 신비나 경이로운 존재가 아니라 정말 그 자체로 실존하는 현실입니다.

외롭고, 차갑고, 춥고, 힘들어도 모든 것은 믿기 나름입니다. 하나님께 집중하면 그 모든 것이 해결되었습니다.

"땅에 있는 자를 아버지라 하지 말라.

너희의 아버지는 한 분이시니 곧 하늘에 계신 자시니라."

[마 23:9]

하나님께서는 사람들이 원래 자기 본래 모습을 깨달아 서로 사랑하며 살아가는 것을 좋아하십니다. 본래 모습이란 사랑하는 가족들과 함께 살아가는 모습을 말합니다. 그렇게 화목하게 살아가는 본래의 모습을 찾아주는 일이 제 직분입니다. 어려움에 처한 사람들을 돕고, 그들이 서로 사랑할 수 있도록 만드는 제 일이 자랑스럽습니다.

하지만 가끔은 그 믿음을 저버린 후, 오히려 불행의 늪에 빠져서 사는 사람들도 많이 봅니다. 그들에게는 '가족을 되찾을 수 있다.'라는 믿음을 유지하는 것보다 차라리 포기하는 것이 더 편했을지도 모릅니다.

자신의 아픔을 어루만지는 조용한 하나님의 손길을 깨닫지 못하고 오히려 원망하고, 투정부리고, 심지어 부정하는 사람들을 많이 보았습니다. 하지만 제가 실종수사를 하면서 겪었던 이런저런 크고 작은 놀라운 기적들은 하나님이 계시고, 그가 우리 인간들에게 연민과 사랑의 손길을 거두지 않았음을 알려주는 증거들이었습니다.

가끔은 저 역시 나약하고 어리석은 인간인지라 오랜 실종 수사 끝에 아무런 단서도, 실마리도, 행방도 찾지 못해 괴로울 때는 부끄럽게도 반항한 적도 있습니다. 그럼에도 불구하고 하나님께서는 저의 사사롭고 막무가내인 수많은 기도에 하나도 빼놓지 않고 응답해 주셨습니다. 제 지친 이마에 손을 얹으시며 당신의 존재를 늘 제게 상기시키셨습니다.

제가 스스로 눈을 감고 귀를 막아 하나님 말씀을 모른 척하며 살지 않는 이상, 하나님은 언제나 제 마음 깊은 곳에서 사랑이 가득 담긴 목소리로 제가 해야 할 일을 짚어주셨습니다.

광야에서 길을 잃어버린 사람들에게 제대로 된 길을 가르쳐주고, 그들의 목마른 입에 물기를 적셔주고, 두려움과 분노에 쉬지 못하는 그들에게 안식을 주는 방법을 알려 주셨습니다.

"내가 너희를 사랑한 것처럼 너희도 서로 사랑하여라."

[요한 13:34]

오늘도 전 한없이 모자라고 부끄러운 제게 하나님이 속삭이신 대로 어려움에 처한 제 주변의 이웃들을 사랑하기 위해 노력하고 있습니다. 그들을 사랑하면 하나님은 저를 더 사랑하실 것이라는 근거없는 자신감도 샘솟습니다.

주변에서 만나는 여러 갈등의 모습을 대신 속죄하기도 합니다. 남북, 좌우, 지역, 빈부, 세대간 갈등. 대한민국에 존재하는 수많은 갈등으로 인해 많은 이웃들이 화목하지 못한 모습으로 고통스럽게 살아가고 있습니다.

하나님의 형상을 지닌 인간이라면 하나님과의 관계뿐만 아니라 이웃과의 모든 관계에서 늘 화해를 하며 살아가야만 행복해질 수 있다는 것을 알아야 하는데 말입니다.

가끔은 제가 힘들어 계속 질문을 던지고 고민하고 기도하면 하나님은 제게 어떻게 이웃을 사랑해야 하는지를 알려 주십니다. 제가 제 이웃들에게 모든 행복을 갖다 줄 수는 없지만 그래도 꾸준히 노력한다면 제 주변에 지치고 슬픈 이웃들에게 복을 전해주는 통로가 될 수는 있을거라 믿습니다.

인생의 성공이라는 것이, 행복이라는 것이 재산을 많이 소유하고 명예·지위가 드높게 있다고 해서 가지는 것은 아닙니다. 아무리 재산이 많고, 사회적으로 명망 있는 권위자라고 해도 자신의 혈육을 잃어버린 후, 황폐하고 불행한 모습을 사는 것을 무수히 봤습니다. 가족을 잃어버린 그들에게 세속에서 말하는 성공은 단지 외향적인 액세서리에 불과했을 뿐입니다. 실종 가족만 찾는다면 기꺼이 벗어던져 버릴 수 있는 쓸데없는 것이었습니다.

그들에게 진정한 행복을 찾아주는 일을 하는 것이 제 이웃사랑의 방식이라 생각하며 열심히 뛰어다니고 있습니다.

경찰이 되어 저와 삶의 방식과 사고와 사는 곳과 언어가 다른 사람들을 많이 만났습니다. 그러면서 제 삶의 지경도 많이 넓어졌고, 더불어 행복의 지경도 폭넓어졌습니다. 여러 삶과 사연들을 접하면서 결국 귀결된 진실은 하나였습니다.

인간에게 '가족 실종'이라는 어려움을 통해 하나님이 원하시는 방향으로 이끄시는 목적을 잘 아는 사람들은 광야에서도 길을 헤매지 않습니다.

아무리 고통이 가득해도 절망하지 않고 낙천적으로 희망을 버리지 않습니다. 그런 고통을 통해 단련된 사람들은 결국 마음의 평온과 바라는 만남을 다 얻었습니다.

사람들은 저에게 실종가족들의 "시간을 되찾아주는 사람"이라고도 합니다.

자녀를 잃어버리고 "한순간 멈춰버린 시간", "그 속에 갇혀버린 기억", "그 기억을 안고 괴로워하는 사람들", 이분들의 눈물을 이제는 닦아주어야 합니다.

그동안 4,700명의 가족상봉 현장에 있었지만 늘 헤어진 세월에 아파서 가슴을 찢고 기쁨의 눈물을 흘렸습니다.

"함께 아파하면 찾을 수 있습니다", "결코 포기하지 마십시오"

"수고하고 무거운 짐 진 자들아, 다 내게로 오라.

내가 너희를 쉬게 하리라."

[마태복음 11:28]

내 소중한 아이를 지키는 법

사전등록을 신청해 주세요!

경찰청 아동·여성·장애인 경찰지원센터에서 지문 등 사전등록제를 시행하고 있습니다.

아동 등이 실종되었을 때를 대비해 미리 지문과 사진, 보호자 인적사항 등을 등록해 놓으세요. 실종되었을 때 등록된 자료를 활용해 신속히 발견할 수 있습니다.

안전Dream홈페이지, 가까운 지구대나 경찰서에서 등록 가능합니다.

자녀를 집에 혼자 두지 마세요!

잠시 외출한다고 아이를 혼자 두고 다니지 마세요. 특히 아이가 잠든 틈에 외출은 금물입니다. 아이가 집 바깥으로 엄마를 찾으러 나올 수 있습니다. 외출을 하게 될 때에는 믿을만한 친척이나 이웃에게 자녀를 돌봐달라고 부탁합니다.

※ 아이사랑 3대 실천 사항 : 혼자 두지 마세요! 굶기지 마세요! 때리지 마세요!

항상 자녀와 함께 다니세요!

가까운 곳에 외출했을 때에도 잠시도 아이 혼자 두지 마세요. 가까운 백화점, 슈퍼나 시장, 쇼핑몰, 영화관, 공원, 공중화장실 등에서 특히 주의하세요. 화장실을 혼자 가게 하거나 심부름을 시키거나 자동차 안에 혼자 두는 것도 위험합니다.

실종아동 예방용품을 활용하세요!

아이가 어리거나 장애로 말을 못하는 경우 실종아동 예방용품을 착용토록 하세요. 이름표 등을 착용하게 하고, 아이들의 이름과 연락처 등을 적을 때에는 바깥으로 쉽게 드러나지 않는 옷 안쪽이나 신발 밑창 등에 새겨주는 것이 좋습니다. 낯선 사람들이 쉽게 접근할 수 있고 유괴의 소지가 될 수 있기 때문입니다.

자녀에 관한 정보를 기억해 주세요!

자녀의 키, 몸무게, 생년월일, 신체특징, 버릇 등 상세한 정보를 알아두는 것은 실종아동 예방 및 실종아동 발생 시 유용하게 활용될 수 있습니다. 또한 매일매일 자녀가 어떤 옷을 입었는지 기억해두고, 아이의 인적 사항을 적어 둔 카드를 집에 비치해 둡니다.

※ 사전등록을 신청하시면 걱정을 덜어드릴 수 있으며, 사전 등록된 경우 182 신고 시 기본정보 입력 및 확인절차를 거칠 필요가 없어 더욱 빨리 위치추적 등을 실시할 수 있습니다.

자녀의 하루 일과와 친한 친구들을 알아두세요!

아이가 놀러 나갔다가 집으로 돌아오지 않는 경우, 재빨리 아이를 수소문해볼 수 있으려면 아이의 하루 일과를 부모가 자세히 알고 있어야 합니다. 바깥에 있는 아이가 구체적으로 어디에서, 누구와 있는지를 알아야 합니다.

외출할 때에는 누구와 가는지, 언제 돌아올 것인지, 어디로 가는지 등을 물어보고 시간 약속을 지키도록 가르칩니다.

정기적으로 자녀사진을 찍어두세요!

실종아동이 발생했을 때 가장 중요한 정보는 바로 아이들의 사진입니다. 아이들은 특히 성장이 빠르므로 너무 오래된 사진은 실종아동 찾기에 도움을 줄 수 없습니다. 가능한 정기적으로 아이 사진을 찍어 보관하도록 합니다.

※ 사전 등록된 경우 아이의 사진을 수시로 변경, 등록하실 수 있습니다.

아이들에게 이것만큼은 꼭 가르쳐 주세요!

아이에게 이름과 나이, 주소, 전화번호, 부모 이름 등을 기억하도록 가르치세요!

평소 잘 알고 있는 내용도 당황하면 잊어버리기 쉬우므로 아주 익

숙해지도록 반복해서 연습시켜야 합니다. 아이와 함께 실종 아동 발생상황을 연출해 보고 함께 연극(역할극 등)을 해 보는 것이 꼭 필요합니다. 즉, 쇼핑몰이나 공원 등에서 길을 잃을 경우, 무작정 길을 걷지 말고 그 자리에서 멈춰 서서 기다리게 하고, 주위 어른들이나 경찰관에게 도움을 요청하게 하는 연습을 해보는 것입니다.

만약 아이가 전화할 수 있다면, 당황하지 말고 근처 상점 등에 들어가 부모에게 전화를 하고, 182 혹은 112에 신고하도록 가르칩니다.

밖에 나갈 때는 누구랑 어디에 가는지 꼭 이야기하도록 가르치세요!

평소에 밖으로 놀러 나갈 때에는 누구와 어디에 가는지 이야기하고, 언제 돌아올 것인지 등을 부모와 약속하는 습관을 들입니다. 또 가급적 외부에서는 잠시라도 혼자 다니지 않고, 친구들과 함께 다니도록 가르칩니다. 특히 사람이 많은 공원이나 놀이터, 공중화장실 등에 갈 때에는 친구들이나 믿을만한 어른과 함께 가도록 합니다.

낯선 사람을 따라가지 않도록 주의시키세요!

처음 보거나 잘 알지 못하는 사람을 따라가지 않도록 주의를 줍니다. 막연히 낯선 사람을 경계하라고 가르치기보다는, 구체적인 예를 들어 설명해야 합니다. 즉 길을 물어 보며 차에 태우거나, 엄마 친구를 사칭하거나, 강아지를 함께 찾아달라는 등 도움을 요청할 때도 단호히 거부할 수 있도록 하는 것입니다. 만약 낯선 사람이 자신의 이름을 부르며 데려가려고 할 때에는 소리를 질러 주위 사람들에게 도움을 청하도록 가르쳐야 합니다.

※ 납치범들이 물건을 들어달라고 하거나 땅에 떨어진 물건을 주워달라고 하면서 접근하여 차량 등에 납치하는 것에 유의합니다.

사랑과 봉사를 실천하는,
솔선수범하는 경찰!

— 권선복(도서출판 행복에너지 대표이사,
대통령직속 지역발전위원회 문화복지 전문위원)

　　사랑과 봉사. 우리 삶에서 이보다 마음을 따뜻하게 하는 단어
가 있을까요. 하지만 안타깝게도 날로 각박해지는 세상 탓인지,
사랑과 봉사를 몸소 실천하는 이들을 찾아보기가 쉽지 않습니
다. 자신의 시간과 열정을 쏟으며 타인을 돌보는 일은 이제 쉽
지 않은 일이 되었습니다. 다행스러운 점은, 스스로를 드러내지
않으면서도 구원의 손길이 가장 필요한 곳에서 타인의 행복한
삶을 위해 최선을 다하는 분들 또한 여전히 존재한다는 사실입
니다.

책『눈부신 희망』의 저자이신 이건수 팀장님 역시 그러한 분입니다. 평생 실종자를 찾기 위해 모든 열정과 에너지를 쏟아 온 참된 경찰관입니다. 이번 책 역시 실종자 가족들에게 마음의 평온과 희망을 전달하기 위해 저자가 평소 가졌던 생각들과 신앙에 대한 이야기들을 담아냈습니다. 또한 실종자와 가족들의 기적과도 같은 상봉 스토리는 독자의 마음 한구석을 뜨겁게 만들고 눈시울을 적십니다. 하나님을 향한 믿음 아래, 스스로를 하나님의 아바타라 칭하며 사랑과 봉사를 묵묵히 실천해 나가는 저자의 그 아름다운 마음이 모든 독자들의 삶에 잔잔한 감동을 전할 것을 믿어 의심치 않습니다.

누구나 자신만의 목표를 위해 하루하루를 살아갑니다. 그 과정을 이루기 위해 늘 노력하는 모습만큼 아름다운 광경도 없습니다. 더욱이 그 삶이 타인의 위한 희생과 봉사의 삶이라면, 널리 세상에 알리고 그 덕을 칭송해야 마땅할 것입니다. 책『눈부신 희망』에는 이 세상에서 가장 아름다운 삶의 모습이 오롯이 담겨 있습니다. 제목 그대로 '눈부신 희망'에 대해 노래하기 때문입니다. 이 책의 출간을 통해 수많은 실종자들이 가족의 품으로 돌아가는 작은 계기가 마련되기를 바라오며, 모든 독자들의 삶에 눈부신 희망과 행복의 에너지가 팡팡팡 샘솟으시기를 기원드립니다.

하루 5분나를 바꾸는 긍정훈련

행복에너지

'긍정훈련'당신의 삶을
행복으로 인도할
최고의, 최후의'멘토'

'행복에너지
권선복 대표이사'가 전하는
행복과 긍정의 에너지,
그 삶의 이야기!

인터파크
자기계발 분야 주간
베스트 1위

권선복 지음 | 15,000원

권선복

도서출판 행복에너지 대표
지에스데이타(주) 대표이사
대통령직속 지역발전위원회
문화복지 전문위원
새마을문고 서울시 강서구 회장
전) 팔팔컴퓨터 전산학원장
전) 강서구의회(도시건설위원장)
아주대학교 공공정책대학원 졸업
충남 논산 출생

책『하루 5분, 나를 바꾸는 긍정훈련 - 행복에너지』는 '긍정훈련' 과정을 통해 삶을 업그레이드
하고 행복을 찾아 나설 것을 독자에게 독려한다.
긍정훈련 과정은 [예행연습] [워밍업] [실전] [강화] [숨고르기] [마무리] 등 총 6단계로
나뉘어 각 단계별 사례를 바탕으로 독자 스스로가 느끼고 배운 것을 직접 실천할 수 있게 하
는 데 그 목적을 두고 있다.
그동안 우리가 숱하게 '긍정하는 방법'에 대해 배워왔으면서도 정작 삶에 적용시키지 못했던
것은, 머리로만 이해하고 실천으로는 옮기지 않았기 때문이다. 이제 삶을 행복하고 아름답
게 가꿀 긍정과의 여정, 그 시작을 책과 함께해 보자.

『하루 5분, 나를 바꾸는 긍정훈련 - 행복에너지』

명강사 25시: 고려대 명강사 최고위 과정 2기
구자현 외 22인 지음 | 값 20,000원

『고려대 명강사 최고위과정 2기 – 명강사 25시』는 고려대 명강사 최고위과정 2기 수료생의 각기 다른 인생 여정 속 풀어내지 못한 무수한 질문들을 함께 고민하고 그 결과물을 함께 들려주는 자리라고 할 수 있다. 다양한 분야, 다양한 이야기로 삶의 지혜와 노하우, 혜안과 성찰을 전한다..

인생의 향기가 느껴지는 풍경
박형수 지음 | 값 13,500원

『책 『인생의 향기가 느껴지는 풍경』은 30여 년을 공무원으로 살아온 박형수 저자가 온기 어린 시선으로 바라본 세상, 그 아름다운 풍경을 담아 낸 시집이다. 대형서점 베스트셀러 올랐던 에세이집 『인생 뭐 있어!』에 이어 1년여 만에 선보인 신작은, 우리네 평범한 삶의 매 순간순간을 소박하면서도 따뜻한 시편을 통해 전하고 있다.

일어나다
박성배 지음 | 값 15,000원

책 『일어나다』는 '고난은 신이 주신 선물'이라는 명제 아래, 이 힘겨운 삶을 이겨내고 행복을 품에 안기 위해 반드시 갖춰야 할 태도와 노하우를 담은 책이다. 풍부한 경험과 학문적 연구를 바탕으로 '책, 사람, 꿈, 믿음'이라는 네 가지 주제를 든든한 삶의 버팀목으로 제시한다.

수근수근 싸이뉴스
곽수근 지음 | 값 17,000원

『수근수근 싸이뉴스』는 중학교 1, 2, 3학년 과학 과목을 아우르는 책이다. 국내외에서 일어난 다양한 뉴스로 과학 현상을 들여다보면서, 대화형식의 구성을 통해 아이들의 이해를 돕는다. 교과서에 있는 내용을 다루지만 지루하지 않고 새롭게 다가오는 이야기들이 무척 흥미롭게 느껴진다.

중국 사회 각 계층 분석

양효성 지음, 이성권 번역 | 값 27,000원

"한중 수교 20여 년, 우리는 과연 중국에 대해 얼마나 깊이 알고 있는가?" 중국의 발자크라 불리는, 중국 최고의 知靑 양효성의 10년에 걸친 역작! 이 책은 모택동 사후 시기의 중국(中國) 사회를 가장 심층적으로 분석하고 있다. 인문학적 시각으로 들여다본 중국사회에 대한 깊은 연구는 대한민국의 성장과 밝은 미래를 위한 하나의 전환점을 제시하고 있다.

제안왕의 비밀

김정진 지음 | 값 15,000원

『제안왕의 비밀』은 대한민국을 대표하는 14인의 제안왕 이야기를 담아내고 있다. 자신의 삶은 물론 몸담고 있는 조직까지 변화시키는 제안의 놀라운 비밀을 이야기한다. 제안 하나로 청소부, 경비원, 기능공에서 대기업 임원, 교수, CEO로 등극하는 드라마 같은 인생이 펼쳐진다. 또한 제안왕이 되기 위해 반드시 숙지해야 할 십계명과 비결 등을 공개한다.

그대 늦었다고 걱정 말아요

감민철 지음 | 값 13,800원

『그대, 늦었다고 걱정 말아요』는 바로 이렇게 힘겨운 시기를 보내고 있는 젊은이들에게 따뜻한 위로의 메시지를 전하는 책이다. 현재 주어진 암울한 환경이 아닌, 어려움을 통해 더욱 성장하게 될 미래의 자신을 바라보라고 주문한다. 우리가 늘 부정적으로만 여겼던 고난의 진정한 의미는 과연 무엇일까? 지금 이 책에서 그 해답을 확인해보자.

주인공 빅뱅

이원희 지음 | 값 13,800원

세상의 기준은 상대평가에 따르기 때문에 항상 서로를 비교하게끔 만든다. 그 과정에서 우리는 우월감과 열등감을 오가며 천국과 지옥을 경험하곤 한다. 하지만 『주인공 빅뱅』은 그러한 악순환에서 벗어나 자기 자신이 평가의 기준이 될 것을 권한다. 스스로가 객관적으로 자기 자신을 평가함으로써 정서적 · 지적 · 영적 · 인격적 성장을 이룰 필요에 대해 강변한다.